HEYNE <

Das Buch

Worauf warte ich eigentlich? Wenn ich mir bis zum Kinderkriegen noch ein Zeitfenster von drei Jahren gebe, sollte ich dann nicht langsam zurück in die Großstadt und mich um meine Karriere kümmern? Oder noch mal nach Europa und mich noch ein letztes Mal jung und frei fühlen? Wer weiß, wen ich im Zug nach Wien kennenlernen würde? Solange ich hier bei Mum und Dad auf dem Bett rumliege, lerne ich jedenfalls niemanden kennen. Vielleicht komme ich auch nicht gerade wie ein Hauptgewinn rüber. Eine Frau, die im Auto ihrer Eltern nach Kleingeld sucht, erscheint wohl nicht auf der Jahresliste der Sexiest People vom *WHO Magazine* …

Die Autorin

Anna Daniels ist eine australische Autorin, Produzentin und Entertainerin. Ihren Durchbruch hatte sie mit einem misslungenen Interview mit Russel Crowe. Für ihren Debütroman *Das große Glück mag kleine Fehler* war sie in ihrer Heimat bereits für den Vogel's Literary Award nominiert.

ANNA DANIELS

DAS GROSSE GLÜCK mag kleine Fehler

ROMAN

Aus dem Australischen
von Stefanie Frida Lemke

WILHELM HEYNE VERLAG
MÜNCHEN

Die Originalausgabe *Girl in Between* erschien 2017 bei Allen & Unwin.

Der Verlag weist ausdrücklich darauf hin, dass im Text enthaltene externe Links vom Verlag nur bis zum Zeitpunkt der Buchveröffentlichung eingesehen werden konnten. Auf spätere Veränderungen hat der Verlag keinerlei Einfluss. Eine Haftung des Verlags ist daher ausgeschlossen.

Obwohl dieses Buch Persönlichkeiten des echten Lebens erwähnt, ist die Geschichte frei erfunden.

FSC
www.fsc.org
MIX
Papier aus verantwortungsvollen Quellen
FSC® C014496

Verlagsgruppe Random House FSC® N001967

Deutsche Erstausgabe 09/2018

Redaktion: Rabea Güttler
Printed in Germany
Umschlaggestaltung: Eisele Grafik Design
unter Verwendung eines Fotos von Stephanie Vennemann,
www.partystories.de, Flamingoposter: www.miomodo.de
Satz: KompetenzCenter, Mönchengladbach
Druck und Bindung: GGP Media GmbH, Pößneck
ISBN: 978-3-453-42239-1

www.heyne.de

Für Mum und Dad.
Und für meine Freundin Ange –
wir alle lieben und vermissen dich.

1

Nichts holt einen schneller auf den Boden der Tatsachen zurück als ein Besuch beim Steuerberater. Gerade habe ich Todd Doherty eine Dreiviertelstunde lang Zahlen von ausgeblichenen Belegen angesagt, und er hat mir versprochen, meine Steuererklärung zeitnah zu erledigen, damit ich nicht so lange von zwei Dritteln von nichts leben muss. Super peinlich, wo Todd und ich doch zusammen auf der Highschool waren. Wahrscheinlich streicht er ein sechsstelliges Gehalt ein, während er nun ganz genau weiß, dass ich im Moment noch nicht mal sechs Dollar zusammenkratzen könnte.

»Fatal«, hat Todd meine finanzielle Situation genannt. Immerhin hat er dabei entschuldigend gelächelt. Das letzte Mal, dass ich aufgrund meiner Finanzen gelächelt habe, ist schon ziemlich lange her. Mein treuer alter Corolla, mit dem ich gerade zum Haus meiner Eltern in Rockhampton fahre, ist mein einzig wertvoller Besitz – na ja, der und meine *Anne-auf-Green-Gables*-Sammlung. Und meine Hündin Glenda, ein Kelpie. Wenn ich meiner besten Freundin Rosie von meinem Vormittag erzähle, wird sie sich totlachen.

Auf Rockhamptons breiten Straßen fühle ich mich fast wie die Einzige beim Autoscooter. Hach, Rocky. Wir sind berühmt für diese breiten Straßen, ebenso wie für die Tatsache, dass in der Mitte davon Züge fahren. Und natürlich für die Bullenskulpturen aus Glasfaser, die die Kreisel zieren – wie es sich für die Rinder-Hauptstadt Australiens gehört.

Apropos Züge, gerade rauscht einer neben mir her. Ich glaube, Rocky ist der einzige Ort auf der Welt, wo sich Züge einfach so von hinten anschleichen und die Straße mit dir teilen können. Eben standen sie noch alle Cappuccino schlürfend im Depot, und dann wollen sie auf einmal unbedingt mit zu deinem Lieblingschinesen *Wah Hah Chinese*.

Als ich am *Paradise Plaza* vorbeifahre, werde ich ganz nostalgisch. Ich bin schon fast zu Hause, und an jeder Ecke winkt eine Erinnerung. Da ist der *Hungry Jack's*, wo früher ein Secondhandladen war, dann die Gasse neben dem Kino, wo wir als Teenies unsere West Coast Cooler zischten, und *Holy Mackerel*, der Fish-and-Chips-Laden für freitagabends. Die neuen Inhaber sind wohl neulich verknackt worden, weil sie Drogen über die Ladentheke verkauft haben. Krass, oder? *»Ich nehm zweimal Backfisch und für fünf Dollar Pommes.« Zwinker, zwinker.*

Trotzdem gibt es nirgendwo so viele grundanständige Menschen, die dir ihr letztes Hemd gäben und deswegen nur noch in ihren Nylon-Footballshorts rumlaufen würden wie in Rockhampton. Mum und Dad sind ein typisches Beispiel, auch wenn Dad Gott sei Dank keine Footballshorts trägt. Vor vierzig Jahren haben sie zusammen *All About Town*, eine Kombi aus Zeitschriftenladen und Abendkleidungsgeschäft aufgemacht. Erstaunlicherweise funktionierte die Mischung. Vor anderthalb Jahren verkauften sie den Laden an ein Paar aus Newcastle, das versprach, das Geschäft so weiterzuführen wie bisher. Innerhalb von sechs Wochen war der Laden einem Waxingstudio mit dem Namen *Gone Bush* gewichen.

Als ich jetzt daran vorbeifahre, fallen mir lauter Geschichten von früher ein. Lenny, Max und ich sind quasi im *All About Town* aufgewachsen. Ich habe schon Gold-Lotterie-Tickets verkauft, lange bevor ich es vom Gesetz her durfte, und meine Brüder waren sehr beliebt in der Schule, da sie leicht an gewisse Magazine herankamen. Mich reizten nicht so sehr die Magazine, als vielmehr die Süßigkeiten, aus denen ich Gewinn schlagen wollte. Ich schenkte sie den Jungs, in die ich verknallt war. Eines Tages sagte Mum zu Dad: »Ich versteh das nicht, Brian, die Mint Patties sind schon wieder alle!« Dad sah mich schief an und meinte: »Ich kann dir sagen, wo die abgeblieben sind, Denise. Bei Paddy Parker, Paddy Wyatt und Paddy Sadler. Patties für die Paddys.« Meine Brüder brachen in Gelächter aus, ich in Tränen. Dann flüchtete ich ins Büro.

Mein Dad war schon immer sehr direkt. Manchmal ist es geradezu peinlich. Letzte Woche erst war ich mit Mum und Dad bei *Bits 'n' Pizzas*, wo sich immer der halbe Ort trifft, und Dad begrüßte einen Bekannten mit den Worten: »Da ist ja der alte Doug McRae – ich dachte, der wär längst tot!«

Auch mit unerwünschten Ratschlägen hält er sich nicht zurück. Ärgerlicherweise trifft er dabei meist den Nagel auf den Kopf. Manchmal sieht er die Dinge allerdings ein kleines bisschen zu einfach. Einmal, als Mum ihn ins Ballett mitgeschleppt hatte, fragte er, wann denn der Gesang losginge. Als Mum ihm erklärte, dass im Ballett nicht gesungen würde, meinte er: »Ich kann dir jetzt schon sagen, damit werden die keinen Erfolg haben.«

Und letzte Woche, als ich ihm erzählte, wie viel der neue Automechaniker in Brisbane für die Wartung meines Corolla haben wollte, sagte er sofort: »Maden leben nicht nur im Garten, meine Liebe!«

Wenn Dads Denken schwarz-weiß ist, dann ist Mums deutlich farbenreicher. Wahrscheinlich passen sie deswegen so gut zueinander, sie gleichen sich aus. Wobei Mum in Sachen Schrullen Dad in nichts nachsteht. Ich weiß noch, wie sie mit uns drei Kindern auf der Rückbank des Commodore durch Rockys breite Straßen raste und uns anschrie, endlich mit dem Streiten aufzuhören. Dann hielt sie vor der St. Joseph's Cathedral, und wir marschierten hinter ihr her zum Sonntagsgottesdienst, wo sie vom Lesepult aus in ihrer »Kirchenstimme«, wie wir sie nannten, aus der Bibel vorlas. Nach dem Gottesdienst stritten wir uns im Commodore sofort weiter.

Lenny und Max sind inzwischen beide aus Rocky weggezogen, aber immerhin ist Rosie, meine schräge beste Freundin aus der Grundschule, noch hier. Rosie ist gerade die Einzige, die mich vorm Durchdrehen bewahrt – sie schafft es immer, mich aufzumuntern.

Sie will heute Nachmittag vorbeikommen, fällt mir ein. Schlagartig bessert sich meine Laune. Einer ihrer Patienten hat ihr offenbar erzählt, dass Mums und Dads neue Nachbarn diese Woche einziehen, und jetzt ist sie neugierig. Wir beide versuchen schon die ganze Zeit herauszufinden, wer das Haus gekauft hat, doch nicht mal mein Vater, der inoffizielle Bürgermeister von Rockhampton, hat eine Ahnung.

Wenn Rosie und ich nicht gerade Nachbarschaftswache spielen, halte ich mich diszipliniert an die Schreibroutine, die ich mir die letzten zehn Monate verordnet habe: Ich wache auf, frühstücke, laufe mit Glenda an der Yeppen Lagoon, dusche und schreibe drei Stunden, bevor ich mit Mum das Mittagessen bespreche … das war's auch schon. Mein strenger Tagesablauf scheint zu funktionieren, denn ich bin schon fast fertig mit *Diamanten im Staub*, meinem mitreißenden Mehrgenerationen-Roman über die Pionierzeit des Edelsteinabbaus im hinteren Queensland.

Ich will den Roman dieses Jahr noch zu Ende schreiben. So kann ich auch meine Entscheidung von vor zwölf Monaten rechtfertigen, mein semiglamouröses Leben als Fernsehreporterin in Melbourne hinter mir zu lassen und nach Port Douglas zu ziehen. Meinen Freundinnen und Kollegen in Melbourne gegenüber begründete ich es damals noch mit dem Wetter und dem weiten Arbeitsweg.

»Es ist einfach zu kalt hier unten«, erklärte ich meiner fassungslosen Chefin, die wissen wollte, warum ich aufhörte. »Ich komme aus Queensland! Ich ertrage diese Winter einfach nicht!«

Tief in meinem Herzen wusste ich natürlich, dass ich Melbourne nur deswegen verließ, weil ich eindeutig noch in meinen Exfreund Jeremy verliebt war und ich unserer Beziehung neues Leben einhauchen wollte. Doch als ich ihm drei Monate nach unserer Trennung in den äußersten

Norden von Queensland folgte, wo er aufgrund eines neuen Jobs hingezogen war, war es offensichtlich, dass er keine Zukunft mehr für uns sah. Kurz darauf fand er prompt die Liebe seines Lebens.

Von Herzschmerz benebelt hielt ich es noch ganze acht Wochen in Port Douglas aus und übernahm immer wieder Jobs für *WIN TV*, bevor ich über den Bruce Highway nach Süden flüchtete und wieder bei Mum und Dad in Rocky einzog, um meine Wunden zu lecken.

Als ich in die Auffahrt zum Haus meiner Eltern einbiege, bin ich erleichtert, dass sich mein Herz beim Gedanken an Jeremy nicht mehr jedes Mal anfühlt, als würde es ausgewrungen. Stattdessen durchlebe ich jetzt die emotionale Berg-und-Tal-Fahrt: Im einen Moment bin ich überzeugt, über ihn hinweg zu sein, im nächsten habe ich totalen Liebeskummer und ziehe alle um mich herum mit meinem Katzenjammer runter. Ich kultiviere den ersten Zustand, indem ich Facebook, Alkohol und alle Leute, die Jeremy nebenbei erwähnen könnten, meide. Innerhalb der tröstenden Grenzen von Rocky hebt sich langsam die schwere Trauerwolke, und ich kann den Kummer, an den ich mich die letzten Monate geklammert habe, loslassen.

Ich steige aus dem Auto, und Glenda kommt schwanzwedelnd auf mich zugelaufen. »Hi, Süße!«, sage ich und umarme sie. Sobald ich sie loslasse, läuft sie zielstrebig weiter und blickt sich am Zaun nach mir um. Scheinbar ist sie gar nicht meinetwegen so aufgeregt, sondern wegen der zwei Männer in der Auffahrt nebenan. Ich kann sie kaum davon abhalten, über den Zaun zu springen und die beiden abzuschlabbern.

Als ich es schließlich geschafft habe, Glenda mit Leber-Leckerlis ins Haus zu locken, rufe ich: »Hey, Mum, sieht aus, als hätten wir endlich neue Nachbarn.«

Keine Antwort von Mum, die ich mit Schlagzeugsticks in den Händen vor dem Fernseher vorfinde, wo sie aufmerksam einem afrikanischen Bongo-Trommler zuschaut. Seit dem Verkauf von *All About Town* fängt Mum ein seltsames Hobby nach dem anderen an, und afrikanisches Trommeln scheint das neueste zu sein. Wenn sie nicht gerade mit Steinheilkunde, Kalligrafie oder Ausmalbildern beschäftigt ist. Oder mit Cher – Mum ist absolut besessen von ihr!

»Ma! Du bist schon wieder in deiner Trommel-Trance!«

»Nein, ich hab dir zugehört«, antwortet sie, ohne den Blick vom Fernseher zu wenden.

»Und, was hab ich gerade gesagt?« Ich lasse mich auf die Couch sinken.

»Du hast gesagt, die neuen Nachbarn seien eingezogen.«

Ich nicke und nehme mir ein *MiNDFOOD*-Magazin, aber die vielen Artikel von irgendwelchen Geld-Gurus deprimieren mich, sodass ich es seufzend wieder weglege.

Mum drückt auf Pause und sieht mich an. »Geht es dir nicht gut, Liebes?«

»Doch, doch.« Ich lächle, so gut ich kann.

»Lucy, was stimmt nicht? Hat Jeremy sich gemeldet?«

»Nein. Ich glaube nicht, dass ich jemals wieder von ihm hören werde.«

»Dann sag, was los ist. Irgendwas bedrückt dich doch.«

»Mir geht's gut, Ma«, antworte ich. »Tasse Tee?«

»Ja, gern. Machst du mir einen von den Rooibostees?«

Ich gehe in die Küche, setze Wasser auf und hole die Milch aus dem Kühlschrank. Unter den Kühlschrankmagneten hängen lauter Fotos meiner mich glücklich anlächelnden Geschwister. Fotos von Lennys und Camilles wunderschöner Hochzeit in Sydney neben ebenso fröhlichen Schnappschüssen von Max und Brooke bei der Eröffnungsfeier von *Fancy Pants,* ihrem neuen Online-Shop für Bambus-Windeln für den chinesischen Markt. Dann die Fotos meiner fünf Nichten und Neffen in diversen Posen. Auf einmal fühlt sich die Milch in meiner Hand genauso schwer an wie mein Herz.

Dad kommt in die Küche und reißt mich aus den Gedanken. »Machst du Tee, Lucy?«

Ich drehe mich zu ihm um. »Ja. Magst du auch einen?«

»Gern.« Sagt es und ist schon wieder weg. Seit er im Ruhestand ist, wirkt Dad noch geschäftiger als sonst. Ständig macht er irgendwas im Jockey Club, was seltsam ist, wo er sich früher überhaupt nicht für Pferderennen interessiert hat. Andererseits hat er auch immer von früh bis spät im Zeitschriftenladen gearbeitet, da hatte er nicht viel Zeit für irgendwas anderes.

»Was überlegst du?«, fragt Mum, die auf einmal neben mir steht, während ich geistesabwesend auf den pfeifenden Teekessel starre.

»Ob ich die ganzen Schokokekse von *Crabtree-&-Evelyn* schon aufgegessen hab.«

Mum lacht, sieht aber immer noch besorgt aus.

»Ach, ich weiß nicht, Ma«, sage ich. »Ich hab mit Todd Doherty meine Steuererklärung gemacht, und es sieht nicht gut aus. Manchmal denke ich, es war ein Fehler, aus Melbourne wegzugehen, und dass jetzt alles zu spät ist.«

»Zu spät wofür?«, fragt Mum.

»Für eine Karriere. Dafür, wenigstens eine Sache gut zu können.«

»Lucy, du bist aus Melbourne weggegangen, weil das mit dem Producing nicht so deine Sache war, und außerdem war es schwer mit deiner Arbeit als Reporterin zu vereinbaren«, erinnert mich Mum. »Du hast Überstunden gemacht und warst Ewigkeiten unterwegs, um überhaupt zur Arbeit zu kommen. Dazu war die Miete viel zu hoch und das Wetter miserabel. Du bist gegangen, weil du da unten nicht glücklich warst.«

Ich nicke. Sie hat ja recht.

»Hinterher ist es immer leichter, sich nur an die guten Dinge zu erinnern«, fährt sie fort. »Mit Jeremy ist es das Gleiche. Klar, ihr hattet schöne Zeiten, aber manchmal vergisst du, glaube ich, dass du von Anfang an deine Zweifel an der Beziehung hattest.«

Ich nicke wieder.

»Du musst aufhören, dir vorzumachen, dass in Melbourne alles perfekt war.«

»Hmm, ich denke nur …«

»Man kann auch zu viel denken«, unterbricht sie mich. »Neulich erst habe ich einen Artikel von Deepak Chopra gelesen, und es stimmt vollkommen, was er sagt.«

»Was sagt er denn?«

»Dass es Zeitverschwendung ist, nur in Gedanken zu leben, und wir uns mehr auf die Natur besinnen sollen, einfach nur sein und sich der Welt gegenüber öffnen.«

»Ha! Ich war in Melbourne bei einem Vortrag von Deepak Chopra«, sage ich, während ich die Teebeutel rausnehme, »und er hat die ganze Zeit nur davon geredet, dass wir, wenn wir seinen Ratschlägen folgen, den perfekten Körper, den perfekten Geist und die perfekte Gesundheit erlangen würden. Und er selbst hatte den schlimmsten Schnupfen, den man sich vorstellen kann.«

Mum lacht. »Nein!«

»Doch! Er hat uns einen erzählt, wie wir unseren Körper dazu bringen könnten, alle Krankheiten zu überwinden, und dann hat er sich die Nase geputzt, und es klang, als hätte er eine richtig krasse Allergie.«

»Ach, Lucy! Wirklich?«

»Ja, wirklich. Von daher solltest du Deepak vielleicht nicht alles abkaufen«, kichere ich.

Wir gehen mit unserem Tee ins Wohnzimmer. »Dann sind die neuen Nachbarn jetzt wohl eingezogen, was?«, sagt Mum mit einem Blick aus dem Fenster, und im selben Moment höre ich, wie ein Fahrrad auf unsere vordere Veranda gestellt wird. Kurz darauf knallt die Tür.

»Wer ist wo eingezogen?« Rosie erscheint in einem prächtigen Rad-Outfit aus Lycra und nimmt ihren Helm ab.

»Du bei uns, so viel, wie du hier bist!«, lacht Mum.

Rosie würde wahrscheinlich auch auf eine Tasse Tee vorbeischauen, wenn ich nicht hier wäre. Letzte Woche kam ich vom Schreiben aus meinem Zimmer, da hatte sie schon eine Stunde lang mit Mum in der Küche geplaudert. Sie saßen über den neuesten *HomeHints*-Katalog gebeugt und redeten über die Vorteile von extralangen Ofenhandschuhen. Die beiden haben einen Narren aneinander gefressen, seit Rosie im Alter von sechs Jahren mit einem Schlafsack in den Armen bei uns aufkreuzte und zu Mum sagte: »Machen Sie die Musik lauter, Mrs. Crighton, das Lied ist toll!« Zufälligerweise war es Mums Lieblingslied – »If I Could Turn Back Time« von Cher. Und Dad gegenüber macht Rosie gern flapsige Bemerkungen, die sie sich nur erlauben kann, weil sie nach all den Jahren schon fast zur Familie gehört. Aber eben doch nur fast.

Für mich war Rosie schon immer ein Zugang zu einer anderen Welt, einer Welt ohne Regeln. Ich weiß noch, wie wir als Kinder einmal spätabends bei ihr zu Hause Kaffee-Milchshakes getrunken und *Blumen der Nacht* geguckt haben. Da waren wir in der dritten Klasse. Meine Eltern wären entsetzt gewesen.

Rosies laute, sonnige Art ist das perfekte Gegenmittel gegen meine Introvertiertheit. Wenn ich mich in Grübeleien verliere, ist sie da, um mich aus meinen verworrenen Gedankengängen zu befreien. Im Gegensatz zu mir kümmert es sie nicht, was die Leute über sie sagen oder denken könnten. Wenn ihr jemand blöd kommt, gibt sie kontra und vergisst die Angelegenheit sofort wieder, während ich quasi erst mal ein Flowchart zeichne, um die Kette von Ereignissen zu verstehen, die zu meiner ungerechten Behandlung geführt haben.

Mum und Rosie lesen sich gerade lachend ihre Horoskope vor, als Dad mit zwei Krawatten um den Hals ins Wohnzimmer eilt. »Denise! Denise! Konzentrier dich mal kurz«, sagt er, klatscht in die Hände und zeigt auf die Krawatten.

»Was ist denn los, Brian? Ich bin doch da.«

»Blau oder rot?«

»Rot«, sagt Mum.

»Rosie?«, fragt Dad.

»Rot.«

»Lucy?«

»Halt die blaue noch mal hoch«, sage ich und tue so, als würde ich beide Möglichkeiten ernsthaft abwägen. »Rot.«

»Okay. Ich bin dann beim Jockey Club.« Er bindet sich auf dem Weg zur Tür die rote Krawatte.

»Dad, du hast deinen Tee noch gar nicht getrunken!«, rufe ich ihm hinterher.

»Keine Zeit!«

»Hey, Brian, lass uns dein Portemonnaie da!«, ruft Rosie.

»Such dir einen verdammten Vollzeitjob!«, antwortet Dad lachend, bevor die Tür ins Schloss fällt.

»Genau. Als ob's mein Leben besser machen würde, den Leuten vierzig statt zwanzig Stunden die Woche in den Mund zu gucken. Oder mich mit Kindern zu befassen, die zu viel Süßes fressen und austicken, wenn ich ihre Löcher fülle.« Rosie wirft ein *WHO Magazine* auf den Couchtisch und nimmt sich eine Ausgabe von *HELLO!*. »Was ist, Lucy, gibt es jetzt nebenan einen Mann für dich oder nicht?«

Ich gehe zum Fenster und beäuge unsere zwei neuen Nachbarn – die, wie ich zugeben muss, beide ziemlich attraktiv sind. Der kleinere von beiden macht gerade ein Bier auf und hält es dem ziemlich ähnlich aussehenden, aber athletischeren Typen hin, der am Telefonieren ist.

»Schwer zu sagen, Rosie«, sage ich, den Blick immer noch auf den Größeren, Schlankeren gerichtet, und erschrecke, als er das Gespräch beendet und zu mir herüberguckt. Ich schätze ihn auf Anfang bis Mitte dreißig, und sein Lächeln und der durchtrainierte Körper sagen ganz klar, dass er garantiert nicht mehr zu haben ist. Ich überlege kurz, ihm zuzuwinken, doch dann ist er auch schon aus meinem Blickfeld verschwunden.

»Die hat sich die Zähne machen lassen«, sagt Rosie und hält eine Doppelseite voller Filmsternchen aus der *Woman's Day* hoch. »Und die auch. Und die *sollte* sie sich machen lassen.«

Als Mum wieder ihre Bongo-Trommel-DVD angeschaltet hat und Rosie mir gerade das Neueste über Brad Pitts angeblich wieder aufflammende Liebe zu Jennifer Aniston berichtet, klopft es plötzlich an der Tür.

Mum drückt auf Pause, und wir gucken uns alle doof an. Niemand, den wir kennen, klopft.

Wir sitzen immer noch wie versteinert da, als es klingelt. Ich springe auf und öffne die Tür. Vor mir steht der größere der beiden neuen Nachbarn und lächelt mich durchs Fliegengitter an.

Ich erwidere sein Lächeln, und einen Moment lang stehen wir einfach nur da und grinsen.

»Hi, ich bin Oscar Simpson«, sagt er schließlich.

»Lucy Crighton«, antworte ich, öffne die Fliegengittertür und gebe ihm die Hand. »Willkommen in Rocky.«

2

Ich mache einen Schritt zurück, um Oscar reinzuwinken, und stoße dabei gegen Rosie, die sich räuspert.

»Ach, das ist Rosie«, stelle ich sie vor.

Oscar nickt ihr zu. »Hi, Rosie.«

Sie schenkt ihm ein umwerfendes Lächeln. Oscar sagt etwas, aber das meiste geht in Mums Trommellärm unter. »Ich wollte nur … heute Nachmittag … im Garten …«

»Warte mal«, sagt Rosie und brüllt: »Denise! Denise!«

»Was denn?«, ruft Mom aus dem Wohnzimmer.

»Hör mal kurz auf!«

Das Trommeln verstummt, und ich muss kichern. Oscar wirkt leicht verwirrt, aber amüsiert. »Wie gesagt: Wir wollen heute Nachmittag auf Mums Einzug anstoßen. Ihr seid herzlich eingeladen.«

»Klingt gut«, sage ich.

»Sehr gut«, sagt Rosie. »Wo doch Samstag ist und so.«

»Sollen wir irgendwas mitbringen?«, frage ich.

»Nicht nötig. Wir haben alles da.«

»Wir bringen Würstchen mit«, platzt Rosie heraus.

»Super. Bis dann!«, sagt Oscar. »Und gebt gern auch euren Mitbewohnerinnen Bescheid.«

»Äh, das sind nicht unsere Mitbewohner – sondern Lucys Eltern«, feixt Rosie.

»Ah, okay, die können natürlich auch kommen«, sagt Oscar etwas erstaunt. »Bis dann.«

»Bis dann«, sagen Rosie und ich gleichzeitig.

»Musst du ihm sofort erzählen, dass ich noch bei meinen Eltern wohne?«, flüstere ich verärgert, als Oscar durch den Vorgarten davongeht.

Kaum ist er außer Sichtweite, pfeift Rosie laut durch die Zähne.

Ich packe sie am Arm. »Das hat er bestimmt gehört!«

»Er sieht gut aus.« Rosie grinst mich mit hochgezogener Augenbraue an. »Sehr gut, sogar.«

»Wer sieht gut aus?«, ruft Mum. »Außer mir natürlich?«

Wir gehen zurück ins Wohnzimmer. Mum liegt jetzt auf dem Sofa und hat ihr Handy zum Laden an die Salzlampe gehängt. Ihre Füße zeigen auf ein signiertes Poster von Cher, das eingerahmt an der Wand hängt.

»Der Typ von nebenan. Wie der lächeln kann! Und er hat super Zähne. Und diese blauen Augen!«, schwärmt Rosie. »Er hat uns zu ihrer Einweihungsparty nachher eingeladen, Denise.«

»Du solltest dich an ihn ranmachen, Rosie«, sage ich.

»Nein, *du*! Du bist jetzt schon seit einem Jahr depri«, sagt Rosie. »Ich hab Trent den Handwerker, schon vergessen?«

»Ich bin überhaupt nicht depri!«, protestiere ich schwach.

Rosie und Mum wechseln einen Blick und setzen dann beide dieselbe Trauermiene auf. Ich sehe sie finster an.

»Zieh dich um, Lucy«, sagt Mum. »Und zieh Herrgott

noch mal was Schickes an und schmink dich ein wenig …«

»Ja, Herrgott noch mal!«, stimmt Rosie lachend ein.

»Ihr seid unmöglich«, schnaube ich. Ich trolle mich, bleibe aber auf dem Flur gleich wieder stehen und spitze die Ohren.

»Rosie«, flüstert Mum, »hilf ihr etwas auf die Sprünge, wenn ihr rübergeht, ja?«

»Kommst du etwa nicht mit?«

»Ich komme nach. Ich muss erst mal meine Chakren auf die Reihe kriegen, sonst laufen sie mir noch davon.«

»Wenn du meinst. Aber was soll ich denn machen?«

»Sieh zu, dass sie mit diesen jungen Männern redet – egal worüber«, sagt Mum, und dann fragt sie zögernd: »Hat sie Jeremy in letzter Zeit erwähnt?«

»Nee, schon länger nicht mehr«, seufzt Rosie. »Aber das heißt nicht, dass sie nicht an ihn denkt.«

»Ich weiß, ich hab sie neulich erst auf diesem Facebook gesehen …«

Ich gehe weiter in mein Zimmer. Die beiden meinen es natürlich nur gut, aber trotzdem ist es ziemlich deprimierend, wenn deine Lieben so über dich reden. Und wenn die Verzweiflung dich erst mal im Griff hat, sind ihre besten Freundinnen – die Hoffnungslosigkeit und die Verbitterung – auch nicht mehr weit. Ich versuche, meine düstere Stimmung durch positive Gedanken zu ersetzen, wie es die ganzen Selbsthilfebücher und Lululemon-Yoga-Taschen empfehlen, doch meine gegenwärtige Realität zieht mich immer mehr runter, bis ich schließlich aufs Bett sinke und mich dafür verfluche, dass ich es nicht schaffe, aus dem Tief rauszukommen und Verantwortung für mein Leben zu übernehmen.

So bleibe ich eine Weile sitzen und höre zu, wie Mum für Rosie die letzte Folge von *The Crown* zusammenfasst und Rosie ihr dann einen Artikel vorliest, der »16 Tricks mit Bolognese-Resten« verspricht.

»Hör dir das an, Denise«, sagt sie, »du kannst Chili con Carne machen, Fajitas – oh, und hier ist ganz was Exotisches: getoastetes Sandwich!«

Die beiden kriegen sich vor Lachen gar nicht mehr ein. Süß. Wenn sie nicht gerade über mich reden, finde ich ihr Gequassel ja ganz beruhigend. Solange deine beste Freundin und deine Mum sich nebenan über die Vorteile von Bolognese-Resten austauschen, ist doch eigentlich alles in Ordnung.

Mein Blick fällt auf den Laptop, und dann bin ich gedanklich auch schon wieder bei *Diamanten im Staub.* Wann lasse ich die Heldin wohl den 64 Karat schweren grünen Saphir finden? Wahrscheinlich im nächsten Kapitel …

Nach einer Weile ruft Rosie: »Nähst du dir ein Outfit, oder was?«

Seufzend fange ich an, den Schrank zu durchwühlen, und entscheide mich schließlich für meine Lieblingsjeans und ein T-Shirt mit Blütenmuster.

Als ich wieder ins Wohnzimmer komme, verstummen Mum und Rosie und blicken schuldbewusst auf.

»Ihr habt über mich geredet, oder?«, frage ich.

»Nein«, flöten sie einstimmig, wenn auch wenig überzeugend.

»Doch, habt ihr.«

»Nein, haben wir nicht«, sagt Rosie und betrachtet mich von oben bis unten. »Wie wär's mit 'nem anderen Shirt?«

»Was stimmt denn nicht mit dem hier?«, frage ich.

»Ein bisschen altbacken, wie von *Noni B*«, antwortet sie. »Warum ziehst du nicht das Glitzertop von mir an?«

»Und mal dir die Lippen an«, wirft Mum ein.

Also gehe ich wieder auf mein Zimmer und ziehe das silberne Country-Road-Top an, das Rosie mir zum Geburtstag geschenkt hat und ich nie trage, weil es viel zu tiefe Einblicke gewährt. Dann lege ich Mum zuliebe im Bad noch etwas Make-up auf. Als ich ins Wohnzimmer zurückkomme, sehen Rosie und Mum vom neuesten *HomeHints*-Katalog auf und nicken anerkennend.

Ich spähe durchs Fenster in den Nachbargarten. Die Frau, die neben dem Typen steht, mit dem ich Oscar zuvor gesehen habe, muss Oscars Mum sein. Bei der Aussicht, neue Leute kennenzulernen, werde ich langsam ein bisschen aufgeregt. Da erscheint eine weitere Frau mit einer Palette *Dark 'n' Stormy*, und ich muss kichern. »Sie haben Ruth eingeladen«, sage ich zu Mum. Ich weiß ganz genau, dass sie das auf die Palme bringen wird.

Mum zieht eine Grimasse. »Nächstes Mal sind sie schlauer.«

Zwar ist es schon über vierzig Jahre her, dass Ruth und Dad beim Nacktbaden im College-Swimmingpool erwischt wurden, aber Mum ist immer noch sauer auf sie. Obwohl Mum und Dad da nicht mal zusammen waren. Ich meine, klar, Ruth ist ziemlich schroff und tut gern wichtig, doch trotz ihres draufgängerischen Auftretens als männermordende Dampfwalze ist sie im Grunde ein guter Mensch. Rosie sagt immer, sie würde Ruth nicht über den Weg trauen, und fügt jedes Mal hinzu, dass sie eh nicht an ihr vorbeikäme. Sie meint, ich würde den Leuten zu viel Vertrauen entgegenbringen, dabei ist Ruth wirklich harmlos. Wie auch immer, ich frage Mum nicht mehr, was für ein Problem sie mit ihr hat, es müssen ja nicht alle mögen.

Ruth kippt gerade eine Dose Bier, da höre ich hinter mir Glas klirren, und als ich mich umdrehe, hockt Rosie vor der Bar und räumt vorsichtig Flaschen in eine Tüte von *Woolies*.

Mum hat sich auf der Couch wieder in die Horizontale begeben und unterstreicht etwas in *Wünschen und Bekommen – Wie Sie Ihre Sehnsüchte erfüllen*. Sie ist schon immer ein Hippie gewesen, aber seit sie und Dad den Laden verkauft haben, ist sie noch empfänglicher für übernatürliche Botschaften geworden. Wahrscheinlich will sie damit die Leere füllen, die der Verkauf des Geschäfts hinterlassen hat. Sie liebte es, mit den Kundinnen zu schnacken. Manchmal probierte sie sogar die gleichen Sachen an wie diese, damit sie sehen konnten, wie fantastisch sie selbst darin aussehen könnten.

»Du kommst dann nach, Mum?«, frage ich jetzt.

»Auf jeden Fall.« Sie legt das Buch weg und greift nach ihrem Handy. »Ich höre nur noch mal kurz diesen Podcast über die fünf Leute, die man im Himmel trifft.«

»Du hast nichts gesehen, Denise«, sagt Rosie, schwer bepackt mit Hochprozentigem. »Komm, wir fahren Eis holen, Luce. Und dann muss ich noch kurz nach Hause und mich umziehen, okay?«

»Klar, kein Problem.«

»Viel Spaß, Mädchen!«, ruft Mum, als wir schon auf dem Weg zur Tür sind. »Und denkt dran, was Cher sagt!«

»›Die Strapse sind zu eng, und der Slip rutscht mir ständig in die Kimme!‹«, ruft Rosie. Als wir in meinen Corolla steigen, lacht sie immer noch. »Das würde ich an Chers Stelle jedenfalls sagen.«

Mit Rosie neben mir, meinem Lieblingssender *Triple J* im Radio und dem weiten blauen Himmel über uns geht es mir gleich besser. Wir düsen an den Schulen in The Range vorbei den Hang hinab. In Allenstown entdecken wir vor *Bernie's Pie Van* ein paar bekannte Gesichter. Im Vorbeifahren sehen wir einige Mädels aus Highschoolzeiten, die mit Kinderwagen die breiten Straßen entlangschieben.

»Hi, Susie!«, rufe ich einer Frau mit einem Buggy hinterher.

»Hi, Lucy!«, antwortet sie.

Wir sind kaum einen Block weiter, als Rosie ihr Fenster runterkurbelt.

»Hi, Katie!«

»Hi, Rosie!«

Ich biege auf den Bruce Highway und sehe schon wieder eine alte Freundin. »Gina!«, rufe ich und bekomme ein Winken als Antwort.

Rosie blickt in den Rückspiegel. »Das war nicht Gina«, sagt sie.

»Nicht?«

»Nee.«

Kichernd fahren wir beim *Bottle-O* vor, und eine Frau mittleren Alters, die ich schon öfters im Ort gesehen habe, schlendert auf unser Auto zu. Laut dem Namensschild an ihrem dunkelgrünen Poloshirt heißt sie Colleen.

»Hi«, sagt Rosie. »Eine Tüte Eis, bitte.«

»Sonst nichts?«

»Glaub nicht«, antwortet Rosie. »Willst du noch was?«, fragt sie mich.

Ich zucke die Achseln. »Doritos?«

»Und 'ne Packung Doritos«, sagt Rosie und reicht der Frau zehn Dollar.

Colleen seufzt und schlurft davon.

»Die arbeiten hier nicht auf Provisionsbasis, oder?«, frage ich.

»Glaub nicht.«

Schließlich kommt Colleen mit den Tortilla-Chips und einem Beutel Eis wieder. »Hinten rein?«, fragt sie.

»Ja, danke«, sagt Rosie.

Wir zucken zusammen, als das Eis krachend im Kofferraum landet.

»Hier, das Wechselgeld.« Colleen lehnt sich in Rosies Fenster. »Und, was habt ihr Mädels heute vor?«

»Wir gehen auf 'ne Einweihungsparty«, sagt Rosie.

»Zwei Kisten Tooheys New, eine Magnum-Flasche Champagner und ein paar Alcopops?«

»Was?«, fragt Rosie verwirrt.

»Haben vorhin zwei Typen gekauft. Ich glaub Brüder. Kann das sein?«

Rosie nickt. »Kann sein.«

Colleen macht einen Schritt zurück und schlägt zweimal aufs Dach, als hätte sie uns grad bei der Formel 1 am Boxenstopp die Reifen gewechselt.

»Diese Frau ist einfach überall«, sage ich, als sie geht.

Wir fahren drei Blocks weiter zu Rosies Apartment oben auf der Denham Street.

»Hey, Luce, schon gesehen?«, fragt Rosie und zeigt auf den Rasen vorm Haus.

»Äh, sieht aus wie ein Sprinkler«, sage ich. Keine Ahnung, was daran so interessant sein soll.

Rosie schüttelt den Kopf. »Nee, der ist fake! Es ist ein Sprinklerkopf-Schlüsselversteck.« Sie dreht den falschen Plastiksprinkler um. Darunter liegt ihr Hausschlüssel.

Ich lache. »Und wozu soll das gut sein? Du könntest den Schlüssel doch genauso gut unter einem Stein verstecken!«

»Du verstehst aber auch keinen Spaß, was?«, antwortet sie. »Der ist aus Denises *HomeHints*-Katalog. Da sind ein paar verdammt nützliche Sachen drin.«

Ich verdrehe die Augen. Mum und Rosie bestellen ständig irgendwelchen Quatsch aus diesem albernen Katalog.

»Wie läuft's mit Trent dem Handwerker?«, frage ich, als wir zu ihrem Apartment im zweiten Stock raufgehen.

»Gut«, sagt sie und öffnet die Tür. »Er ist ziemlich geschickt und repariert immer alles Mögliche, wenn er hier ist.«

»Wie oft ist er denn hier?« Ich setze mich auf die Couch.

»Ich weiß, worauf du hinauswillst«, antwortet sie. »Und ja, bisher nur montags, mittwochs und samstags. Wenn ich merke, dass ich mehr von ihm will, kann er von mir aus auch dienstags oder donnerstags kommen. Vielleicht auch freitags.«

Ich lächle gequält. »Na ja, sind ja erst drei Monate – er kann wohl von Glück sagen, dass er schon drei Tage die Woche kriegt.«

»Aber sowas von«, meint Rosie und bewundert ihr Spiegelbild in der Mikrowelle. »Wie auch immer, manchmal brauch ich eben einfach Sex«, sagt sie und verschwindet im Schlafzimmer.

»Aber heute ist doch Samstag, Rosie!«, rufe ich ihr hinterher. »Heute ist Trent-der-Handwerker-Abend!«

»Nein, heut nicht!«, ruft sie zurück. »Er ist mit ein paar Freunden in Armhem Land zum Angeln.«

»Ah, verstehe.« Gott sei Dank. Dann wird sie wohl nicht früher von der Party abhauen.

Ich gehe auf den Balkon und genieße die Aussicht. In ungefähr einem Kilometer Entfernung ragen die zwei Sandstein-Türme der St. Joseph's Cathedral in den Himmel. Der Fitzroy River glitzert in der Ferne, und über die zwei Brücken, die den Norden und den Süden der Stadt miteinander verbinden, schlängelt sich langsam der Verkehr. Hinter den Brücken, im Norden, liegen die hohen blauen Berge der Berserker Range.

Zurück in der Küche schenke ich mir ein Glas Wasser ein. Ich betrachte den Stapel Kochbücher neben der Spüle und die große Glasvase mit pinken Bougainvillea, die im farblichen Kontrast zum Teekocher und Toaster in leuchtendem Orange stehen. Den Kühlschrank hat Rosie knallgelb gestrichen. Bei Rosie ist alles auffällig und bunt, seien es die Schuhe, die Handtasche oder ihre Ausdrucksweise.

Auf der Bank steht ein ungeöffneter Karton mit der Aufschrift »Universal-Dosen-Seiher«. Ich will mir das Ding gerade näher ansehen, da erscheint Rosie in einem blauen Sommerkleid. Sie sieht toll aus.

»Das ist ein Sieb, das auf jede Dose passt«, erklärt sie lächelnd.

»Das ist ja unglaublich, Rosie!«

»Ich weiß«, sagt sie und ignoriert meinen Sarkasmus. »Wir verstauen das Eis mal besser in einer Kühlbox, was?«

3

Als wir zu unseren neuen Nachbarn rübergehen, hämmert mein Herz, als wäre ich sechzehn und auf dem Weg zu meinem ersten Schulball. Ich war schon seit Ewigkeiten auf keiner Party mehr, wird mir klar. Ein Blick auf Rosie bestätigt mir, dass es ihr genauso geht.

»Wenn wir abhauen müssen, haben wir es wenigstens nicht weit«, flüstere ich.

»Da hast du absolut recht«, sagt Rosie und öffnet die quietschende Pforte. »Apropos, was sagt Cher denn nun eigentlich?«

»Was?«

»Deine Mum hat gesagt …«

»Ach ja – Cher.« Ich schüttle den Kopf. »Cher sagt: ›Are you strong enough?‹«

Rosie sieht mich an. »Ich hoffe, die Getränke sind stark genug«, sagt sie trocken.

Ich fasse sie an der Schulter. »Mist. Wir haben vergessen, Würstchen zu kaufen.«

»Das macht nichts, das sagt man doch nur so, dass man was mitbringt«, beruhigt sie mich, während wir ums Haus herum in den Garten gehen. Ruth, Oscar und die anderen beiden, die ich vorher schon aus dem Fenster gesehen habe, sitzen in einem Halbkreis aus Klappstühlen unter einem Flammenbaum. Vor ihnen steht eine große Kühlbox. Im Hintergrund läuft *Triple J*, ein gutes Zeichen. Oscar begrüßt uns lächelnd, dann stellt er uns seiner sehr nett aussehenden Mutter Helen vor.

»Freut mich, Sie kennenzulernen, Lucy«, sagt sie lächelnd und reicht mir die Hand.

»Freut mich auch«, antworte ich. »Ich wohne im Moment nebenan bei meinen Eltern. Und Rosie wohnt da quasi auch.«

Lächelnd sehe ich hinüber zu Rosie, die sich großzügig ein Glas Rum einschenkt.

»Und, was hat Sie nach Rocky gebracht? Arbeit oder Familie?«, frage ich.

»Weder noch«, antwortet Helen. »Ich habe bisher in Sydney gewohnt, aber mein Mann ist Anfang des Jahres gestorben, und ich dachte, eine räumliche Veränderung würde mir guttun. Die Jungs haben mir beim Umzug geholfen und bleiben noch ein paar Tage, bis ich alles ausgepackt und mich etwas eingelebt habe.«

»Das tut mir leid mit Ihrem Mann«, sage ich, überrascht, dass es mir auch ein bisschen leidtut, dass Oscar und sein Bruder nicht lange hier sein werden.

»Er hatte Schmerzen, von daher war es am Ende eine Erlösung. Aber für die Jungs ist es ziemlich schwer, besonders für Ben.«

Ich folge ihrem Blick zu Oscars Bruder, der gerade einen Sambuca ext.

»Lucy!«, ruft Rosie und leert ihr Glas Rum. »Kannst du mir ein Bier geben?«

»Ich glaube, wir haben keins mitgebracht, oder?«, frage

ich, obwohl ich die Antwort bereits kenne. Das Funkeln in ihren Augen macht mich misstrauisch.

»Kein Problem«, sagt Oscar und öffnet die Kühlbox. »Greif zu.«

Ich werfe Rosie einen finsteren Blick zu, dann beuge ich mich vor und merke, wie mein Ausschnitt aufklafft, als ich ein Tooheys New aus dem Eis fische. Ich spüre Bens und Oscars Blicke auf mir und halte mit der freien Hand schnell das Top fest. Rasch richte ich mich wieder auf.

Rosie nimmt zwinkernd das Bier entgegen.

»Und, was machst du beruflich, Lucy?«, fragt Oscar, als ich mich wieder auf meinen Stuhl setze.

»Ach, ich war früher beim Fernsehen, mach aber grad 'ne Pause, um einen Roman zu schreiben.«

»Ist viel Sex drin?«, fragt Ben.

»Ben!«, ruft Oscar empört.

»Was denn, *Sex sells*«, sagt Ben und grinst.

»Das stimmt«, sagt Ruth und verlagert ihr beträchtliches Gewicht auf dem Plastikstuhl. »Auf meinem letzten Flyer für die Waschanlage hatte ich einen Bikini an – seitdem hab ich alle Hände voll zu tun.«

Helen nickt höflich, während Ben sich fast an seinem Bier verschluckt. »Arbeiten Sie als Franchise-Unternehmerin, Ruth?«, fragt Helen.

»Gott bewahre! Ich mach alles selbst. *Ruth's Wax 'n' Shine* auf der Fitzroy, Ecke Albert Street«, antwortet Ruth, zerknüllt eine leere Dose *Dark 'n' Stormy* und wirft sie sich über die Schulter.

»Verstehe«, sagt Helen zögerlich.

»Was ist mit dir?«, frage ich Ben, der versucht, sein Lachen zu unterdrücken, während Rosie mit Schnappatmung zur Wäschespinne geht, vollkommen unfähig, sich unter Kontrolle zu bringen.

»Immobilien … in Sydney«, sagt er und holt tief Luft. »Luxusobjekte an der Nordküste. Aber ich mach grad ein, zwei Wochen frei.«

»Klingt spannend«, sage ich lächelnd.

»Ja? Ich weiß nicht«, antwortet er, auf einmal ernst.

Bevor ich etwas erwidern kann, geht quietschend die Pforte auf, und wir blicken uns alle um, als Mum in einem hawaiischen Kleid mit einem Obstkorb und zwei Geschenkpäckchen in den Garten kommt. »Hallo, hallo, hallo! Ich bin Denise Crighton. Willkommen in der Straße«, sagt sie und reicht Helen den Obstkorb.

»Oh, wie schön! Danke. Ich bin Helen Simpson, und das hier sind meine Jungs, Ben und Oscar. Und kennen Sie …«

»Ruth«, sagt Mum ausdruckslos. »Ja, ich kenne Ruth.«

»Wunderbar! Setzen Sie sich, Denise«, sagt Helen fröhlich.

»Ach, und ich hab noch was für die Jungs«, sagt Mum und hält lächelnd ihre zwei Päckchen hoch.

»Cool! Werfen Sie sie her, ich such mir eins aus«, sagt Ben und streckt die Hände aus.

»Ben!«, ruft Helen, während Mum bereits zu ihm geht und ihm die Päckchen gibt.

Grinsend packt er beide aus und hält zwei sehr große Hawaii-Hemden hoch. »Danke, Denise«, sagt er, bevor er Oscar zuflüstert: »Voll krass.«

»Was für wunderschöne Farben, Denise«, sagt Helen. »Einfach bezaubernd.«

»Hmm.« Mum nickt. »Das waren Brians, bevor er das Laufen wieder angefangen hat.«

»Hatte er einen Unfall?«, fragt Helen betroffen.

»Nein, er hatte einfach nur mit seinen Morgenspaziergängen aufgehört und ist ziemlich aus dem Leim gegangen, aber die letzten Jahre haben sie nur noch im Schrank gelegen.«

»Oh«, sagt Helen und verlagert das Gewicht auf ihrem Stuhl.

»Ja, er hat schrecklich viel ferngesehen, nachdem wir unser Geschäft verkauft hatten und in Ruhestand gegangen sind«, plappert Mum weiter. »Ich hab versucht, ihn fürs Tandemfahren und für Clogging und alles Mögliche zu begeistern, aber er wollte nichts davon hören. Ich hab ihm sogar seine eigenen Bongos gekauft, aber die stehen nur rum und stauben ein.«

Rosie sieht zu mir rüber, und ich zucke die Achseln.

»Wie auch immer«, fährt Mum fort und setzt sich aufrechter hin. »Cher sagt, man holt das Spielzeug nicht rein, nur weil es regnet, und zum Glück hat Brian jetzt den Jockey Club – und seine Figur wieder.«

Als sich neben mir auf dem Zaun eine Krähe zu Wort meldet, schrecke ich auf. Erst da merke ich, dass ich die ganze Zeit die Luft angehalten habe. Ruth zerknüllt die nächste Bierdose und tut so, als wäre Mum gar nicht da. »Wirf mal her«, sagt sie zu Ben. »Die sind eh zu groß für euch Zwerge. Ich könnte fürs Autowaschen ein paar neue gebrauchen.«

Ben wirft Ruth die Hemden zu, und sie zieht sofort eins über ihr schwarzes Lycra-Unterhemd. Es passt perfekt. »Prost, Denise«, sagt sie und hält eine Dose UDL Passionsfrucht hoch.

»Okay«, sagt Rosie und klatscht in die Hände. »Das soll doch eine Party sein – also, immer, wenn jemand ›trinken‹, ›Sydney‹ oder ›Rocky‹ sagt, muss er oder sie einen Sambuca exen.«

»O nein, nicht Sambuca, Rosie«, sage ich. »Den vertrag ich nicht.«

»Ich weiß, Luce, aber nur wer wagt, gewinnt«, antwortet sie mit einem nicht gerade subtilen Nicken in Oscars Richtung.

»Denise, möchten Sie vielleicht eine kleine Hausführung bekommen?«, fragt Helen und steht schon halb auf.

»Sehr gern«, sagt Mum.

Während die beiden reingehen, rücken wir anderen unsere Stühle näher zusammen.

Ruth räuspert sich laut und verkündet: »Also, wenn ich nicht in Rocky wohnen würde, würde ich jetzt in Sydney was trinken gehen.«

»Gut gemacht, Ruth«, sage ich und schlage mir auf die Schenkel.

Ben schenkt ihr drei Schnapsgläser ein, und Oscar sieht fasziniert zu, wie Ruth sie eins nach dem anderen leert, ohne auch nur mit der Wimper zu zucken.

»Luce, wie heißt noch mal der Film, wo Sylvester Stallone einen Boxer spielt?«, fragt Rosie.

»Noch nie davon gehört«, antworte ich grinsend.

»*Rocky, Rocky II, Rocky III, Rocky IV, Rocky V* und *Rocky*

Balboa«, sagt Ruth und zählt dabei die Rockys an den Fingern ab. »Das macht sechs Kurze, Ben.«

»Ruth, du schummelst«, sagt Rosie verärgert.

»Es kann mich wohl keiner davon abhalten, ›Rocky‹, ›Sidney‹, oder ›trinken‹ zu sagen, oder?«, gibt Ruth zurück. »Ben, das macht übrigens noch mal drei. Insgesamt also neun. Gib mir doch einfach die Flasche, okay?«

Ben umklammert den Sambuca, und Oscar blickt auf seine Schuhe.

»Hey, keine Sorge«, sage ich schnell. »Es ist genug zu trinken für alle da.«

Rosie und die Jungs brüllen plötzlich los. Reingefallen, verdammt.

Ich lasse den Kopf in die Hände sinken. Ruth und Rosie kichern. Mir wird später wahrscheinlich hundeelend sein, aber wenigstens habe ich damit die Anspannung gelöst. Widerwillig nehme ich das Glas Sambuca von Ben entgegen und verziehe das Gesicht, als die warme Flüssigkeit meinen Hals runterläuft. Jetzt gibt es kein Zurück mehr. Doch wenn ich mir schon die Kante geben muss, dann will ich es wenigstens nach meinen Regeln tun. »Okay«, sage ich beim Aufstehen. »Spielen wir Weinkarussell.«

»Weinkarussell?«, fragt Oscar. »Was ist das?«

»Du hast noch nie Weinkarussell gespielt?«, frage ich und muss grinsen. »Verrückt. Oh, warte, vielleicht kennst du es als Schicksalskarussell?«

Er lacht. »Nee. Keine Ahnung, was das sein soll.«

Rosie beugt sich über die Kühlbox und reißt den Tütenwein aus dem Coolabah-Karton.

»Wenn ihr mir bitte folgen würdet«, sage ich und gehe zur Wäschespinne, wo Ruth sich bereits unter einem der Arme positioniert hat. Die Jungs stehen ebenfalls auf, und wir verteilen uns unter der Wäschespinne. Rosie hängt die silberne Weinblase feierlich an die Leine, dann stellt sie sich direkt darunter, öffnet den Mund und dreht den Hahn auf. Nachdem eine erschreckend große Menge goldener Flüssigkeit in ihren Mund gelaufen ist, dreht sie den Hahn wieder zu und sagt mit andächtiger Stimme: »Willkommen zum Weinkarussell.«

Dann schubst sie die Wäschespinne mit einem kräftigen Stoß an, und wir sehen zu, wie die silberne Weinblase herumwirbelt, bis Rosie auf einmal die Hand in die Luft streckt und die Wäschespinne wieder anhält. »O nein, nicht schon wieder ich!«, ruft sie gespielt ungläubig und öffnet den Hahn. Sie schluckt mehrmals, bevor sie sagt: »Okay, das nächste Mal sollte besser jemand anders drankommen.« Sie stößt die Wäschespinne schwach an, und die Weinblase bleibt über Ben hängen. Als er jedoch den Hahn öffnet und der Wein in seinen Mund läuft, jault er vor Schmerzen auf. »Scheiße, ist das Zeug süß!«, ruft er und hält sich die Wange. »Ich glaub, ich hab ein Loch.«

»Lass mal gucken«, sagt Rosie und geht zu ihm rüber. »Ich bin Zahnärztin.«

»Genau, und ich bin Richter am Obersten Gerichtshof«, sagt Ben.

»Sie ist wirklich Zahnärztin!«, sage ich. »Und zwar die beste, die es je in Rocky gab.«

»Da bin ich mir nicht so sicher«, spottet Ruth. »Ich gehe zu Justin Adams im Norden, und der ist sehr gut.«

»Wenn du das sagst, Ruth. Mach den Mund auf, Ben«, befiehlt Rosie.

Ich blicke zu Oscar, und wir lachen, als Rosie Ben tatsächlich in den Mund schaut.

»Du musst dich hinlegen«, sagt sie. »Von hier aus kann ich nichts sehen.«

Ben gehorcht, und Rosie beugt sich über ihn, bis ihre Gesichter so nah beieinander sind, dass sie genauso gut Mund-zu-Mund-Beatmung machen könnte. Ich falle vor Lachen fast um.

Dann setzt Rosie sich auf und sagt: »Du hast zurückgehendes Zahnfleisch. Besorg dir Sensodyne und eine Zahnbürste mit weichen Borsten. Das sollte helfen.« Sie nimmt die geschrumpfte Weinblase von der Wäscheleine, trinkt den Rest aus und bläst die leere Blase auf wie einen Luftballon. »Hier«, sagt sie und reicht sie Ben. »Ein Kissen für dich. Nach einem Nickerchen darauf fühlst du dich wie neugeboren.«

Wir setzen uns wieder auf die Stühle, und Oscar fragt mich nach meinem Roman und wie lange es dauert, ein Buch zu schreiben. Ich erzähle ihm, dass ich seit sechs Monaten daran schreibe und mir selbst das Ziel von siebzigtausend Wörtern bis Ende des Jahres gesetzt habe. Als ich ihm erkläre, wie viel DIN-A4-Seiten das sind, schüttelt er erstaunt den Kopf und sagt: »Wow, das könnte ich nicht.« Dabei lächelt er hinreißend.

Als er nach der Handlung des Romans fragt, habe ich ein bisschen Angst, ihn zu langweilen, doch er hört meiner Erzählung von der Welt der Fosters und den Edelsteinfeldern um Rubyvale aufmerksam zu.

»Klingt echt interessant«, sagt er. »Ich würde gern behaupten, besser über die Geschichte des Edelsteinabbaus Bescheid zu wissen, aber mehr als ›Gold Digger‹ auf Spotify zu hören, habe ich mich mit dem Thema noch nicht beschäftigt.«

Wir lachen beide. Wer hätte gedacht, dass dieser Mann mit Augen wie ein Husky so warmherzig und lustig ist? Und während unsere Unterhaltung von unseren gemeinsamen Lieblingsautorinnen und -autoren zu unser beider geheimen Faszination für Bruce Springsteen übergeht, hoffe ich inständig, dass niemand unser Gespräch unterbricht, damit ich Oscars Lachen weiter für mich allein behalten kann. Zugegeben: Viel Konkurrenz gibt es nicht. Ruth hat sich vorn an der Pforte eine Kippe angezündet, und Rosie fragt Ben gerade, ob er nicht vielleicht eine Wurzelkanalbehandlung braucht, worauf er antwortet, dass er ziemlich sicher drei bräuchte.

Während der Haufen leerer Bierdosen immer größer wird und der Nachmittag langsam in den Abend übergeht, stellt Oscar mir weiter Fragen über mich und mein Leben in Rocky, und ich bin so überwältigt von seinem aufrichtigen Interesse, dass ich erst, als Dad um acht vom Jockey Club kommt und zu uns stößt, merke, dass ich in der ganzen Zeit fast nichts über Oscar erfahren habe. Er hat an einem Punkt angedeutet, in der Gastronomie zu arbeiten, und ich will ihn gerade noch mal genauer danach fragen, als ich sehe, wie Rosie unter dem mondbeschienenen Flammenbaum auf Mum und Helen zustolpert.

Ich stehe vom Stuhl auf – wie sich herausstellt, bin ich

auch nicht mehr so ganz nüchtern – und schwanke ihr hinterher.

»Denise, Helen, danke für eure Gastfreundschaft«, nuschelt Rosie, dann dreht sie sich zu mir um und flüstert lauthals: »Schnapp ihn dir.«

»Er ist wahrscheinlich verheiratet, Rosie«, flüstere ich leiser.

»Nein, ich hab gehört, wie er Ruth vorhin etwas von einer On-off-Beziehung mit einem Mädel in Sydney erzählt hat.«

»Tja, das heißt aber nicht, dass ich mich an ihn ranschmeißen sollte.«

»Tu doch nicht so, als hättest du sowas noch nie getan!«

»Rosie! Geh nach Hause.«

»Hey, Oscar!«, brüllt sie. »Du solltest Lucy küssen!«

»Tschuldigung!«, rufe ich ihm verlegen zu. »Sie ist nicht mehr ganz zurechnungsfähig.«

»Kein Ding«, sagt er lachend.

Ben, der an der Wäschespinne hängt, scheint sich über unseren Austausch zu amüsieren. »Ihr Mädels vom Land seid der Knaller!«, ruft er und löst eine Hand von der Wäschespinne, um Ruth High five zu geben.

»Ich geh dann auch mal«, sage ich. Nach Rosies peinlicher Nummer brauche ich gar nicht erst zu versuchen, die Unterhaltung mit Oscar fortzuführen. »War schön, euch kennenzulernen. Wir sehen uns bestimmt mal wieder.«

»Ganz bestimmt«, sagt Oscar lächelnd. »Bis dann.«

Ich bedanke mich bei Helen und heiße sie noch mal in der Straße willkommen, dann trete ich hinaus auf den

Gehweg, wo Rosie vergeblich versucht, auf ihr Fahrrad zu steigen.

Sie sieht mich betreten an. »Ich weiß, ich weiß – tut mir leid.«

»Du bist unmöglich! Rosie, wie konntest du mir das antun? Wir sind zweiunddreißig!«

»Ich kann nichts dafür!«, sagt sie. »Es gab Weinkarussell, es gab Nachos! Ich hab mich gefühlt, als wäre ich wieder fünfundzwanzig!«

»Ja, ich mich auch«, gebe ich zu. »Oje, ich werde mich wohl erst mal nicht mehr bei ihm blicken lassen können. Und wie sieht's mit seinem Bruder aus?«

»Oh nein, das wird nichts. Als ich umgefallen bin und er mir hochgeholfen hat, hat er mir an den Hintern gepackt.«

Sie fährt los und schlingert über die ganze Straßenbreite. »Bis dann, Luce!«

»Bis dann.«

»Ich liebe dich, Luce!«, ruft sie, und ihre Stimme wird leiser, während sie sich immer weiter entfernt.

»Ich dich auch«, rufe ich ihr hinterher.

»Ich finde immer noch, du solltest Oscar küssen«, ruft sie, dann biegt sie um die Ecke.

In meinem Zimmer falle ich aufs Bett, öffne die Nachttischschublade und nehme ein Foto heraus. Jeremy und ich beim Tauchkurs – da hatten wir uns damals kennengelernt. Ich lege es wieder weg und blicke an die Decke.

Manchmal wünsche ich, Jeremy würde sich einfach verloben. Dann müsste ich endlich begreifen, dass es vorbei ist, und könnte aufstehen, mein Krönchen richten und weitermachen.

Ich versuche, die Situation realistisch zu betrachten. Ich habe noch zweitausend Dollar an Ersparnissen. Ich bin fast fertig mit meinem Buch. Ich habe Glenda. Mein Leben ist noch längst nicht vorbei. Und doch kommt es mir manchmal vor, als hätte es den schimmernden Glanz der Möglichkeiten verloren, die ich mit Mitte zwanzig noch hatte.

Abgesehen von Rosie sind die meisten meiner Freundinnen inzwischen verheiratet und haben Kinder – und absolut keine von ihnen wohnt noch bei ihren Eltern. Ich weiß, dass ich hier raus- und aus Rocky wegmuss, aber wo soll ich hin? Ich könnte zurück nach Melbourne und versuchen, bei einer Agentur unterzukommen, als TV-Moderatorin durchstarten und hoffentlich bei *Getaway* landen, aber wie realistisch ist das, bitte? Und wenn ich in einer Kleinstadt wie Fremantle oder Newcastle eine Familie gründen will, dann sollte ich mir doch eher da einen Job suchen und jemanden kennenlernen.

Aber was ist, wenn ich es tatsächlich schaffe, diesen Roman zu Ende zu schreiben, und er veröffentlicht wird? Als Kind habe ich davon geträumt, wenn ich groß bin, Süßwaren auf Jahrmärkten zu verkaufen oder Autorin wie Anne aus *Anne auf Green Gables* zu werden. Vielleicht muss ich bloß mehr Vertrauen in meine Kindheitsträume haben. Und Schreiben kann ich schließlich überall. Dafür muss ich nicht nach Melbourne oder Sydney ziehen. Ich kann genauso gut in Rocky bleiben. Rosie ist hier schließlich auch zufrieden. Sind es vielleicht nur meine eigenen Schranken in meinem Kopf, die mich davon abhalten? Stehe ich mir nur selbst im Weg?

Ich stelle mein iPhone auf Shuffle und setze es auf die Dockingstation der Stereoanlage. Das erste Lied ist Radioheads »Fake Plastic Trees«. Die betrunkenen Tränen kullern mir über die Wangen und aufs Kissen.

Augenblicke später klopft es an der Tür, und Dad ruft: »Mach das leiser, Lucy!«

Ich drehe die Lautstärke runter und höre, wie er den Flur runtergeht und dabei »Elende Depri-Mucke« vor sich hinbrummt.

Kurz darauf schlafe ich zu dem einlullenden Rhythmus von Thom Yorke ein.

4

Am nächsten Morgen wache ich von einem entsetzlichen surrenden Geräusch auf. Ich drehe mich um und vergrabe den Kopf unterm Kissen, aber der Lärm dringt trotzdem durch. Ich setze mich auf. Zu schnell. Ich fühle mich wie im Kettenkarussell.

Als ich mich wieder hinlege, kommen auf einmal die Erinnerungen an den Abend zuvor hoch. O Gott, wie peinlich, denke ich, als mir einfällt, wie Rosie Oscar zugerufen hat, dass er mich küssen sollte. Aber hey, was soll's? Er ist eh nicht zu haben. Niemand, der so charmant und gut aussehend ist, ist noch zu haben. Ich hoffe nur, wir können wenigstens Freunde sein. Ich stehe auf und ziehe Shorts und T-Shirt an. Dann öffne ich die Tür und sehe, dass der Verursacher des schrecklichen Lärms eine silberne, über den Flur sausende Scheibe ist.

Im Wohnzimmer übt Mum zu Chers »Just Like Jesse James« Qi-Gong. »Mum!« Ich hebe die Stimme, damit sie mich hört. »Was ist das für ein Ding, das da so einen Krach macht?«

»Das ist Roomba!«, antwortet Mum, die Arme nach oben und das linke Bein nach hinten ausgestreckt. »Ich hab sie bei *HomeHints* bestellt. Sie ist das Beste, was mir je passiert ist.«

»Sie hat mich geweckt!«, rufe ich. Das nächste Mal werde ich den bescheuerten *HomeHints*-Katalog verbrennen, wenn er kommt.

»Es ist aber auch Zeit, dass du langsam mal aufstehst«, sagt Mum. »Es ist Mittag! Und sag nichts Schlechtes über Roomba – sie saugt die ganzen weißen Haare von Glenda auf!«

»Okay«, sage ich auf einmal kleinlaut. »Was macht Dad?«

»Der ist im Fernsehzimmer und guckt eine Wiederholung von *Meals in Wheels*. Ich muss sagen, sie macht ihren Job ziemlich gut, diese Tiffany Bloxsom.«

»Mm«, brumme ich. Tiffany Bloxsom und ich haben damals in Perth gleichzeitig als Fernsehmoderatorinnen angefangen. Sie moderiert jetzt *Meals in Wheels* – eine Reality-TV-Sendung, bei der die Teilnehmer in einem Van kochen und um den Titel des besten Foodtrucks in Australien wetteifern. Kaum zu glauben, aber die Zuschauerzahlen gehen durch die Decke.

»Hörst du ab und zu noch von Tiffany?«, fragt Mum und richtet ihre Schweißbänder.

»Mum, warum sollte ich von ihr hören? Ich hab schon seit vier Jahren keinen Kontakt mehr mit ihr.«

»Entschuldige, dass ich versuche, ein Gespräch anzufangen.« Mum greift nach ihrer Wasserflasche. »Da ist wohl jemand ein bisschen empfindlich heute, was?«

Mein Handy plingt, und ich lese die Nachricht von Rosie: *Bist du auf? Wenn ja, besorg uns ne DVD! Bin in 15 min da.*

Okay, bis gleich, schreibe ich und gehe zum Auto.

Kurz darauf stehe ich bei *Video Ezy* und warte auf die Kassiererin, die ich sofort als Colleen von gestern vom *Bottle-O* wiedererkenne. Sie dreht die DVD-Hülle um und liest den Text auf der Rückseite. Dann sagt sie: »*Girls*, ja? Wie ist die fünfte Staffel denn so?«

»Keine Ahnung, ich hab sie ja noch nicht gesehen«, antworte ich matt und blicke sehnsüchtig auf die Chicken-Twisties, bis mir einfällt, dass ich ja noch die Packung Doritos von gestern im Auto habe.

Colleen scannt den Barcode ein, nimmt die DVD raus und steckt sie langsam in die Reinigungsmaschine. »Vielleicht nicht unbedingt eine, die man vor den Kindern sehen sollte?«, fragt sie.

»Nein«, stimme ich zu. »Ganz bestimmt nicht.«

Sie reicht mir die Hülle. »Okay, meine Liebe, hab einen schönen Nachmittag.«

Als ich wieder nach Hause komme, höre ich Mum und Rosie im Wohnzimmer lachen. Ich schaufele mir Doritos in den Mund und gehe direkt in die Küche. Nach zwei Kopfschmerztabletten und ein paar Gläsern Wasser geselle ich mich zu den beiden ins Wohnzimmer. Rosie sitzt auf dem Sofa, die Füße auf dem Couchtisch, der voller Burgerpapier liegt.

»Nie wieder Alkohol«, stöhne ich.

»Sag nichts«, antwortet sie. »Ich hab heut schon zweimal gespuckt.«

»Ich mach euch einen Artischockentee, der ist gut gegen Kater«, erklärt Mum und verschwindet in der Küche. Ich lege die DVD ein und innerhalb von Minuten sind die Geräusche einer lauten Sexszene zu hören.

Wie aufs Kommando kommt Dad rein und bleibt mitten vorm Fernseher stehen. »Das klingt aber nicht besonders gut!«, sagt er schroff.

»Brian!«, schreit Rosie und versucht, ihn aus dem Blickfeld zu scheuchen. Doch Dad steht einfach nur da und sieht uns an, daher drückt Rosie auf Pause und sagt: »Ach, übrigens, wusstet ihr, dass er *Bev's Buffet* gegründet hat?«

»Wer hat *Bev's Buffet* gegründet?«, frage ich.

»Oscar«, antwortet Rosie.

Gott, denke ich, er hat auf jeden Fall ganz schön untertrieben, als er sagte, dass er »in der Gastronomie« arbeitet.

»Wer ist Oscar?«, fragt Dad laut.

Rosie massiert sich die Schläfen. »Au, das tut weh. Kannst du bitte ein bisschen leiser reden, Brian?«

»Oscar ist der Typ von nebenan, Dad«, erkläre ich. »Der Größere von den beiden.«

»Verdammt! Er hat also wirklich *Bev's Buffet* gegründet?«, sagt Dad. »Ein ziemlich gescheiter junger Mann. Ein Büfett mit unbegrenzten Freigetränken.« Er klatscht in die Hände. »Das ist eine Goldmine!«

Rosie hebt auf einmal den Kopf. »Er muss stinkreich sein.«

»Ganz bestimmt«, sagt Dad. »Es gibt eine Filiale in Yeppoon ...«

»Und eine hat grad in Gladstone eröffnet«, sage ich.

»Richtig, das macht zwei in Central Queensland«, sagt Dad gut gelaunt, er liebt solche Art Gespräche.

Da kommt Mum mit unserem Tee herbeigeeilt. Sie trägt nur noch einen Badeanzug. Als sie anfängt, sich den Oberschenkel mit Sonnenmilch einzuschmieren, wende ich schnell den Blick ab. »In Mackay habe ich vier *Bev's Buffets* gesehen«, sagt sie aufgeregt.

»Und es gibt eins am Townsville Airport«, sage ich.

»Ich glaube, in Cairns sind auch ein paar«, wirft Rosie ein.

»Wow«, sagt Dad begeistert. »Und dabei haben wir noch nicht mal an den Südosten gedacht.«

»Gott!«, ruft Mum und wechselt das Bein. »Da unten gibt es wahrscheinlich Hunderte!«

»Nein, bis Brissie ist er noch nicht gekommen. Er ist noch dabei zu expandieren, hat er mir erzählt.« Rosie trinkt von ihrem Tee und verschluckt sich fast. »Verdammte Scheiße, Denise, was *ist* das?«, ruft sie.

Bevor Mum antworten kann, sagt Dad: »Trotzdem, er wird gut verdienen. Er wird *sehr* gut verdienen. Hat alles richtig gemacht, der Junge.«

»Wenn wir auf der Farm sind, musst du ihn unbedingt nach den ganzen Haftpflichtsachen für euer Reiterfest beim Jockey Club fragen«, sagt Mum.

Dad nickt langsam. »Ja, das könnte ich. Gute Idee.«

»Auf der Farm? Warum sollte er auf der Farm sein?«, frage ich Dad.

»Verdammt, ich dachte, ihr Mädels wärt fertig!«, ruft er. »Ich hab gestern Abend mit Heather besprochen …«

»Helen«, korrigiert ihn Mum.

»… dass Helen und ihre Söhne heute Nachmittag mit uns zur Farm kommen! Kommt, los, ich hab sie gerade schon draußen sitzen sehen.«

Ich blicke aus dem Fenster. Helen hockt auf den Stufen zu ihrer Haustür und liest *The Happiest Refugee*, während Oscar im Garten auf und ab geht und konzentriert telefoniert. Ben liegt auf dem Rasen, er hat eine Sonnenbrille auf und sieht ein bisschen fertig aus.

»Könnt ihr nicht ohne uns fahren?«, bettele ich.

»Nein, ich habe Henrietta gesagt, dass wir alle fahren«, sagt Dad. »Außerdem ist frische Luft genau das Richtige für euch Mädchen.«

»Ich fahr vielleicht einfach nach Hause …«, sagt Rosie und steht von der Couch auf.

Ich ziehe sie wieder runter. »Nein! Du bist mir was schuldig«, sage ich, halb flehend, halb im Befehlston.

»Okay«, sagt sie und verzieht das Gesicht. »Aber ich hab keinen Badeanzug dabei.«

»Ich kann dir einen ausleihen, Schätzchen«, sagt Mum.

Wir holpern mit Dads Geländewagen über die Sanddünen. Oscar und Ben klammern sich an die Seiten der Ladefläche, während Helen, Rosie und ich uns an der Haltestange hinter der Fahrerkabine festkrallen. Dad jagt wie ein Cowboy über die Farm, als wäre er sich unseres Katers überhaupt nicht bewusst. Ich kann mir bildlich vorstellen, wie Mum ihn immer wieder ermahnt, langsamer zu fahren, und sich dabei Rescue-Tropfen in den Mund sprüht.

Endlich kommen wir am Meer an. Mit einem Ruck hält Dad an und steigt aus.

»So, da wären wir«, sagt er und deutet auf die weite Graslandschaft, die zum verlassenen Sandstrand und dem glitzernden Meer hinabfällt. »Willkommen im Paradies.«

»Es ist wunderschön hier, Brian«, sagt Helen und nimmt die Sonnenbrille ab.

»Ja, es ist ein ganz hübsches Fleckchen«, antwortet Dad. »Und so friedlich. Kein Handyempfang, was das Ganze noch besser macht.«

»Sehr gut. Da kannst du endlich mal Pause von deinem Telefon machen, Oscar«, sagt Helen und lächelt ihren Sohn an, bevor sie sich wieder Dad zuwendet. »Brian, das Vieh auf dem Weg hierher sah äußerst gesund aus.«

»Die Kühe sind so fett, die bei Weight Watchers würden sich umbringen, wenn sie die sehen würden«, antwortet Dad.

»Könnten Sie sich vorstellen, einen Teil der Farm zu verkaufen, um hier einen neuen Vorort entstehen zu lassen?«, fragt Ben, ganz der Immobilienguru.

»Nein«, antwortet Dad.

»Sie sind wohl ziemlich reich, was?«, fragt Ben.

»Ach, so würde ich es nicht beschreiben, Ben, ich habe einfach mein Leben lang hart gearbeitet«, sagt Dad und wirft Rosie und mir einen vielsagenden Blick zu.

»Warum guckst du uns so an?«, protestiert Rosie. »Ich bin Zahnärztin!«

»In Teilzeit«, murmelt Dad und geht los, um ein paar Klappstühle von der Ladefläche des Pick-ups zu holen.

Wir stellen sie unter die Eukalyptusbäume und setzen uns, während Dad noch einen Picknickkorb bringt.

»Mag jemand einen Tee?« Ich nehme die Thermoskanne aus dem Korb.

»Das wäre wunderbar, danke, Lucy«, antwortet Helen.

»So lange das nicht das schreckliche Zeug von vorhin ist«, sagt Rosie, die ein bisschen grün im Gesicht ist.

»Schenkst du mir einen mit Milch ein, Schätzchen?«, bittet Mum.

»Das glaub ich gern, dass Sie hierfür hart gearbeitet haben, Brian«, sagt Oscar. »Letztendlich kommt es auf harte Arbeit und Risikobereitschaft an, nicht wahr?«

»Absolut, Oscar. Ich meine, in Ihrem Fall ja auch ... ein Büfett mit unbegrenzten Freigetränken«, sagt Dad und schüttelt bewundernd den Kopf. »Eine geniale Idee! Wie sind Sie darauf gekommen?«

»Tja«, erklärt Oscar lebhaft, »ich war schon immer ein Fan von den Sizzler-Restaurants, das überzeugt mich einfach als Modell mit All-you-can-eat ...«

»All-you-can-eat, das kann ich gut«, murmelt Rosie und tätschelt sich den Bauch.

»Vor zehn Jahren war ich mal mit meiner damaligen Freundin bei einem Sizzler in Gold Coast, und ich hab sie gefragt: ›Laura, warum gibt es eigentlich in Sydney keinen Sizzler?‹ Und sie hat gesagt: ›Weil es zu prollig ist.‹«

»Das ist ein bisschen hart«, sage ich. »Ich liebe den Käsetoast bei Sizzler.«

»Ich auch«, sagt Rosie. »Sizzler ist unglaublich!«

»Ich mag den Käsetoast auch«, sagt Oscar schnell, »aber die Leute in Sydney haben es eben gern etwas nobler – ob man das jetzt positiv oder negativ wertet sei mal dahingestellt. Und da ist mir die Idee mit *Bev's Buffet* gekommen.«

Dad nickt bewundernd.

»In Queensland können wir gerade ein rasantes Wachstum verzeichnen, und als Nächstes nehmen wir uns Brisbane vor«, erklärt Oscar.

»›*Bev's Buffet*‹ ist aber nicht gerade ein besonders nobler Name, oder?«, bemerkt Rosie.

»Stimmt, aber das gehört zum Marketingkonzept. Wir mussten der Kette einen prolligen Anschein geben, damit auch die Prolls sich angesprochen fühlen, aber sobald man drin ist, sieht man, dass es Klasse hat.«

»Ein bisschen wie bei Lucy«, sagt Rosie und stößt mich mit dem Ellbogen an. Aber es macht mir nichts aus. Mir ist nämlich plötzlich klar geworden, dass ich mich anscheinend in Oscar getäuscht habe: Er scheint ein ganz schöner Langweiler zu sein. All das Gerede übers Geschäft …

»Also, Lucy, ich bewundere, was *Sie* machen«, sagt Helen freundlich. »Einen Roman zu schreiben ist schließlich auch ein Risiko, aber es wird sich bestimmt auszahlen.«

»Das wär schön«, murmelt Dad. »Grad ist sie ziemlich blank.«

»Wenigstens muss sie für niemanden blankziehen«, sagt Rosie und kriegt sich vor Lachen nicht mehr ein.

Dad schüttelt den Kopf. »Die beiden nehmen einfach

nichts ernst, Oscar. Ich meine, Rosie hat an der University of Queensland ein Prädikatsexamen in Zahnmedizin gemacht, und sie arbeitet drei Tage die Woche – wenn's hoch kommt –, aber Lucy …« Er saugt scharf die Luft ein.

»Brian, jetzt ist aber gut!«, sagt Mum nachdrücklich. »Lucy hat in Melbourne hart gearbeitet, und sie weiß, wann sie eine Linie zu ziehen hat.«

»Ich ziehe auch gern mal eine Line«, kichert Ben leise vor sich hin.

»Mum und Dad finden, ich sollte langsam mal einen Schlussstrich ziehen«, erkläre ich Helen. »Ich sollte allmählich an den Punkt kommen, wo ich sage: ›Genug ist genug‹, und das Schreiben aufgebe.«

»Du darfst nicht aufgeben«, sagt Oscar voller Überzeugung, und da fällt mir wieder ein, wie ich ihm gestern Abend in aller Ausführlichkeit von meinem Buch erzählt habe. »Man sollte niemals aufgeben.«

»Aber irgendwann muss doch der Punkt kommen …«, fängt Mum zögerlich an.

»Lucy ist zweiunddreißig und kann sich noch nicht mal einen Cappuccino leisten, geschweige denn eine eigene Wohnung«, sagt Dad. »Aber klar, sie wird schon irgendwie klarkommen. Ich hab Lenny und Max gesagt, wenn wir irgendwann nicht mehr sind, müssen sie sich um sie kümmern.«

»Dad!«, protestiere ich. »Ich bin nicht invalide! Außerdem hab ich mich inzwischen um Freelance-Jobs beworben.« An Helen gerichtet fahre ich fort: »Ich hab dem *National Geographic,* der *New York Times* und der *Vogue* Artikel angeboten.«

»Hast du schon was gehört, Liebes?«, fragt Mum fröhlich.

»Nein.«

»Du warst doch in dieser Fernsehsendung, *Headline Act*, oder?«, fragt Ben.

Ich nicke lächelnd. »Ja, ich hab die Sendung drei Jahre lang moderiert.«

»Wusste ich doch, dass du das warst!«, sagt Ben. »Oscar und ich haben dich gestern Abend noch gegoogelt und ein paar deiner Sendungen gesehen. Die waren großartig – total lustig.«

Ich weiß nicht, ob ich mich freuen oder entsetzt sein soll. »Danke, ja, die haben Spaß gemacht.«

»Warum hast du dann aufgehört?«, fragt Ben.

Ich schlucke.

»Bei *Meals in Wheels* kommt das nächste Mal wohl Jason mit seinem *Roll-With-It*-Foodtruck aus Adelaide«, sagt Dad und beugt sich auf seinem Stuhl vor.

Normalerweise wäre ich ihm ja dankbar für den Themenwechsel, wenn ich nicht wüsste, dass er uns schlicht aus Unaufmerksamkeit unterbrochen hat und nicht, um mich aus einer peinlichen Situation zu retten.

»Der Texanische Pfeffer-Burger war wirklich unglaublich lecker.«

»Apropos unglaublich lecker«, sagt Ben. »Diese Tiffany Bloxsom, die ist der Wahnsinn!«

»Okay, wer hat Lust auf 'ne Runde Touch-Rugby?«, fragt Rosie, wirft mir einen Blick zu und springt auf.

»Touch?«, fragt Ben. »Nee, wenn schon Rugby, dann auch richtig.«

»Meinetwegen«, sagt Rosie und blickt sich um. »Wirf den Ball her, Brian.«

Wir gehen über die Dünen zum Strand, Rosie und Ben vorneweg und Oscar und ich hinterher.

»Ich weiß, ich habe dich gestern erst kennengelernt«, sagt Oscar, »aber ich finde es richtig, dass du dein Buch schreibst.«

Ich lächle. »Ich hoffe, dass es die richtige Entscheidung ist.«

»Ich hab so oft ans Aufgeben gedacht, als ich mit *Bev's Buffet* noch ganz am Anfang stand. Ich wurde von so vielen Banken abgewiesen, und ich habe es trotzdem geschafft. Du darfst dich nicht entmutigen lassen.«

»Okay«, ruft Rosie. »Oscar und ich sind ein Team, und du spielst mit Ben zusammen, Lucy. Wir sind Queensland und ihr New South Wales.«

»Dann gib uns zehn Punkte Vorsprung!«, lache ich im selben Moment, als Ben zu Rosie sagt: »Ich kann nicht glauben, dass du Zahnärztin bist.«

»Okay, Queensland fängt an«, ruft sie, ohne Ben zu beachten.

Rosie wirft Oscar den Ball zu, und er läuft in meine Richtung. Ich strecke die Arme nach ihm aus und versuche, ihm den Ball abzunehmen, woraufhin er halb hinfällt. Wir lachen beide, dann flüstert Rosie mir ins Ohr: »Zieh ihm die Hose runter.«

»Nur ein schnelles Spiel ist ein gutes Spiel!«, ruft Ben.

Also wirft Oscar den Ball zu Rosie, und sie läuft den Strand entlang, Ben knapp hinter ihr. Er holt sie ein und packt sie am Knöchel, und sie landet wie ein Sack Kartoffeln im Sand. Dabei rutschen ihr die Träger von Mums viel zu großem Badeanzug von den Schultern. Ben wendet schockiert den Blick ab. »Shit, das wollte ich nicht …«

Oscar läuft sofort zu ihr. »Alles okay, Rosie?«, fragt er.

Auf dem Bauch liegend richtet Rosie die Träger, bevor sie sich umdreht und Sand spuckend murrt: »Alles okay.« Sie funkelt Ben wütend an. »Und du bist 'ne typische New-South-Wales-Kakerlake.« Dann steht sie auf und kickt den Ball in die Luft, um ihn gleich wieder zu fangen und damit direkt auf Ben zuzulaufen. Kapitulierend hebt er die Hände, aber sie rennt mit vollem Schwung in ihn hinein und wirft ihn um.

»Rosie!«, rufe ich bestürzt und laufe zu Ben. Währenddessen lässt Oscar sich lachend in den Sand fallen.

»Leck mich, Oscar«, sagt Ben, rollt sich vorsichtig auf die Seite und steht auf. »Meine Kondition ist auch nicht mehr das, was sie mal war. Ich geh mir mal besser was zu trinken holen.« Und damit geht er zurück über die Dünen zu unseren Eltern.

»Mist«, sagt Rosie. »Das hätte ich wohl nicht machen sollen.«

»Keine Sorge«, sagt Oscar. »Der kommt schon klar. Wahrscheinlich ist es ihm nur peinlich.«

»Trotzdem, das war echt unnötig, Rosie«, sage ich. »Kommt irgendwer mit schwimmen?« Ich ziehe mein Top und die kurze Hose aus.

»Ja, ich sollte diesen wunderschönen Badeanzug wohl mal in seiner ganzen Pracht zeigen«, antwortet Rosie mit Blick auf die wattierten Cups und den ausgeblichenen

Druck mit den früher mal korallenroten Seepferdchen und steigt aus ihren Shorts.

Lachend schüttele ich den Kopf. »Rosie, der Badeanzug ist furchtbar«, flüstere ich, während wir ins Wasser waten. »Mum hat ihn noch nicht mal für fünf Dollar auf dem Schnäppchentisch verkaufen können!«

»Ja, sie wollte dir auf jeden Fall einen Vorteil bei den Jungs verschaffen«, sagt Rosie lachend.

»Kann man reingehen?«, ruft Oscar vom Ufer aus.

»Ja!«, rufe ich zurück.

»Keine Quallen?«, fragt er.

»Keine Quallen.«

»Keine Krokodile?«

»Ich seh zumindest keine«, neckt ihn Rosie. »Oh, Moment, was ist das?«

»Es ist wunderschön!«, rufe ich. »Ich bin hier schon als kleines Kind geschwommen, und es gab nie irgendwas, wovor man hätte Angst haben müssen.«

»Bis auf das eine Mal, als Brian diese durchsichtige lila Badehose anhatte«, murmelt Rosie. »Und den Jet-Ski, den er früher hatte.«

Oscar zieht sich das T-Shirt aus und macht einen Köpper ins Wasser. Ob Langweiler oder nicht, die breiten Schultern sind nicht übel, denke ich, als er wieder auftaucht.

»Ist das herrlich!«, ruft er.

»Hat aber ganz schön lange gedauert – ich dachte, ihr Jungs aus Sydney wärt tough?«, scherzt Rosie.

»Nur im Vergleich mit denen aus Melbourne.«

»Auch wieder wahr.«

»Apropos«, sage ich, »die Broncos spielen morgen Abend gegen die Rabbithohs, falls ihr rumkommen wollt. Dad hat einen Fernseher auf der Terrasse und wird grillen. Ray Warren wird total im Rausch sein!«

»Klingt super«, sagt Oscar. »Aber meine Freundin Kate kommt heute Abend aus Sydney.«

»Okay, kein Problem«, sage ich und werfe Rosie einen vielsagenden Blick zu.

»Was ist mit euch? Seid ihr mit jemandem zusammen?«, fragt Oscar, ohne unseren stillen Austausch zu bemerken.

»Ja, sozusagen«, antwortet Rosie. »Ich hab einen Teilzeit-Freund, Trent den Handwerker.«

»Machst du alles in Teilzeit?«, fragt Oscar verschmitzt lächelnd.

»So ziemlich. Nur verdammt gut auszusehen – das ist ein Fulltimejob.«

Ich pruste ins Wasser.

Oscar sieht mich erwartungsvoll an.

»Tja, ich hatte fünf Jahre lang eine On-off-Beziehung mit einem Typen in Melbourne«, fange ich an, »aber …«

»Bla, bla, bla«, unterbricht mich Rosie. »Lucy hat den Wald vor lauter Bäumen nicht gesehen und versucht, etwas wieder zum Laufen zu bringen, was schon sechs Monate vorher vorbei war. Er heißt Jeremy, lebt jetzt in Port Douglas, hat eine neue Freundin, und das war's.«

»Ja, mehr gibt's dazu nicht zu sagen«, bestätige ich. »Was macht Kate denn so?«

»Sie studiert Hotelmanagement.« Oscar blickt sich um. »Ihr würde es hier garantiert auch gefallen.«

Ich nicke und wate aus dem Wasser. »Das geht auch

gar nicht anders. Ich setze mich noch ein bisschen in die Sonne.«

Ben kommt gerade die Düne runter. Wir lächeln einander zu, und während er durchs Wasser zu Rosie und Oscar geht, lege ich mich an den Strand, bedecke meine Augen mit dem Unterarm und döse ein. Vielleicht zehn Minuten später wache ich wieder auf und sehe Oscar aus dem Wasser auf mich zukommen. Ben und Rosie planschen in den Wellen und spielen anscheinend Blinde Kuh.

»Und, arbeitest du gern als TV-Journalistin?«, fragt Oscar, als er sich neben mich setzt. »Wie ist die Fernseh-Branche denn so?«

»Sie hat Vor- und Nachteile«, antworte ich. »Gut ist, dass du kreativ sein und Dinge in den Fokus rücken kannst, die dir wichtig sind. Aber der ständige Zeitdruck und jeden Tag auf eine Deadline hinzuarbeiten ist ganz schön anstrengend.«

»Du genießt die Pause also?«

»Hmm. Ehrlich gesagt weiß ich gar nicht so genau, ob ich überhaupt in die Branche zurückwill.«

Ein paar Minuten sehen wir einfach nur zu, wie Ben und Rosie versuchen, unter Wasser Handstand zu machen.

»Sie scheinen sich wieder versöhnt zu haben«, sage ich schließlich.

»Ja, Ben kann attraktiven, temperamentvollen Frauen einfach nicht widerstehen.«

Ich lächle. Rosie wird sich freuen, wenn ich ihr das später erzähle.

»Vielleicht solltest du komplett den Beruf wechseln, wenn du mit deinem Buch fertig bist«, meint Oscar.

»Lustig, dass du das sagst. Darüber habe ich auch schon nachgedacht.« Ich sehe ihn an. »Vielleicht ziehe ich ein Franchise-Unternehmen auf, mit dem Namen *Kev's Buffet*.«

Oscar lacht. »Man sagt doch, eine Veränderung kann genauso gut sein wie ein Urlaub. Kate war früher Lehrerin, aber irgendwann hatte sie keine Lust mehr, also ist sie wieder zur Uni gegangen, und jetzt hat sie das Gefühl, genau das Richtige zu tun.«

»Wie schön«, sage ich. »Das ist wichtig. Ich meine, Freude daran zu haben, was man tut.«

Er legt sich zurück und bedeckt seine Augen mit dem Handtuch. Ich muss zugeben: Es war vorhin ungerecht von mir, ihn als langweiligen Businesstypen abzustempeln. Er ist immer noch genauso nett wie gestern. Ich stütze mich auf die Ellbogen und blicke in den Himmel. Es ist erst ein Uhr mittags, und trotzdem kann man deutlich die silberweiße Sichel des Monds gegen das Hellblau des Himmels sehen, was mich auf gemeine Weise daran erinnert, dass meine Tage gezählt sind.

»Tut mir leid, dass ich keine gute Gesprächspartnerin bin. Mein Kater setzt gerade wieder voll ein.«

Als ich mich Oscar zuwende, kann ich den Blick nicht mehr von dem sanften Heben und Senken seiner Brust losreißen. Gott sei Dank scheint er eingeschlafen zu sein.

Ich schließe die Augen und versuche, alle unangebrachten Gedanken an den dösenden Adonis neben mir auszublenden, indem ich mich auf das Kreischen der Möwen konzentriere und das Lachen von Rosie und Ben, das vom Wasser zu uns rüberschwappt.

5

Am nächsten Morgen um acht weckt mich Roomba, die schon wieder über den Flur wirbelt. Ich glaube ja, Mum lässt sie absichtlich in der Nähe von meinem Zimmer frei. Und es funktioniert; ich stehe auf und ziehe mich an.

Nach dem Frühstück bleibe ich noch am Küchentisch sitzen, hole tief Luft und suche mit meinem Handy die Nummer von Henry Billings Praxis *Pets and Vets* raus. Die Redakteurin von R.M. Williams' *Outback*-Magazin hat meinen Pitch für einen Artikel über Tierarztpraxen auf dem Land angenommen, und außerdem habe ich mir überlegt, dass es an der Zeit ist, ernsthaft über Berufsalternativen nachzudenken. Nach der Schule hatte ich kurz darüber nachgedacht, Tiermedizin zu studieren, mich dann aber dagegen entschieden. Doch wenn Oscars Freundin Kate noch mal zur Uni geht, warum soll ich das dann nicht auch können?

Ich wähle die Nummer der Praxis, und Henry geht sofort ran.

»*Pets and Vets*, Sie sprechen mit Henry Billing«, sagt er schroff und klingt dabei wie mein Dad.

»Hi, Henry, hier ist Lucy Crighton. Wie geht's?«

»Gut.«

»Ähm, ich bin Brian Crightons Tochter. Wir sind uns schon mal auf Ruths Party begegnet, als sie …«

»Die Party in der Autowaschanlage! Stimmt. Meine Güte, das war ein wilder Abend!«

»Ja, mit der Wasserrutsche hätte ich auch nicht gerechnet«, sage ich. »Ähm, weswegen ich anrufe: Ich bin gerade eine Weile in Rocky und wollte fragen, ob ich vielleicht …«

»Für heute sind wir voll, aber … Du hast einen Kelpie, oder? Was stimmt nicht mit ihm?«

»Mit ihr … Mit Glenda ist alles in Ordnung. Ähm, es geht um mich.«

»Um dich? Tja, da hast die falsche Nummer, meine Liebe. Du solltest deinen Dad nach der Nummer von Ken Saunders fragen.«

»Tut mir leid, Henry«, sage ich. »Ich habe mich nicht besonders gut ausgedrückt. Ich möchte einen Artikel über Tierärzte auf dem Land schreiben, und ich dachte, es wäre ganz gut, dafür mal einen Tag lang eine Art Praktikum bei euch zu machen.«

»Ein Praktikum?«, fragt er ungläubig. »Warum?«

Das wird hier irgendwie gerade zur Folter. »Ähm, tja, insgeheim hab ich schon immer gedacht, dass ich eine gute Tierärztin abgeben würde, und es gibt wohl nur eine Möglichkeit, das rauszufinden.«

Er seufzt ins Telefon. »Okay, Lucy. Dann komm heute Vormittag rum. Bei uns ist gerade ganz schön was los, da kannst du einen guten Eindruck gewinnen.«

»Okay, großartig! Danke, Henry.«

Ich lege auf und lache in mich hinein.

»Was kicherst du denn so, Lucy?«, fragt Mum, als sie in die Küche kommt und Roomba unter den Tisch setzt.

»Ach, ich hatte gerade ein sehr lustiges Gespräch mit Henry Billing«, rufe ich über den Lärm des Staubsaugers hinweg.

»Henry Billing?«, brüllt Mum. »Von *Pets and Vets*?« Sie legt die Stirn in Falten. »Stimmt was nicht mit Glenda?«

»Nein, Mum. Ich will nur hin, um etwas für einen Artikel zu recherchieren und mir anzugucken, was ein Tierarzt so macht. Ich will nur mal reinschnuppern!«

»Was ist mit Glenda? Sie kann nicht mehr schnuppern?«, fragt sie.

Ich krieche unter den Tisch und schalte Roomba aus. Auf einmal werde ich ganz nostalgisch, als mir einfällt, wie Rosie und ich hier früher mit meinen Brüdern im Licht von Taschenlampen Crackers mit Frischkäse gegessen haben. Wir kamen uns damals super cool vor, mit den großen Jungs abzuhängen. Auch jetzt fühlt es sich unter dem Tisch noch genauso gemütlich an wie in einem Spielhaus, und darum bleibe ich einfach noch eine Weile hocken.

Mum hat inzwischen den Wasserhahn angestellt und klappert mit Geschirr. »Was hat Glenda?«, fragt sie wieder.

»Nichts, Mum. Ich gehe zu *Pets and Vets*, um eine Story zu schreiben, und ich dachte, ich verbinde es damit, ein Praktikum zu machen.«

Die Stille ist ohrenbetäubend.

Schließlich sagt Mum: »Ein Praktikum? Lucy, was du brauchst, ist ein richtiger Job. Der dir Geld einbringt.«

Ich blicke auf den Boden.

»Willst du nicht irgendwann auf eigenen Beinen stehen?«, fragt sie aufgebracht.

»Meine Beine sind müde!«, schreie ich.

Ich höre Dads schwere Stiefel auf dem Linoleumboden.

»Was ist denn hier los?«

»Nichts, Brian, nichts«, sagt Mum wütend, während sie weiter mit Wasser herumspritzt.

»Wo ist Lucy?«

»Unterm Tisch.«

»Unterm Tisch?!«

Ich krieche aus meiner Höhle hervor, richte mich auf und laufe schnell aus der Küche.

»Bis später!«, rufe ich, greife nach meinen Schlüsseln und ziehe die Tür hinter mir zu.

»Sie sind die Tochter von Brian?«, fragt Karen, eine der Ärztinnen bei *Pets and Vets*, und sieht mich kurz durch ihre Brille an, während sie sich auf die Operation eines Schäferhunds vorbereitet.

»Ja.« Ich lächle sie an.

»Sie waren doch in dieser Sendung, oder? *The* …«

»*The Headline Act*. Ja, das war ich.«

Karen hebt die Augenbrauen. »Was machen Sie dann hier?«, fragt sie lachend.

»Tja«, antworte ich verlegen, »ich denke über einen Berufswechsel nach und dachte, ich gucke mal, was ein Tierarzt so macht.«

»Wie alt sind Sie?«, fragt Karen und macht einen Schnitt in den Bauch des Hundes.

»Zweiunddreißig.«

»Hmm.« Sie sieht mich kurz an. »Dann fangen Sie besser nicht mit Tiermedizin an – nicht mehr in Ihrem Alter. Das dauert viel zu lange. Fünf intensive Studienjahre. Mindestens.«

Ich fühle, wie mich der Mut verlässt – nicht weil Karen meinen kurzen Traum, Tierärztin zu werden, zerstört hat, sondern weil mir bewusst wird, dass ich mit zweiunddreißig nicht mehr besonders viele Möglichkeiten habe.

Nachdem ich zugesehen habe, wie Karen die Schäferhündin sterilisiert und einem Boxer die Milz entfernt hat, mache ich mir ein paar Notizen für meinen Artikel, bedanke mich bei Karen und gehe zum Empfang, wo ich beinah in Henry hineinrenne.

»Ach, hallo«, sagt er. Er hält ein Katzenjunges in der Hand. »Wie lief's mit Karen? Hast du alles, was du für deinen Bericht brauchst?«

»Ja, Karen ist unglaublich. Es war toll, ihr zuzusehen.«

Henry nickt. »Sie ist sehr erfahren«, sagt er.

»Es war faszinierend.«

»Ja, es ist ein guter Job. Besonders, wenn man kleine Kinder zu Hause hat. Die Arbeitszeiten sind flexibel, und das Gehalt ist ganz anständig.«

»Ja, ich glaube, es ist ein toller Beruf.«

»Gut, komm ruhig noch mal, wenn du magst. Tut mir leid, ich bin heute ziemlich beschäftigt. Muss den hier noch kastrieren.« Er hält das Katzenjunge hoch, dann geht er an mir vorbei in den OP.

Auf der Fahrt nach Hause denke ich über meinen Vormittag nach. Warum habe ich das eigentlich gemacht? Warum muss ich ständig nach etwas anderem suchen? Warum denke ich immer, anderswo wäre das Gras grüner? Warum kann ich mich nicht für einen Weg entscheiden und dann dabei bleiben?

Als ich an meiner alten Highschool vorbeikomme, sehe ich Mr. Banks, meinen Englischlehrer aus der zwölften Klasse, über die Straße gehen. Ich weiß noch, wie stolz er immer war, wenn ich an einem Debattier- oder Redewettbewerb mit anderen Schulen teilgenommen habe, und wie hart seine Worte sein konnten, wenn er mir einen bereits sehr guten Aufsatz zurückgab und sagte, dass ich ihn noch besser hätte schreiben können.

Er hat mich immer motiviert, mich mehr anzustrengen, und wusste ganz genau, wozu ich fähig war. Ich erinnere mich noch daran, wie er kurz vor meinem Schulabschluss zu mir meinte, dass ich es noch weit bringen würde. Was er jetzt wohl zu mir sagen würde? Vielleicht, dass ich mich zu sehr gehen lasse und dass er mehr von mir erwartet hatte. Habe ich ihn und die siebzehnjährige Lucy verraten?

Ich sehe ihm hinterher, bis das Auto hinter mir hupt. Ich gebe Gas, und während ich so durch die Stadt fahre, überlege ich, wie ich den Bericht über die Tierarztpraxis aufbauen könnte. Vielleicht kann ich ja für eine der Berufsrubriken in den Zeitungen einen Artikel schreiben über den Wert von Praktika für Leute Anfang dreißig, die nicht weiterwissen mit ihrem Leben. Vielleicht ist es noch nicht zu spät, Mr. Banks zu zeigen, dass ich mich nicht aufgegeben habe.

Ohne mir darüber bewusst zu sein, bin ich zu dem Apartmenthaus gefahren, in dem meine Grandma früher gewohnt hat, und stehe jetzt mit ausgeschaltetem Motor davor. Sie hatte so einen wundervollen Humor. Sie war meine absolute Heldin. Ich sehe zum Fenster ihres Schlafzimmers hinauf, in dem jetzt jemand anders wohnt. In meiner Erinnerung gehe ich langsam hinter ihr her, während sie mit ihrem Rollator von der Wohnungstür ins Wohnzimmer schlurft. Wir sitzen zusammen auf dem Sofa, und ich nehme ihre Brille und putze sie mit meinem T-Shirt-Saum. »Viel besser«, sagt sie, nachdem sie sie wieder aufgesetzt hat, und ich lehne meinen Kopf an ihre Schulter, während die sonntägliche Nachmittagssonne weich durch die Gardinen fällt. Sie hat immer gesagt, es gebe nichts Einsameres als Sonntagnachmittage.

Ich blinzle die Tränen weg und starte den Motor. Was würde ich nicht dafür geben, wieder neben meiner Grandma auf diesem sonnenbeschienenen Sofa zu sitzen.

Als ich in unsere Einfahrt einbiege, springt Glenda aufgeregt an der Pforte hoch.

»Hallo, Glenda!«, rufe ich. »Na, bist du ein gutes Mädchen? Ja, du bist die Beste!« Ich kraule sie unterm Maul, während sie mich anblickt. Sie macht sich keine Gedanken darüber, ob sie Tierärztin werden oder beim Journalismus bleiben, ob sie in Rocky leben oder ein Buch schreiben soll. Sie ist einfach nur glücklich, bei mir zu sein und Hühnchen zu bekommen. Ich beuge mich zu ihr herab und küsse sie zwischen die Augen.

In dem Moment kommt Dad durch die Pforte, garantiert war er wieder beim Jockey Club. »Du solltest dein Gesicht nicht so nah an den Hund halten, Schätzchen«, ermahnt er mich. »Das ist ungesund.«

Ich küsse Glenda noch mal. »Ist mir egal, was er sagt. Wir sind beste Freundinnen, du und ich.«

Ich folge Dad ins Haus, wo Rosie mit einem Pappeimer Chicken Wings von *KFC* auf dem Sofa sitzt.

»Rosie!«, rufe ich erfreut. »Was machst du …?«

Sie schüttelt den Kopf. »Wo warst du?«

»Beim Tierarzt, hab ein Praktikum gemacht.«

»Ach ja«, sagt Dad, als er aus der Küche zurückkommt. »War viel los in der Praxis?«

»Total. Ich habe zugesehen, wie eine Schäferhündin sterilisiert wurde.«

»Hast du mit Henry gesprochen? Geht es ihm gut?«

»Ja, ich hab kurz mit ihm geredet. Er war ganz gut drauf.«

»Und, was denkst du über die Sache?«

»Nee«, sage ich und setze mich neben Rosie. »Das ist wahrscheinlich nichts für mich.«

Dad seufzt schwer und geht wieder in die Küche.

Rosie verschränkt die Arme. »Trent hat Schluss gemacht!«

»Verdammt. Warum?«

»Er hat gesagt, er will was Langfristiges. Er will eine feste Beziehung.«

»Ich dachte, er wollte nur eine Teilzeitgeschichte, genau wie du!«

»Das dachte ich auch, also hab ich ihn gefragt, wie es wäre, wenn wir noch einen Dienstag mit dazunehmen. Und er meinte, so funktioniere das nicht. Sowas müsse von allein passieren. Und wenn, dann hätte es inzwischen längst passieren müssen, wir würden uns nur was vormachen.«

»Verdammt«, wiederhole ich. »Was für eine Scheiße. Das klingt ja, als hätte er dir überhaupt keine Chance gegeben, als hätte er gar nichts Größeres mit dir gewollt.« Ich blicke auf den Couchtisch. »Wolltest du denn was Größeres mit ihm?«

»Ich weiß nicht. Ich glaub nicht. Hühnchen?« Sie hält mir den Pappeimer hin.

»Nein, ich krieg erst mal nichts mehr runter, nachdem ich gesehen hab, wie sie diesen Hund aufgeschnitten haben.«

Sie nickt und beißt in einen Chicken Wing.

Mum geht mit ihrem Aura-Reinigungsspray durchs Haus, und als sie uns mit finsteren Mienen auf dem Sofa sitzen sieht, fragt sie: »Um Himmels willen, was ist denn mit euch los?«

Sie setzt sich zwischen uns, und ich überbringe ihr Rosies Neuigkeiten. Mum nimmt sie schweigend auf.

»Oje«, sagt sie schließlich. »Klingt, als hätte es nicht sollen sein. Es ist niemandes Schuld, es war nur einfach nicht das Richtige.«

»Ja, aber er hätte es ihr ruhig schon mal eher sagen können«, sage ich.

»Das stimmt, Lucy, aber wer kann dem anderen schon in den Kopf schauen? Immer wenn ich mit dir über ihn gesprochen habe, Rosie, hast du gesagt, dass du es zwar schön mit ihm findest, aber nicht weißt, ob du dir eine Zukunft mit ihm vorstellen kannst. Er wollte offensichtlich mehr.«

»Aber vielleicht wollte ich ja auch mehr, und jetzt ist es zu spät. Ich hätte ihm noch die Dienstage und Donnerstage geben sollen. Jetzt hat er wahrscheinlich schon eine Neue. Ich werde mit fünfundachtzig noch auf dieser Couch sitzen.«

»Na ja, immerhin ist es eine bequeme Couch«, sage ich schwach.

»Ihr Mädels«, seufzt Mum. »Eine so schlimm wie die andere. Wonach sucht ihr denn? Was erwartet ihr? Warum habt ihr diese unrealistischen Vorstellungen von einem Traummann und einem Traumjob und einem Traumleben? Das gibt es alles nicht!«

Jetzt steigen mir die Tränen in die Augen.

»Nichts davon«, sagt Mum und blickt von Rosie zu mir. »Ihr müsst euch trotzdem für etwas entscheiden und etwas dafür tun, dass es funktioniert, sonst entscheidet ihr euch am Ende für gar nichts – oder schlimmer noch, ihr entscheidet euch für das hier!« Sie zeigt aufs Wohnzimmer. »Wollt ihr etwa ewig hier rumsitzen mit dem alten, furzenden Brian, der ständig zum Jockey Club rennt, und mir, die Jazz-Aerobic macht, wenn ihr da draußen sein, euer Leben genießen und Leute treffen könntet?«

Mit gesenktem Blick sitzen wir da.

»Wenn ich nicht weiterweiß«, fährt Mum fort, »frage ich mich immer: Was würde Cher jetzt wohl sagen?«

Ich muss grinsen. Sobald Mum Cher erwähnt, kann ich sie einfach nicht mehr ernst nehmen. Ich weiß, würde ich zu Rosie rübergucken, würde ich sofort anfangen zu lachen.

»›Are you strong enough?‹ Das würde Cher dazu sagen«, erklärt Mum.

»Ich dachte, ›Are you brave enough?‹«, sagt Rosie.

»Ich dachte, ›Do you shave enough?‹«, kichere ich.

»Ach, ihr seid unmöglich«, sagt Mum verärgert und steht auf. »Das war das letzte Mal, dass ich versucht habe, euch Vernunft beizubringen. Ihr seid unverbesserlich.«

Wir sind jetzt beide am Kichern, und Rosie streckt die Arme über dem Kopf aus. »Ich fühle mich schon viel besser«, sagt sie gut gelaunt.

»Ich mich auch«, pflichte ich ihr bei. »Und mach dir keine Gedanken wegen Trent. Du hattest von Anfang an deine Zweifel.«

»Ja, er war wohl nicht der Richtige. Ich glaub, unterbewusst war mir das schon länger klar, aber ich konnte der Tatsache einfach nicht ins Auge blicken, mir jemand Neues suchen zu müssen.« Sie hält kurz inne. »Und ich vermisse seine handwerklichen Fähigkeiten.«

»Ich weiß.«

»Ich glaube, er hat einfach einen wunden Punkt bei mir getroffen, was die Bindungsfähigkeit angeht.«

Wir sitzen eine Weile schweigend da, bis Rosie den Pappeimer mit Chicken Wings auf den Tisch stellt. »Es hat schon seinen Grund, dass ich nur zu *KFC* gehe, wenn ich schlecht drauf bin … das Zeug ist widerlich! Luce, wie lange dauert es, bis es mir wieder bessergeht?«

»Wenn du ein Typ wärst: sechs Monate. Bei Frauen dauert es sechs Jahre.«

»Sechs Jahre!«, ruft sie. »Scheiße! Ich kann doch nicht so lange von frittiertem Huhn leben.«

»Meinst du, wir sollten uns ein Hobby suchen?«

»Was meinst du, sowas wie Schachspielen?«

»Vielleicht – oder Gärtnern oder eine Sprache lernen oder Ukulele spielen.«

»Was ist denn mit dir los?«

»Ich weiß nicht … Ich frage mich nur, ob ich vielleicht langweilig bin.«

»Du liest zu viel, das ist dein Problem, Lucy. Du liest diese ganzen *Monthly*- und *MiNDFOOD*-Magazine und *Body and Soul*-Extrahefte, und dann siehst du diese ganzen perfekten Menschen, die tolle Sachen machen, und fühlst dich mies.«

»Hm, ich weiß nicht, ob es wirklich daran liegt. Ich lese viel, ja, aber …«

Da klopft es plötzlich an der Tür.

»Ich gehe nicht«, sagt Rosie sofort.

Lächelnd stehe ich auf, und kurz darauf sehe ich mich Oscar gegenüber. Er grinst mich an, und in dem Moment klingelt sein Handy. »Sorry«, sagt er nach einem kurzen Blick aufs Display. »Da muss ich rangehen.«

»Kein Problem«, erkläre ich und öffne ihm die Fliegengittertür. »Komm einfach rein, wenn du so weit bist.«

Ich gehe wieder rein und höre ihn noch sagen: »Hi, Cynthia. Was gibt's Neues beim Pasta-Salat?«

»Wer war das?«, fragt Rosie, als ich mich wieder neben sie aufs Sofa fallen lasse.

»Oscar.« Ich sehe sie nicht an.

»Und was will er?«, fragt sie leichthin.

»Keine Ahnung«, antworte ich und nehme mir die Fernsehzeitschrift. »Wahrscheinlich mit Dad übers Geschäft reden.« Ich blättere gelangweilt durch die Seiten, bis mir ein glänzendes Foto ins Auge springt.

»Sieh dir das an, Rosie.« Ich zeige ihr die Doppelseite mit Tiffany Bloxsom, wie sie sich aus dem Fenster eines Foodtrucks beugt und ihr Busen dabei fast aus ihrer tief ausgeschnittenen Schürze fällt, während sie Sauerkraut auf eine deutsche Bratwurst schaufelt. *Meals in Wheels* fährt Tiffany Bloxsom fabelhafte Kritiken ein!, donnert die Überschrift.

Rosie wirft einen kurzen Blick darauf. »Oha.«

»Hi, Rosie«, sagt Oscar, als er ins Wohnzimmer kommt. »Wie geht's?«

»Gut. Ich wollte fragen, ob ihr Lust habt, heute Nachmittag mit angeln zu gehen. Kate hat noch eine Hausarbeit für die Uni zu schreiben und kommt doch nicht. Ich fliege morgen wieder nach Sydney und dachte, ich muss hier wenigstens mal die Angel auswerfen, solange ich noch da bin.«

»Cool, wo willst du denn angeln?«, frage ich.

»Ich dachte, vielleicht am Fitzroy River. Hab gehört, das gibt's Barramundi.«

»Das stimmt, aber dafür brauchst du ein Boot. Am Fitzroy gibt's nämlich auch manchmal Krokodile.«

»Echt?!«

»Jup. Wenn du willst, können wir auch zur Farm. Da, wo wir gestern waren, kann man einfach im Wasser stehen und richtig guten Fisch fangen.«

»Das klingt schon viel besser. Will dein Dad vielleicht auch mit?«

»Ich frag ihn mal.« Ich stehe auf und gehe zur Wohnzimmertür. »Dad!«, rufe ich.

»Was ist?!«, bellt er von weiter hinten im Haus.

»Willst du mit zum Angeln?«

»Nein, ich hab Vorstandssitzung beim Jockey Club – aber wenn ihr fahrt, passt auf, dass ihr die Tore alle schließt.«

»Okay.« Ich setze mich wieder. »Er kommt nicht mit. Was ist mit Ben?«

»Ben ist schon abgereist. Sein Flug ging heute Morgen.«

Ich werfe Rosie einen Blick zu. Sie verschränkt die Arme. »Hey, ich hab mich gestern bei ihm entschuldigt!«, verteidigt sie sich. »Ich weiß auch nicht, was in mich gefahren war, aber ich dachte, wir hätten uns beim Blinde-Kuh-Spielen wieder vertragen.«

»Ach, mach dir deswegen keine Gedanken, das hat er schon längst vergessen«, versichert ihr Oscar. »Er musste wegen der Arbeit zurück.«

»Chicken Wings?«, fragt Rosie und hält ihm den Pappeimer hin.

»Nein danke.« Lächelnd schaut er auf die Reste, bevor er nach der Fernsehzeitschrift greift. »Tiffany Bloxsom ist echt ganz schön heiß«, bemerkt er.

Erstaunlicherweise freue ich mich über seine Bemerkung. Jemand, der Tiffany attraktiv findet, ist für mich wirklich uninteressant. Jetzt kann ich wenigstens ganz entspannt mit Oscar abhängen und mir sicher sein, dass zwischen uns nie mehr sein wird als platonische Freundschaft.

»Kommst du mit zum Angeln, Rosie?«, fragt er.

»Nee, ich muss nach Hause und *Zwei an einem Tag* gucken.«

Oscar nickt, als würde er sie verstehen.

»Das ist mein Ritual, wenn ich grad 'ne Trennung hinter mir hab: Chicken Wings und *Zwei an einem Tag.*«

»Ihr habt euch getrennt? Das tut mir leid. Du musst dich ganz schön mies fühlen.«

»Das hab ich, aber jetzt bin ich drüber hinweg«, sagt sie und steht auf. »Ich esse ab und zu einfach gern Chicken Wings, und *Zwei an einem Tag* ist ein super Film. Wie auch immer, viel Spaß mit Lucy. Du hast sie schon so gut wie an der Angel.«

Oscar wirkt etwas verdutzt, und ich sehe sie strafend an.

»Die Fische. Du hast *die Fische* schon so gut wie an der Angel«, murmelt sie, während sie sich ihren Fahrradhelm aufsetzt.

»Ach, Lucy …« Sie dreht sich auf dem Weg zur Tür noch mal um. »Kannst du dir merken, wann ich hier war?«

»Warum?«

»Ich hab diese Serie *Making a Murderer* gesehen, und ich will nicht wegen eines Verbrechens verurteilt werden, das ich gar nicht begangen hab. Deswegen sehe ich zu, dass ich immer ein wasserdichtes Alibi hab.«

Ich gehe zu ihr und umarme sie. »Ich würde immer schwören, dass du bei mir warst.«

»Danke, Luce«, sagt sie im Rausgehen. »Das weiß ich echt zu schätzen.«

6

Ich fahre mit Oscar über die Emu Park Road, wir haben die Fenster unten, die Sonne auf den Armen, hören Nick Murphy und plaudern entspannt.

»Und, was kann man hier in der Gegend noch so machen?«, fragt Oscar.

»Du kannst dich abseilen in den Capricorn Caves, tauchen am Great Keppel, in den Wasserlöchern vom Byfield National Park schwimmen, den Mount Archer besteigen, im *Wild West Saloon* beim Rodeo zugucken und dabei ein Steak essen …«

»Vom Rodeo im Pub hab ich schon gehört«, sagt er und lächelt. »Klingt, als gäb's hier noch einiges zu entdecken.«

»Auf jeden Fall.« Ich nicke. »Die Leute reden die Gegend immer klein, aber sieh dir doch nur mal diese wunderschönen Täler an und Kilometer um Kilometer von Eukalyptus, und außer uns ist niemand auf der Straße.«

»Das ist wirklich toll«, stimmt er mir zu, als er aus dem Fenster sieht. »Trotzdem, die Energie der Großstadt würde mir fehlen. Ich weiß nicht, ob ich es auf dem Land aushalten würde.«

»Ich weiß, was du meinst. Ich kann mir auch nicht vorstellen, ewig hierzubleiben, aber vielleicht komme ich zum Kinderkriegen irgendwann wieder her.«

»Wo willst du denn hin?«

Auf einmal komme ich mir albern vor. »Ich weiß es nicht.«

Er lacht. »Du klingst ein bisschen wie Ben. Seit Dad gestorben ist, weiß er überhaupt nicht mehr weiter. Irgendwie hat er grad keinen Bock mehr auf Immobilien.«

»Weiß er denn, was er stattdessen machen will?«

»Er überlegt, Architektur zu studieren, und das wäre sicher auch was für ihn, aber er redet auch schon ziemlich lange davon. Er muss einfach mal den Schritt wagen.«

Ich nicke. »Das ist manchmal gar nicht so einfach. Je älter du wirst, desto mehr hält dich zurück. Vielleicht ist es aber auch reine Kopfsache. Dein Unternehmen scheint ja ziemlich gut zu laufen, so oft, wie dein Handy klingelt.«

»Das stimmt – ist manchmal ein bisschen viel, was?« Er lächelt mich an. »Aber solange das Unternehmen noch im Aufbau ist, geht es eben nicht anders.«

»Ach«, sage ich, »zum Glück haben wir hier draußen ja kein Netz.«

»Sehr gut. Na ja, mit deinen aufregenden Fernseh-Erfolgen kann *Bev's Buffet* jedenfalls nicht mithalten.«

»Ich weiß nicht, ob ich sie als solche bezeichnen würde«, sage ich. »Und im Moment bestehen meine aufregenden Erlebnisse eher darin, zum Supermarkt und mit dem Hund Gassi zu gehen. Ohne Glenda wäre ich echt aufgeschmissen. Sie ist meine beste Freundin.«

»Was ist mit Rosie?«

»Rosie ist meine beste Freundin unter den Menschen.«

Wir lachen, und entgegen meinem Willen bewundere ich Oscars gutes Aussehen. Mit den lockigen braunen

Haaren, dem freundlichen Blick und dem charmanten Lächeln könnte er jede Frau rumkriegen. Mich allerdings nicht, rufe ich mir ins Gedächtnis, als mir wieder einfällt, dass er Tiffany Bloxsom heiß findet.

Wir fahren über die Sanddünen, bis wir schließlich das Tor zum Strand erreichen.

»Es ist wirklich unglaublich schön hier«, sagt Oscar und blickt von einem Ende des verlassenen Strands zum anderen. »In Sydney würde man so einen Fleck nicht finden.«

In den Wellen stehend bestücken wir unsere Angelhaken mit Ködern, um uns herum kreischen die Möwen und tauchen nach Fischen. Es ist so friedlich, dass ich mich frage, warum ich nicht öfter mit Dad hier runterfahre, und während ich noch darüber nachdenke, reißt es auf einmal an meiner Angel.

»Wow! Beeindruckend!«, sagt Oscar, als ich einen bestimmt fünfundzwanzig Zentimeter langen Whiting aus dem Wasser ziehe.

»Japp, jetzt bist du dran.«

»Da muss ich mich jetzt wohl anstrengen.« Er wirft seine Angelschnur wieder aus. »Verrätst du mir dein Geheimnis?«

»Nö.«

Erst zittert seine Schnur nur ganz leicht, dann wird sie straff. »Ich glaub, ich hab einen.« Oscar grinst mich an wie ein sechsjähriger Junge, der ein neues Xbox-Spiel geschenkt bekommen hat. Dann zieht auch er einen Whiting aus dem Wasser und hängt ihn mir genau vor die Nase.

»Sehr gut!«, sage ich. »Welcher ist größer?«

Wir halten unsere Fische nebeneinander, und ich gewinne mit einem halben Zentimeter Vorsprung.

»Wer die fünf Besten fängt«, fordert er mich heraus. »Los, fünf Stück!«

Wir angeln noch eine Stunde und haben zum Schluss neun Whitings.

»Das war echt toll«, sagt Oscar auf der Rückfahrt. »Schade, dass ich morgen schon wieder zurückmuss. Ich könnte da jeden Tag angeln gehen.«

»Ach, weißt du, es läuft dir ja nicht weg«, sage ich lächelnd.

»Aber du vielleicht.« Er sieht mich an. »Willst du weg aus Rocky?«

»Ja, schon. Ich bin nur gerade noch in der Ausschlussphase.«

»Was meinst du damit?«

»Na ja, nachdem wir uns gestern über Berufe unterhalten haben, hab ich heute Vormittag ein Praktikum beim Tierarzt gemacht.«

Er hebt die Augenbrauen. »Du willst Tierärztin werden?«

»Nein, das kann ich von meiner Liste streichen. Aber ich will eine Veränderung. Ich weiß nur noch nicht, was ich machen soll.«

»Was ist mit deinem Buch?«

»Tja, ich schreibe wirklich gern daran, aber ich frage mich, ob ich es vielleicht nur schreibe, um nicht darüber nachdenken zu müssen, was ich tatsächlich aus meinem Leben machen will.«

»Kannst du dir denn vorstellen, wieder nach Melbourne

zu gehen und bei *The Headline Act* zu arbeiten? Nach dem, was ich gesehen habe, hast du echt Talent!«

»Danke! Es war 'ne tolle Erfahrung, aber in der Großstadt würde ich keine Kinder kriegen wollen. Und jetzt, wo ich zweiunddreißig bin, ziehe ich sowas schon in meine Überlegungen mit ein.«

»Aber du hast doch noch jahrelang Zeit! Du bist noch jung, Lucy. Verdammt, ich bin sechsunddreißig und halte mich noch für jung. Du redest ja, als wärst du fünfundneunzig und kurz davor zu sterben.«

Ich grinse. »Ich weiß. Das Problem ist, dass ich jetzt schon eine Weile aus dem Fernsehbusiness raus bin und meine Erinnerung daran und wie es dort wirklich zugeht inzwischen etwas verblasst ist. Und ich glaube, mein Selbstbewusstsein hat ganz schön gelitten, als meine letzte Beziehung in die Brüche gegangen ist.«

Er nickt, und dann fällt mir ein, dass in einem dieser *Body and Soul*-Hefte dringend davon abgeraten wurde, neuen Bekanntschaften gegenüber vergangene Beziehungen zu erwähnen, weil es dem Ganzen einen Dämpfer verpasse.

»Aber das ist über ein Jahr her«, sage ich daher schnell. »Ich fühle mich jetzt schon viel besser.«

Oscar sieht mich mitfühlend an. »Es kann echt hart sein, wenn eine Beziehung in die Brüche geht. So viel von deiner Identität und deinen Plänen und Träumen sind mit dieser Person verbunden, und wenn das auf einmal vorbei ist, kann einen das ganz schön zerstören. Das ist dann eben ein richtiger Trauerprozess. Den kann man nicht beschleunigen.«

Ich nicke. Er hat recht. »Ich bin mir seitdem nur so unsicher in vielen Dingen, und wenn es darum geht, Entscheidungen zu treffen, bin ich wie gelähmt. Ich finde das echt schwer.«

»Wovor hast du denn Angst?«

»Die falsche Entscheidung zu treffen.«

»Und es zu bereuen«, sagt er.

»Ja. Ich weiß, das ist bescheuert, aber was ist, wenn du dich entscheidest, Kamelhirte in der Sahara zu werden, weil es aufregend ist und Geld einbringt, und dann wird dir auf dem Sterbebett klar, dass du eigentlich Automechaniker hättest werden wollen?«

Er lacht. »Versuch's noch mal mit 'nem anderen Beispiel.«

»Okay. Also, was ist, wenn du dich entscheidest, in Melbourne zu leben, weil du da ins Theater und die großen Comedy-Shows und tollen Cafés gehen kannst, und wenn du achtzig bist, fährst du ein Wochenende nach Port Douglas und erkennst, dass du mit der Sonne und den tropischen Regengüssen viel glücklicher bist? Tja, wenigstens musst du dann mit deiner falschen Entscheidung nicht mehr lange leben. Du stirbst einfach und bereust, dass du alles grundlegend falsch gemacht hast.«

»Wow.« Lächelnd schüttelt er den Kopf. »Deine Gedanken klingen ganz schön anstrengend.«

»Sind sie auch«, räume ich ein.

»Das zweite Beispiel ging eher um dich, oder?«

»Ja.«

»Dieser Typ, der mit dir Schluss gemacht hat – der lebt in Port Douglas, oder?«

»Ja – Jeremy.«

»Willst du vielleicht unterbewusst wieder dort hinziehen? Falls es doch noch Hoffnung gibt?«

»Nein. Das ist vorbei. Aber Far North Queensland ist echt schön. Diese in Wolken gehüllten Berge und dahinter gleich das Meer und der üppige grüne Regenwald. Das ist einfach atemberaubend.«

Eine Weile fahren wir schweigend weiter.

»Ich kann doch nicht wegen einem Menschen eine ganze Gegend streichen«, sage ich schließlich.

»Nein. Aber du darfst gedanklich nicht in der Vergangenheit leben, wenn du vorankommen willst. Wenn du insgeheim immer noch an dem Typen hängst, wird es schwierig für dich.«

»Ich weiß.«

»Tut mir leid, ich wollte mich nicht in deine Privatangelegenheiten einmischen.«

Ich schalte *Triple J* an, und wir fahren die einsame Küstenstraße weiter, ohne ein Wort zu sagen, bis wir bei den ersten Ampeln am Stadtrand von Rocky ankommen.

»Und, bist du schon lange mit Kate zusammen?«, frage ich.

»Ungefähr ein halbes Jahr.« Er lächelt. »Sie ist echt toll. So voller Energie. Sie macht unglaublich viel und ist für alles offen. Wir kommen ziemlich gut klar.«

Ich nicke. »Das ist gut. Das ist es doch, worauf es ankommt.«

»Ja, es fing eigentlich ziemlich harmlos an, aber dann ist irgendwie mehr draus geworden, und ich glaube, es könnte richtig was Ernstes werden. Na ja, mal schauen, wir sind ja noch am Anfang. Wir sind immer noch dabei, uns kennenzulernen.«

»Das macht doch auch am meisten Spaß«, sage ich.

»Ja«, antwortet er und sieht mich an. »Das stimmt.«

Als wir über den Fitzroy River fahren, wo die Masten der im schlammigen Wasser vertäut liegenden Segelboote in der Sonne glänzen, wünsche ich mir fast, in einen Stau mit Viehtransportern zu geraten, damit wir noch etwas mehr Zeit zusammen verbringen können.

»Magst du noch 'ne Teetasse?«, frage ich unbeholfen, als wir uns unserer Straße nähern.

Er grinst. »Du meinst, eine Tasse Tee?«

»Genau das. Manchmal kann ich mich einfach nicht richtig ausdrücken.«

»Geht mir genauso«, sagt er. »Besonders nach ein paar Wein.«

Im Wohnzimmer ist es still, und ich schalte das Licht an. »Mum und Dad sind wohl nicht da«, sage ich und kann mein Glück kaum glauben. »Soll ich dir das Haus zeigen?«

»Gern.«

Ich führe ihn in die Küche und nach draußen auf die Terrasse, dann wieder rein und über den Flur zu meinem Zimmer.

Verdammt, denke ich und laufe dunkelrot an, als er die Bücher im Regal betrachtet. Irgendwie hab ich das nicht gut durchdacht!

»Kein Wunder, dass du Autorin geworden bist, du liest anscheinend auch ziemlich viel«, bemerkt er.

»Sind auch ein paar Selbsthilfe-Bücher dabei«, sage ich, um ihm zuvorzukommen.

»Ha!«, antwortet er und sieht mich an. »Ist mir auch aufgefallen, aber ich wollte nichts sagen.«

Ich falle in sein Gelächter ein. »Oje«, seufze ich und blicke auf meine Füße.

»Wow«, sagt er und nimmt das gerahmte Foto von meiner Uni-Abschlussfeier in die Hand. Er betrachtet es eine Weile lächelnd, und ich frage mich, was er wohl denkt, da dreht er sich plötzlich zu mir um und sagt: »Lucy, ich weiß, du bist gerade ein bisschen durch den Wind, aber du könntest wirklich viel selbstbewusster auftreten.« Er blickt wieder auf das Foto. »Es gibt nichts, weswegen du dich unsicher fühlen müsstest.«

Scheiße, Lucy, denke ich, während ich ihn ansehe. Vielleicht solltest du dein Zimmer in eine Krebsreuse verwandeln und einfach die Tür abschließen, damit er nicht mehr entkommen kann?

Nein, das kannst du nicht! Ich bitte dich, reiß dich mal am Riemen! Sprich mir nach: Er findet Tiffany Bloxsom heiß, er findet Tiffany Bloxsom heiß, er findet …

Meine Beschwörungsformel funktioniert, denn Oscars Handy fängt an zu klingeln und schneidet wie ein Messer durch die Spannung zwischen uns. Er nimmt das Handy aus der Tasche, sieht aufs Display, und dann lächelt er mich an.

»Danke für den tollen Nachmittag, Luce.«

Er verlässt das Zimmer, und ich winke ihm hinterher.

Ich höre sein Handy weiterklingeln, während er über den Flur geht. Dann geht er ran, und ich höre ihn sagen: »Hi! Hast du deine Hausarbeit abgegeben?«

7

Die nächste Woche vergeht zum Glück ziemlich unspektakulär. Die ganzen Unterbrechungen meiner Schreibroutine haben mich total aus dem Konzept gebracht, daher arbeite ich jetzt jeden Vormittag zufrieden an meinem Roman weiter. Ein paar Nachmittage verbringe ich damit, an meinem Artikel über Landtierärzte zu feilen sowie an einem weiteren darüber, wie es ist, mit Anfang dreißig noch ein Praktikum zu machen. Glenda und ich treffen unsere alte Bande im Hundepark, und ich begleite Rosie auf den Markt, wo sie ihren Wocheneinkauf macht. Sonntagabend habe ich endlich das Gefühl, alles wieder im Griff zu haben, und als ich am Montag erholt aufwache, habe ich zwei Dinge vor: mir einen Kaffee zu kaufen und das nächste Kapitel von *Diamanten im Staub* zu schreiben.

Da ich noch nicht mal das kleinste bisschen Kleingeld im Portemonnaie habe, schleiche ich mich in Mums und Dads Schlafzimmer und steuere direkt Dads Nachttisch an. Auf der neuen Ausgabe der *Queensland Country Life* liegt eine beträchtliche Menge Kleingeld. Leise sammle ich es auf, es sind bestimmt sechs Dollar.

Da öffnet Dad ein Auge. »Du kannst alles nehmen, was da liegt, Lucy. Es ist für dich.«

»Danke, Dad – ich will mir nur einen Kaffee holen.«

»Alles gut, Schätzchen«, sagt er, bevor er sich umdreht.

Ich hole meinen Schlüssel aus dem Wohnzimmer und ziehe leise die Haustür hinter mir zu. Als ich mich umdrehe, rutscht mir auf einmal das Herz in die Hose, und die Münzen fallen mir aus der Hand und rollen über die Vorderveranda. Ich fühle, wie ich ganz blass werde, während ich ihn ansehe, diesen Geist aus meiner Vergangenheit.

»Was …?« Verwirrt schüttle ich den Kopf. »Was machst du hier, Jeremy?«

Er tritt von einem Fuß auf den anderen. »Entschuldige. Ich wollte nur mal vorbeischauen, ob's dir gut geht.« Er blickt auf die Münzen auf dem Boden, dann wieder mich an. »Vielleicht hätte ich besser nicht kommen sollen.«

Mein Herz schlägt wie verrückt, und die vertraute Mischung aus Angst und Hoffnung macht sich wieder in mir breit. Ich habe mir diese Szene schon tausendmal vorgestellt, aber ich hätte nicht gedacht, dass es jemals dazu kommen würde.

Ich höre Glenda im Haus bellen, und als ich mich umblicke, wird der Vorhang in Mums und Dads Schlafzimmerfenster zur Seite geschoben. Im nächsten Moment sieht Mum durchs Fliegengitter zu uns runter.

»Alles okay, Schatz?«

»Alles okay, Mum«, sage ich ungeduldig.

»Hi, Denise.« Jeremy winkt ihr.

»Bist du das, Jeremy?«, fragt Mum zögerlich. »Okay, na dann, macht das mal unter euch aus.« Sie zieht den Vorhang wieder vor, und ich weiß, dass sie natürlich weiter lauscht.

»Wie wär's mit 'nem Kaffee bei *Bits 'n' Pizzas*?«, frage ich.

»Ja, gern«, antwortet Jeremy, und als ich die runtergefallenen Münzen einsammeln will, fügt er lächelnd hinzu: »Lass liegen, ich lad dich ein.«

Wir steigen in mein Auto und machen erst mal einen Satz vorwärts, weil ich vergessen hab, den Rückwärtsgang einzulegen, dann betätige ich den Scheibenwischer statt des Blinkers. Jeremy scheint es zu amüsieren, und kurz hasse ich ihn dafür.

»Der Song gefällt mir«, sagt er und dreht Vance Joys »Play With Fire« lauter.

»Mir auch.«

Wir fahren durch die Stadt und hören Musik, genau wie früher, und einen Moment lang ist es, als wäre nichts passiert, als wäre die ganze Trauer, die mich so lange erfüllt hat, wegen nichts gewesen. Im nächsten Moment bin ich aufgebracht und wütend, und ich würde am liebsten das Radio ausschalten, rechts ranfahren und ihm sagen, dass er nach Port Douglas verschwinden soll oder wo auch immer er hergekommen ist. Doch der Teil von mir, dem es gefällt, dass er wieder neben mir im Auto sitzt, der seine stille Gesellschaft vermisst hat, der sich danach gesehnt hat, genau so mit ihm durch die Gegend zu fahren, gewinnt. Mit Tränen in den Augen fahre ich bei *Bits 'n' Pizzas* vor. Als wir reingehen, ermahne ich mich, mich zusammenzureißen, immerhin kennt mich so ziemlich jeder in der Stadt, und es muss ja nicht sein, dass ich gesehen werde, wie ich in Rockys beliebtestem Treffpunkt in meinen Kaffee weine.

Wir setzen uns und bestellen, und ich blicke Jeremy an wie jemand, der einen Geist sieht – einen, den er zugleich liebt, aber auch fürchtet.

»Und, wie geht's deiner Familie?«, fragt er.

»Gut«, antworte ich. »Dad versucht, den Jockey Club am Laufen zu halten, und Mum hat mit afrikanischem Trommeln angefangen.«

»Was?«, lacht er. »Afrikanisches Trommeln?! Ach, Denise ... Ich kann mich gar nicht erinnern, dass Brian was mit Pferderennen am Hut hatte.«

»Ja, wer hätte das gedacht?«, erwidere ich lächelnd. »Lenny und Max geht es auch gut. Max kommt bald aus Brisbane mit den Kindern zu Besuch. Jack und Isla sind total niedlich ... hier ist ein Foto von ihnen.«

»Die sind echt süß.« Er betrachtet lächelnd das Foto auf meinem iPhone. »Und Glenda?«

»Glenda geht's auch blendend. Was ist mit deiner Familie?«

»Mum und Dad geht's super, und Luke auch – er hat sich verlobt.«

»Oh, wow, Luke läuft endlich in den Hafen der Ehe ein!«

Schmerzlich wird mir bewusst, dass ich inzwischen so von diesen Menschen abgeschnitten bin, dass ich es noch nicht mal mehr mitbekommen würde, wenn ihr Haus von einem Orkan plattgemacht würde. Aber ist das nicht normal nach einer Trennung? So zu tun, als wäre die andere Person mitsamt ihrer Sippe plötzlich gestorben?

»Das ist toll. Deine Mum muss sich tierisch freuen.«

»Schon.« Er zuckt mit den Achseln. »Aber sie würde

sich wohl noch mehr freuen, wenn *ich* heiraten würde. Sie glaubt anscheinend, dass ich bald ein alter Mann sein werde.«

»Bist du das nicht längst?«, stichele ich. »Was ist denn mit Claire?«

»Claire geht's gut«, antwortet er und weicht meinem Blick aus.

Ich sehe ihn an, in dieses Gesicht, an das ich so viel gedacht habe, das mir so viele schlaflose Nächte bereitet hat. »Warum bist du hier, Jeremy?«

Er starrt in seinen Kaffeebecher. »Um ehrlich zu sein, Lucy, ich weiß es nicht. Ich weiß grad so ziemlich nichts.«

Enttäuscht lasse ich die Schultern sinken. Er ist nicht hier, weil er wieder mit mir zusammenkommen will. Er ist verwirrt, das ist alles.

»Was läuft da mit Claire? Was ist los?«, frage ich und versuche, statt der enttäuschten Ex die verständnisvolle Freundin zu mimen.

»Sie ist sich nicht sicher, ob sie was Längerfristiges will. Und ich glaube, ich schon, von daher ...« Er sieht mich an. »Das hat natürlich nichts mit dir zu tun, aber ich hab mir so meine Gedanken gemacht, und ich weiß, dass du es letztes Jahr in Port Douglas ziemlich schwer hattest.«

»Es war meine Entscheidung, nach Port Douglas zu ziehen. Ich musste es tun. Ich musste mir wohl selbst das Herz brechen. Aber es war tatsächlich schwer, Melbourne hinter mir zu lassen und meinen Job aufzugeben – das war alles ziemlich schwer ...« Ich hole tief Luft. »Vielleicht solltest du ihr einfach direkt sagen, dass du mehr von ihr willst. Vielleicht ist das deine Antwort.«

Er greift nach meiner Hand. »Du bist ein guter Mensch, Luce.«

Ich wende den Blick ab, und da sehe ich Oscar das Café betreten. Schnell ziehe ich die Hand weg und winke ihm.

Mit fragender Miene kommt er zu uns rüber.

»Hi«, sagt er zu Jeremy. »Ich bin Oscar.«

»Hi, freut mich. Jeremy.«

Jeremy steht auf, und sie schütteln sich die Hände. Sie sind beide gleich groß. Ich merke, wie ich rot werde.

»Ich stelle mich mal besser an, bevor die Schlange noch länger wird«, sagt Oscar und lächelt mich an, bevor er wieder geht.

»Du bist ja ganz rot geworden«, bemerkt Jeremy.

»Nein, bin ich nicht«, sage ich, obwohl ich spüre, wie meine Wangen brennen.

»Na gut«, sagt er und trinkt seinen Kaffee aus. »Ich fahre dann wohl besser mal wieder.«

»Jetzt schon?«

»Ja. Ich hab irgendwie das Gefühl, es war ein Fehler herzukommen.«

»Na, was hast du denn erwartet?«, frage ich aufgebracht. »Wir sind nicht mehr zusammen, wozu also das Ganze?«

Ich schiebe meinen Stuhl zurück, und er steht auch auf. Als wir draußen sind, würde ich am liebsten die Arme um ihn werfen und ihn anflehen, mich wieder zu lieben. Ich würde ihm am liebsten versprechen, alles zu ändern, was ihn je an mir gestört hat, und ihm zeigen, dass ich inzwischen viel tougher und weniger introvertiert bin. Aber ich tue nichts davon, und wir steigen wieder ins Auto und machen uns auf den Rückweg zu Mum und Dad.

»Weißt du, was ich mir gewünscht hätte?«, fragt er, als wir am Irish Pub auf der Williams Street vorbeifahren. »Dass du ein bisschen entschlossener gewesen wärst.«

»Aber du wusstest doch selbst nie, was du wolltest!«, entgegne ich. »Du hast immer nur gesagt, du müsstest aus Melbourne weg, um einen klaren Kopf zu bekommen, aber das war's gar nicht – ich war einfach nicht die Richtige für dich.«

»Ja«, sagt er leise. »Ich habe mich mit dir wohl ein bisschen ruhelos gefühlt.«

»Hmm.«

Ich fahre in die Einfahrt und stelle den Motor ab.

»Lucy«, sagt er. »Du bist toll. Du wirst jemanden finden.«

»Hmm.« Ich starre aufs Lenkrad.

»Ich geh dann mal besser.«

»Okay, na dann. Ich weiß ja noch nicht mal, wohin du gehst …«

»Zurück nach Port Douglas«, sagt er, und nach kurzem Zögern: »Und in ein paar Wochen besuche ich meine Cousinen in Berlin.«

Seine Worte treffen mich ins Herz. Ich sehe ihn an. »Ich hab immer davon geträumt, Arm in Arm mit dir durch Berlin zu gehen.«

»Weißt du was?«, sagt er verschmitzt. »Ich hab immer gehofft, mit einer Frau wie dir mein Leben zu verbringen.«

»Das ergibt keinen Sinn. Ich *bin* ich, und du hättest dein Leben mit mir verbringen können, aber du wolltest nicht.«

Er nimmt mich in den Arm, und ich ahne, dass es das

letzte Mal ist, dass wir so in meinem Corolla sitzen und uns umarmen.

Als er ausgestiegen ist, sehe ich ihm noch hinterher, wie er zu seinem Auto geht und wegfährt. Ich weiß schon vorher, dass er sich nicht noch mal nach mir umblicken wird, nicht eine Sekunde. Ich lege den Kopf aufs Lenkrad und fange an zu schluchzen, als würde es um die Goldmedaille gehen.

Es dauert nicht lange, da klopft es ans Fenster, und Mum sieht besorgt durch die Scheibe. Dann geht die Beifahrertür auf, und Rosie setzt sich neben mich.

»O Rosie«, schluchze ich.

»Lucy, was war das denn für eine Nummer? Was hat der Typ hier zu suchen gehabt?«

Ich bekomme nur am Rande mit, wie Mum die Hintertür öffnet und auch einsteigt.

»Und, worum ging es?«, fragt sie und schließt ihren Gurt.

»Mum, du hast dich grad angeschnallt.«

»Das ist ein Reflex«, sagt sie und schnallt sich wieder ab. »Ich hoffe nur, er hat dich nicht wieder zurückgeworfen, Lucy. Wenn du vorhast, dem Mann weiter hinterherzulaufen, ich schwöre dir, dann erwürge ich euch beide.«

»Was hatte das grade zu bedeuten, Luce?«, fragt Rosie und sieht mich forschend an.

»Nichts«, sage ich. »Es hatte nichts zu bedeuten, Rosie, und das Schlimmste ist, ich habe mir gewünscht, dass es anders wäre.«

»Warum ist er dann überhaupt gekommen?«, fragt Mum seufzend. »Wozu?«

»Ich glaube, er wollte nur sichergehen, dass es mir gut geht und ich ihn nicht für ein Arschloch halte.«

»Er hatte also ein schlechtes Gewissen«, sagt Rosie. »Na toll. Jetzt fühlt er sich besser und du dich mies.«

Ich will diesem ermüdenden, unergiebigen Thema endlich ein Ende bereiten. Ich will nicht wieder in das Jeremy-Drama verwickelt werden. Es macht zu viel mit mir. Und trotzdem werde ich stundenlang über seinen Besuch nachdenken und jedes gesagte Wort noch mal auf eine tiefere Bedeutung hin analysieren und mir wieder Hoffnung machen.

Ich wende mich Rosie zu. »Ich weiß einfach nicht, was ich machen soll.«

»Wenn ich nicht weiß, was ich tun soll …«

»Mum, es interessiert mich nicht, was Cher sagen würde. Cher ist mir sowas von egal.«

Die nächsten Minuten schweigen wir alle drei.

»Soll ich dir Chicken Wings holen?«, fragt Rosie.

»Nein.« Ich blicke stur geradeaus.

Mum setzt wieder an: »Du musst einfach wieder aufstehen und weitermachen. Du darfst nicht einen einzigen Gedanken mehr an ihn verschwenden.«

»Aber warum ist er denn gekommen, wenn es nichts bedeutet hat?« Ich weiß bereits, als ich die Frage formuliere, was Mum darauf antworten wird.

»Weil er Zeit hatte, über alles nachzudenken, und jetzt hören wollte, dass es dir gut geht.« Sie macht eine Pause. »Offensichtlich bist du ihm noch wichtig, wenn auch nicht wichtig genug, sonst wärt ihr ja noch zusammen.«

Rosie nickt. »Du musst den Kontakt zu ihm abbrechen.

Das ist die einzige Möglichkeit.« Sie sagt es mit der Autorität einer, die aus Erfahrung spricht.

»Das hatte ich doch! Ich hab fast neun Monate nicht mit ihm geredet, obwohl ich ständig an ihn gedacht habe. Ich hab einfach nicht damit gerechnet, dass er auf einmal aus dem Nichts hier auftaucht und mit mir über die Probleme mit seiner Neuen quatschen will.«

»Er ist also immer noch mit ihr zusammen?«, fragt Mum.

»Ja, und er hat gesagt, er würde wohl mehr von ihr wollen als sie von ihm, und ich hab ihm auch noch Ratschläge gegeben.« Ich beiße auf meinen Nägeln herum.

»Lucy, es ist nicht dein Job, ihm Ratschläge zu geben, besonders nicht, was seine neue Beziehung angeht«, sagt Mum. »Du bist viel zu nett, dass du ihm immer wieder zuhörst und dann auch noch so verständnisvoll bist. Du musst dich selbst mehr respektieren. Ich wette, seine neue Freundin lässt sich nicht so von ihm schikanieren, und deswegen ist er auch mit ihr zusammen. Du musst knallhart sein, sonst wirst du nur ausgenutzt. Das hat nichts damit zu tun, unhöflich zu sein, sondern nur damit, sich selbst zu schützen.«

So langsam deprimiert mich dieses Gespräch. Mum hat recht.

»Du darfst ihn wieder aufbauen, wenn es ihm nicht gut geht, und was ist mit dir?« Mum ist jetzt voll in Fahrt. »Wahrscheinlich schickt er dir in ein paar Monaten eine Nachricht: ›Danke fürs Gespräch, Lucy, mit meiner Freundin ist wieder alles im Reinen. Alles Gute für dich!‹«

Ich sehe sie im Rückspiegel an. »Sie werden heiraten. Garantiert. Er liebt sie.«

»Ach, weißt du – wen interessiert's, wen er liebt? Der Typ ist nicht mehr dein Problem, Luce«, meldet Rosie sich wieder zu Wort. »Ja, du machst dir noch was aus ihm, aber dein Herz ist groß, und du wirst auch noch jemand anderen lieben können – jemanden, der auch dich liebt.«

»Ich stimme dir vollkommen zu, Rosie«, sagt Mum und kurbelt ihr Fenster runter. »Hört zu, ich muss langsam aussteigen. Mir läuft schon der Schweiß den Rücken runter.«

»Geht mir genauso, Denise«, sagt Rosie.

»Okay, geht ruhig. Ich komme gleich nach.«

»Gleich? Was willst du denn hier noch machen? Du hast doch wohl hoffentlich nicht vor, dich mit Kohlenmonoxid zu vergiften?!«

»Nein, Mum, ich wüsste noch nicht mal, wie das geht. Ich fahre nur eben eine Runde. Ich muss ein bisschen für mich sein, und wenn es nur zwanzig Minuten sind. Ich nehme Glenda mit.«

»Gute Idee, ich hole sie«, sagt Rosie.

»Lucy«, sagt Mum, als Rosie weg ist, »du weißt doch hoffentlich, wie schön du bist. Du wirst einen wunderbaren jungen Mann finden, da habe ich gar keine Zweifel. Also verschwende bitte keine weitere Energie an Jeremy, denn ich kann dir garantieren, dass er nicht eine weitere Sekunde an dich denkt. Nicht eine einzige.«

Rosie öffnet die Autotür, und Glenda springt auf den Beifahrersitz und leckt mir die Tränen vom Gesicht.

Wir fahren zur Yeppen Lagoon, einem unserer Lieblingsplätze, und nach einem langen Spaziergang sitzen wir im Gras und sehen den vorbeigleitenden Pelikanen zu. Glenda wird langsam älter, sie ist inzwischen nicht mehr so wild darauf, die Vögel zu jagen, aber sie legt immer noch den Kopf schief, wenn sie ihr zu nahe kommen. Ich hole tief Luft, und durch die sich im Wind wiegenden Eukalyptusblätter zwinkert mir die Sonne zu. In den Ästen der Ghost Gums am Rand der Lagune gackern die Kookaburras, und etwas weiter weg sind ein paar Rinder durch einen kaputten Zaun geschlüpft und streifen über den gesprungenen Asphaltweg. Ich lockere die Schultern und versuche, alle Anspannung von mir abfallen zu lassen. Die Trauer, die ich mit mir herumgeschleppt habe, kommt mir auf einmal so nutzlos vor, besonders jetzt, wo ich mit Sicherheit weiß, dass Jeremy inzwischen über mich hinweg ist.

Glenda legt ihren Kopf auf meinen Schoß und sieht mich an.

»Ja«, sage ich, »ich weiß, ich war dumm. Ich weiß, Glenda. Aber wie soll ich jetzt mein Selbstbewusstsein wieder aufbauen?« Die Tränen kullern mir übers Gesicht. »Wie soll ich das machen, Glenda?«

Sie leckt mir die Hand, schließt die Augen und seufzt schwer. Ich lächle. Glenda weiß, wie sie loslassen kann.

8

Jeremys Besuch vor inzwischen einem Monat hat mich – ich hab's geahnt – um sechs Monate zurückgeworfen. In meinem Kopf dreht sich alles nur noch um unser Gespräch, wie eine Maschine voller Schmutzwäsche, und nach dem Schleudergang lande ich immer wieder bei der harten Tatsache, dass er noch mit Claire zusammen ist. Auch wenn er und Claire nicht das Gleiche wollen, kapiert er immer noch nicht, dass ich schon immer die Richtige für ihn gewesen bin. Punkt. Aus.

Ich habe aufgehört zu schreiben oder mir neue Berufe zu überlegen und Pläne zu schmieden. Stattdessen habe ich Mums tägliche Routine übernommen. Vormittags werfen wir eine Waschmaschine an, gehen mit Dad zu *Bits 'n' Pizzas* Kaffee trinken, dann machen wir mit Mums Freundinnen Yoga, und wenn wir zurückkommen, hängen wir die Wäsche auf. Wir essen zu Mittag und trinken einen Tee, dann fährt Mum zu ihrer Trommelgruppe oder zum Friseur und ich mache einen Mittagsschlaf. Nachmittags geht Dad zum Jockey Club, und ich gehe mit Glenda spazieren, dann helfe ich Mum, das Abendessen vorzubereiten. Wenn Dad vom Jockey Club wiederkommt, gucken wir *New Tricks* oder *George Gently* oder *Inspector Barnaby*, bevor ich ins Bett gehe, noch kurz in einem Selbsthilfebuch lese und unruhig schlafe. Am nächsten Morgen, wenn Mum meine Vorhänge aufzieht, wache ich auf, und der neue Tag ist eine ziemliche Wiederholung des vorigen.

Mum macht sich ziemliche Sorgen, die Arme. Jetzt steht sie gerade vor meinem Zimmer auf dem Flur und schlägt auf einen Gong, wie es sich anhört. Es ist schrecklich laut.

»Mum!«, brülle ich über Glendas verzweifeltes Bellen. »Was machst du da?«

»Tut mir leid, dich zu wecken, Schatz, aber es ist neun, und ich habe so lange gewartet, wie es ging.«

»Was? Wovon redest du?«

Sie öffnet meine Tür, in der Hand einen riesigen Gong und auf dem Kopf ein zu ihrem langen, leuchtend pink bestickten Gewand passendes Tuch.

»Das ist Qi-Gong, mein Schatz. Man schlägt morgens in der Nähe einer leidenden Person zehnmal auf das Heilsymbol, und nach und nach bringt der Klang Frieden und Harmonie.«

»Also, gerade bringt er mir nichts als Kopfschmerzen, und Glenda ist auch kein Fan.«

Mum hockt sich auf die Bettkante und blickt zu mir runter.

»Dein Aufzug ist total lächerlich«, sage ich. »Du siehst aus, als würdest du zum Casting von *Der Mikado* gehen.«

»Ich weiß!«, lacht sie. »Ich hab das Set im Internet bestellt. Lucy, ich ertrage es nicht, dich so zu sehen. Du hast schreckliche Tränensäcke unter den Augen. Rede doch mit mir.«

»Ich kann nicht mit dir reden, wenn du dieses Ding auf dem Kopf hast.«

»Okay, ist schon weg«, sagt sie und nimmt es ab.

»Ich bin einfach nur müde, Mum.«

»Nein, es ist mehr als das, und das geht jetzt schon viel zu lange. Du denkst immer noch an Jeremy, stimmt's?«

»Ein bisschen.«

»Lucy, nur du allein kannst an deiner Situation etwas ändern. Nur du kannst dich entscheiden, das alles hinter dir zu lassen. Ich kann nichts mehr für dich tun.«

Mum geht, und ich starre an die Decke.

Worauf warte ich eigentlich? Wenn ich mir bis zum Kinderkriegen noch ein Zeitfenster von drei Jahren gebe, sollte ich dann nicht langsam zurück in die Großstadt und mich um meine Karriere kümmern? Oder noch mal nach Europa und mich noch ein letztes Mal jung und frei fühlen? Wer weiß, wen ich im Zug nach Wien kennenlernen würde?

Solange ich hier bei Mum und Dad auf dem Bett rumliege, lerne ich jedenfalls niemanden kennen. Vielleicht komme ich auch nicht gerade wie ein Hauptgewinn rüber. Eine Frau, die im Auto ihrer Eltern nach Kleingeld sucht, erscheint wohl nicht auf der Jahresliste der Sexiest People vom *WHO Magazine*.

Meine Zimmertür geht wieder auf, und ich befürchte schon, noch einen Vortrag von Mum zu bekommen, aber es ist Rosie in ihrem Rad-Outfit.

»Lucy«, sagt sie todernst, während sie sich auf genau die Stelle setzt, wo Mum gerade noch gesessen hat. »Ich sage es nur ungern, aber du verwandelst dich langsam in ein richtiges Arschloch.«

»Sag mal, hast du dich mit Mum abgesprochen? Sie

versucht's auf die nette Tour, und dann kommst du mit der harten?«

»Du kannst so nicht weitermachen, Luce. Du kannst doch nicht den ganzen Tag hier rumliegen und vor dich hinjammern und nur rausgehen, um mit deiner Mum Yoga zu machen. Du verhältst dich wie eine Rentnerin, dabei bist du gerade mal zweiunddreißig! Du verschwendest dein Leben!«

»Hmm.«

»Sogar Ruth fragt schon nach dir. Sie hat mich vorhin angehalten, als ich bei der Waschanlage vorbeigefahren bin, und wollte wissen, wie es dir geht. Ich soll dich schön grüßen. Sie wünscht dir alles Gute. *Ruth* wünscht dir alles Gute! Hast du das gehört?! Wach endlich auf!«

Ich lache halbherzig. »Hat sie dir jemals alles Gute gewünscht?«

»Sie hat mir die Pest an den Hals gewünscht, aber darum geht es nicht. Komm schon, Luce. Steh auf. Wir gehen zu *Bits 'n' Pizzas* einen Kaffee trinken. Ich hab einen Plan.«

»Einen Plan?« Ich setze mich auf.

»Ja, einen Plan. Einen super Plan.«

»Okay, aber ich mach kein Speeddating und melde mich auch bei keiner Single-Börse an. Und ich gehe auch nicht in den Pub gegenüber dem Schlachthof.«

»Ich auch nicht, keine Sorge. Komm, steh auf und zieh dich an. Ich warte im Wohnzimmer.«

»Rosie«, sage ich. »Ich liebe …«

»Ich weiß, Luce. Ich weiß, dass du mich liebst. Steh einfach auf.«

»Ich liebe Yoga – ich wollte sagen: Ich liebe Yoga«, antworte ich und lache diesmal richtig.

Colleen vom *Bottle-O* und *Video Ezy* knallt uns unsere Cappuccinos auf den Tisch, dass der Milchschaum auf die Untertassen schwappt. Rosie und ich grinsen uns an, Colleen seufzt und geht wieder.

»Also, heute ist der fünfundzwanzigste Juni«, sagt Rosie. »Es sind noch genau sechs Monate bis Weihnachten.«

»Stimmt.«

»Und hier sind zwei Blatt Papier. Wir schreiben jetzt die fünf wichtigsten Eigenschaften auf, die wir von einem Mann erwarten.«

»Seit wann stehst du auf sowas?«

»Tue ich ja gar nicht. Aber sehen wir doch mal den Tatsachen ins Auge: Wir sind zweiunddreißig, die Zeit vergeht nicht langsamer, und manche unserer Freundinnen bekommen jetzt schon ihr zweites Kind. Das Ziel ist, bis Weihnachten einen Mann gefunden zu haben. Wir müssen es zumindest versuchen.«

»Okay.« Ich nicke.

»Also, los geht's.« Sie fängt an, wild auf ihrem Blatt herumzukritzeln und gibt mir nach ein paar Sekunden ihre fertige Liste.

»Rosie, du hast dir schon vorher überlegt, was du aufschreiben würdest!«, sage ich lachend. »Das ist geschummelt!«

»Nein, ist es nicht! Ich hab in letzter Zeit auf dem Rad nur ein bisschen nachgedacht. Was sagst du?«

Ich sehe auf ihre Liste:

1) fleißig
2) ehrlich
3) sportlich
4) trägt ordentliche Hosen und Schuhe
5) hat gepflegte Zähne

Ich verschlucke mich fast an meinem Kaffee. »Fleißig?«

»Ja, ich weiß, so ziemlich das Gegenteil von mir. Deswegen muss er es ja auch sein.«

»Okay, aber was ist mit vier und fünf: trägt ordentliche Hosen und Schuhe und hat gepflegte Zähne. Ist das nicht dasselbe? Meinst du nicht, jemand der ordentlich gekleidet ist, kümmert sich auch um seine Mundhygiene?«

»Da hast du recht, aber ich hatte keine Lust, mir noch was auszudenken.«

»Okay.«

Ich gebe ihr die Liste zurück, und sie betrachtet sie.

»Rosie?«

»Ja?«

»Meinst du, wir sind zu alt, um noch heiraten und Kinder kriegen zu können?«

Sie legt die Liste auf den Tisch.

»Ich meine, unsere Freundinnen fangen jetzt, wo sie ihre Kinder untergebracht haben, schon wieder alle an zu arbeiten. Da frage ich mich das halt«, sage ich.

»Lucy, wir werden es tun, wenn wir so weit sind. Wir

haben noch mindestens fünf Jahre, oder? Und bis dahin haben wir garantiert jemanden gefunden. Außerdem werden wir nie zu alt sein, um jemanden zu heiraten und eine verdammt große Party zu schmeißen, wenn wir das wollen. Meinst du nicht?«

»Ja, du hast recht.«

»Das habe ich immer«, sagt sie, bescheiden wie sie nun mal ist.

Ich schweige eine Weile, dann sage ich: »Vielleicht werde ich Ärztin.«

»Was?!«, fragt Rosie überrascht. »Echt jetzt?«

»Ja.«

»Echt?«

»Ja.«

»Warum?!«

»Weil ich da Leuten helfen kann«, sage ich. »Es ist ein erstrebenswerter Job. Und ich könnte in der Großstadt *oder* auf dem Land leben.«

Sie fährt sich mit der Hand durch die Haare. »Lucy, kann ich dir was sagen? Nichts, was du tust oder sagst oder erreichst, wird Jeremy zurückbringen. Es ist vorbei, Luce. Ihm wäre es auch egal, wenn du den Literaturnobelpreis bekämst oder die erste Frau im Weltall wärst. Er kommt nicht zurück.«

»Ich würde es ja nicht für Jeremy tun, sondern für mich«, antworte ich. »Und außerdem ist der Zug für die erste Frau im All wohl schon längst abgefahren.«

Rosie lacht halbherzig. »Ich glaube nicht, dass du es nur für dich tun würdest, Luce. Du hast immer gesagt, er hätte es gern gesehen, dass du tougher gewesen wärst oder entschlossener oder was auch immer. Aber du musst ihm nichts mehr beweisen. Studier Medizin, wenn du es unbedingt willst, aber willst du das? Wirklich?«

»Ich weiß es nicht«, sage ich und werde langsam unleidig.

Rosie fasst nach meiner Hand. »Tut mir leid. Echt. Ich will doch nur, dass es dir wieder gut geht.«

Ich senke den Blick, als meine Augen sich mit Tränen füllen. »Ich auch.«

Sie setzt sich neben mich und legt mir den Arm um die Schultern.

»Am liebsten … würde ich einfach … mit Glenda weglaufen«, schluchze ich.

Da geht die Tür auf, und Rosie flüstert: »Scheiße! Hier, setz die auf!« Sie reicht mir ihre überdimensionierte Jackie-Onassis-Sonnenbrille. »Hi, Oscar«, ruft sie und winkt fröhlich.

»Hi, Rosie, hi, Lucy, wie geht's?« Er kommt auf uns zu, gefolgt von einer zierlichen Frau mit rotblonden Haaren. Sie trägt das blau-weiß-gestreifte Kleid, das ich neulich bei *Witchery* im Schaufenster bewundert habe – und mir nicht leisten konnte.

»Das ist Kate«, sagt Oscar und legt ihr die Hand auf den unteren Rücken.

»Hi«, sagt sie lächelnd. »Oscar meinte schon, dass wir euch bestimmt irgendwo begegnen. Schöne Uhr«, fügt sie hinzu, deutet auf Rosies Handgelenk und hebt ihren Arm, an dem sie die gleiche roségoldene Uhr trägt. Wir lächeln auch. Sie scheint nett zu sein.

Oscar sieht mich an. »Geht's dir gut?«

»Ja«, sagt Rosie entschieden. »Ihr geht's gut.«

Ich nicke lächelnd. »Ja, mir geht's gut.«

»Okay, vielleicht sieht man sich ja mal. Katie und ich sind die nächsten zehn Tage noch hier, also …«

»Klingt super«, sagt Rosie. »Na dann, wir wollten gerade los.«

»Alles klar«, sagt Oscar und macht einen Schritt zur Seite. »Bis dann.«

»Das war echt peinlich«, sage ich zu Rosie, als wir über die Gladstone Road fahren und einen Doppeldecker-Viehtransporter überholen.

»Nein, peinlich ist nur, dass ich meine verdammte Top-Five-Liste auf dem Tisch liegen gelassen habe«, sagt sie.

»Hast du nicht!«

»Doch, hab ich. Und die beiden haben sich an unseren Tisch gesetzt.«

»Oh scheiße, Rosie, das musste ja passieren … Aber sie wissen ja nicht, wer von uns beiden die Liste geschrieben hat«, versuche ich sie zu beruhigen.

»Ich werde einfach so tun, als wüsste ich von nichts, oder dass die Liste schon dalag, als wir uns an den Tisch gesetzt haben.«

»Oscar wird eh nichts sagen. Dafür ist er viel zu nett. O Gott, hoffentlich denkt er nicht, ich hätte sie geschrieben!«

»Ach, jetzt auf einmal!«

»Rosie, mach das Fenster hoch! Diese Viehtransporter stinken!«

Sie lacht. »Du bist eben nicht mehr in Melbourne, Luce!«

9

Als ich eine Woche später von meinem Morgenspaziergang mit Glenda nach Hause komme, steht Max' schwarzer Subaru Outback in der Einfahrt. Mein Herz macht einen Sprung. Er hatte nicht gesagt, wann genau er mit den Kindern kommen würde, und als ich die Stufen hochgehe und ihre Stimmen höre, wird mir klar, dass er gar nicht zu einer besseren Zeit hätte kommen können.

»Lucy! Lucy!«, rufen Jack, mein siebenjähriger Neffe, und seine fünfjährige Schwester Isla, während sie auf mich zugelaufen kommen und mir in die Arme springen.

Ich wirbele sie herum. »Hallo, ihr beiden! Wie schön, euch zu sehen!«

»Gehen wir Dinosaurier jagen?«, fragt Jack mit großen Augen und klammert sich an mein Bein, als ich ihn wieder absetze.

»Bitte!«, ruft Isla aufgeregt.

»Okay! Holt eure Sonnenhüte und zieht euch Schuhe an.«

Die Kinder rennen los, und in dem Moment kommt Max raus auf die Veranda und umarmt mich ungestüm. »Rein mit dir, wir haben grad Teewasser aufgesetzt!«

Ach, wenn das Leben doch immer so schön sein könnte! Mum ist in der Küche und macht Tee, zwei kleine aschblonde Lockenköpfe mühen sich mit ihren Schuhen ab, und Max steht vorm offenen Kühlschrank und sucht nach Schokolade, wie er es schon immer getan hat.

Als Kind habe ich Max vergöttert. Er ist nur ein Jahr älter als ich, aber ich fand ihn damals unendlich cool und habe ihn schamlos kopiert. Im Restaurant habe ich zum Beispiel immer abgewartet, was er trank, bevor ich meine Bestellung aufgab. Er hat es allerdings ziemlich schnell durchschaut, und als ich einmal wie er Limonade bestellte, rief er dem Kellner im letzten Augenblick hinterher: »Entschuldigung, kann ich doch Orangensaft haben?«

Je älter wir wurden, desto weniger machte ich ihm nach, und jetzt, mit Anfang dreißig, könnten unsere Leben nicht unterschiedlicher sein.

»Ich trinke später Tee, Ma«, sage ich, und Jack und Isla nehmen mich an den Händen. »Wir haben erst noch eine Verabredung mit den Dinosauriern.«

»Wir gehen Dinosaurier jagen«, flüstert Isla Mum zu.

»Dinosaurier jagen? Na, ihr habt ein Glück!«, ruft Mum. »Seid ja artig zu Tante Luce.«

Sie nicken ernst, und dann gehen wir Hand in Hand durch den Hinterausgang raus. Wir laufen durch den äußeren Teil des Botanischen Gartens mit seinen sanft abfallenden grünen Feldern, hinter denen die Regenwald-Inseln und von Neuguinea-Araukarien gesäumten Wege liegen, zu unserem Ziel – einem Spielplatz im Schatten von Birkenfeigen.

Unterwegs fragt mich Jack: »Was würdest du machen, wenn du einen Dinosaurier siehst?«

»Ich würde ganz, ganz stillstehen«, sage ich ernst.

»Und wenn der Dinosaurier dich trotzdem sieht?«

»Dann würde ich ganz schnell weglaufen.«

»Ich würde *so* schnell weglaufen, dass der Dinosaurier denken würde: ›War da überhaupt wer?‹«, erklärt Isla.

»Ja«, sage ich, »das wäre ganz schön schnell.«

»Ich bin der schnellste Junge in der zweiten Klasse!«, ruft Jack.

»Echt?«, frage ich.

»Ja, hat Mum gesagt.«

»Cool«, antworte ich. »Ich war auch ziemlich schnell, als ich klein war.«

»Wie alt bist du?«, fragt Isla.

»Zweiunddreißig.«

»*Zweiunddreißig!*«, ruft Jack. »Du bist ja noch älter als Mum!«

Ich lache. Er klingt ganz wie ein Mini-Max.

»Bist du echt schon so alt?«, fragt er.

»Ja, aber ich bin immer noch total großartig!«

»Du bist zweiunddreißig und hast noch keinen Mann? Noch nicht mal einen Freund? Willst du gar keine Kinder?« Ich kann beinahe hören, wie es in seinem kleinen Kopf rattert.

»Doch, irgendwann schon.«

»Dann solltest du dich besser beeilen mit dem Heiraten, sonst wirst du noch älter, und irgendwann bist du tot!«

Schweigend gehen wir durchs Gras und lauschen nach Dinosauriern, aber es dauert nicht lange und Isla fragt mich mit ihrer süßen Stimme: »Willst du denn heiraten?« Sie sieht mich gespannt an, und es trifft mich mitten ins Herz.

»Ja, das will ich, Isla.« Ich drücke lächelnd ihre Hand. Ich kann nicht glauben, dass ich hier von einer Fünf- und einem Siebenjährigen ins Kreuzverhör genommen werde. Und das Verrückteste ist, dass ihre Fragen mich total berühren.

Am Spielplatz angekommen, lasse ich ihre Hände los und setze mich ins Gras. Ich sehe ihnen hinterher, wie sie loslaufen, und da fällt mir auf, dass sie mich zwei Dinge haben laut aussprechen lassen, die ich sonst kaum jemandem gegenüber zugeben würde. Ja, ich will heiraten, und ja, ich will Kinder kriegen. Die beiden winken mir von der Kletterburg aus zu. Die kleinen Rabauken.

»Hey, Luce«, sagt Max, reicht mir eine Tasse Tee und setzt sich aufs Sofa. »Was gibt's Neues?«

»Ehrlich gesagt, nicht besonders viel.«

»Ist dein Buch fertig?«

»Nein, ich arbeite noch dran.«

»Sie hat Liebeskummer, Max«, sagt Mum geradeheraus.

»Ja, irgendwie wirkst du traurig. Wer ist es diesmal?«

Ich antworte nicht.

Max sieht Mum an. »Nicht immer noch Jeremy, oder?«

Mum nickt.

»Nein! Du warst doch längst über ihn weg, Luce. Was ist passiert?«

»Es ging ihr schon wieder so gut«, sagt Mum. »Und dann ist er vor etwas mehr als einem Monat auf einmal hier aufgetaucht.«

»Nein!«, ruft Max.

»Doch«, sagt Mum. »Er ist hergekommen und hat ihr erzählt, dass er immer noch mit seiner Neuen zusammen ist. Und dann ist er wieder gefahren.«

»Verdammt. Das hätte er dir auch einfach schreiben können.«

»Habe ich auch gesagt«, seufzt Mum. »Und jetzt hat Lucy natürlich wieder den Blues.«

»Ach, Scheiße, Luce.« Max sieht mich mitfühlend an. »Na ja, du wirst schon wieder auf die Beine kommen. Gibt ja keine Alternative, nicht wahr?«

»Nee.«

»Und wie läuft es mit dem Geld?«, fragt er.

»Auch nicht toll«, sagt Mum.

»Mum! Ich kann auch selbst antworten«, rufe ich genervt. »Ich hab immer noch tausend Dollar.«

»Du schaffst das schon, Luce«, beruhigt mich Max. »Du hast dich bisher immer wieder aufgerappelt. Das wirst du jetzt auch.«

Ich hole tief Luft. »Ich will Medizin studieren.«

Max lacht und klatscht in die Hände, als wäre es das Lustigste, was er je gehört hat. »Der war gut.«

»Nein, ich meine es ernst – ich habe mir überlegt, ich will Ärztin werden.«

»Medizin! Mit zweiunddreißig! Du bist ja verrückt!«, ruft Mum und sieht Max an, als erwarte sie, dass er ihr zustimmt. »Mal angenommen, du würdest zugelassen, dann kannst du trotzdem erst nächstes Jahr anfangen, und dann bist du vierunddreißig! Mit vierunddreißig noch studieren, ohne irgendein Einkommen für die nächsten fünf Jahre! Das mit dem Kinderkriegen kannst du dann aber vergessen.«

Dad kommt ins Wohnzimmer, er hat den letzten Teil des Gesprächs wohl mitbekommen. »Lucy, du hast genauso wenig das Zeug zur Ärztin wie ich zur Ballerina«, sagt er und geht wieder.

»Was für ein Fachgebiet würde dich denn interessieren?«, fragt Max, und Mum wirft ihm einen finsteren Blick zu.

»Ich fände Geriatrie spannend.«

»Du willst Ärztin für alte Leute werden?«

»Ja, wenn ich mit dem Studium fertig bin, bin ich genauso alt wie meine Patienten. Dann kann ich sie umso besser verstehen.«

Max und ich lachen, nur Mum findet es nicht komisch.

»Wie wär's mit Lehrerin?«, schlägt Max vor. »Du hast doch schon 'nen BA. Du kannst nach neun Monaten deinen DipEd machen, und dann hättest du achtzigtausend im Jahr und jede Menge Ferien. Du wärst doch 'ne super Englischlehrerin.«

Auch wenn ich vielleicht eine ganz gute Lehrerin abgeben würde, will ich keine werden. Und ich will mir auch keine vernünftigen Ratschläge anhören, solange ich noch andere Optionen habe.

Doch ehe ich irgendetwas antworten kann, kommen Jack und Isla ins Zimmer gerannt und springen mir auf den Schoß.

»Spielst du Hund mit uns? Dürfen wir auf dir reiten?«, fragt Jack und sieht mich mit seinen blauen Augen erwartungsvoll an.

Ich knie mich auf den Boden und gehe auf alle viere. Die beiden klettern auf meinen Rücken, und ich krabbele zwischen den Möbeln herum.

Max beobachtet uns. »Siehst du, wie viel Spaß du hast? Willst du nicht auch ein paar Plagegeister haben, Lucy?«

»Wau, wau«, antworte ich.

»Denk doch wenigstens an uns. Jack und Isla brauchen Cousins und Cousinen.« Er trinkt einen Schluck Tee. »Wisst ihr, was ich gelernt habe?«

»Na, erzähl«, sagt Mum.

»Für die großen Entscheidungen im Leben gibt's keinen richtigen Zeitpunkt. Es ist nie die richtige Zeit zum Heiraten oder Kinderkriegen, und wenn man es nicht einfach irgendwann macht, macht man es nie.«

Da klopft es an der Tür.

»Herein!«, ruft Mum.

Mit Isla im Nacken kann ich unseren Besuch nicht sehen, aber da ruft Mum schon freudig: »Hallo, Oscar! Warte, ich hole dir eine Tasse Tee.«

»Ach, Sie haben ja schon ziemlich viel Besuch, ich wollte nicht stören«, sagt Oscar. »Ich komme einfach später noch mal.«

Ich schüttle mich, damit die Kinder von mir runterrutschen, und stehe auf. »Nein, du störst nicht, Oscar. Das ist mein Bruder Max, und das hier sind Jack und Isla.«

Isla versteckt sich hinter meinen Beinen, und Jack beäugt Oscar neugierig.

»Hi, Jack«, sagt Oscar. »Cooles T-Shirt. Ich bin auch totaler *Star-Wars*-Fan.«

Ich lächle. Warum er wohl hier ist, und das ohne Kate?

Mum eilt mit Oscars Tee herein – sie fürchtet anscheinend, irgendwas zu verpassen. Oscar nimmt ihr die Tasse ab und setzt sich neben mich aufs Sofa. Isla krabbelt mir auf den Schoß.

»Hallo, Oscar«, sagt Dad, als er wieder ins Wohnzimmer kommt, und schüttelt ihm die Hand. »Ist es nicht schön, Max und Oscar im selben Raum zu haben, Denise?«

Max blickt mich an, und mir zieht sich der Magen zusammen. Wenn Oscar wieder weg ist, wird er mich sicher mit Fragen löchern.

Dad meint, Oscar müsse Max unbedingt von *Bev's Buffet* erzählen, daher setze ich mich mit Isla und einem Malbuch auf den Fußboden. Es ist ziemlich meditativ, die Bilder zwischen den Zeilen von Peppa Wutz auszumalen und dabei den anderen zuzuhören, wie sie sich über Rugby-Schiedsrichter, die Immobilienpreise in Brisbane und Sydney und die Gewinnspanne beim Verkauf von Bambuswindeln nach China unterhalten. Ich fühle mich schon viel entspannter.

Bei jeder zweiten Bemerkung von Oscar gluckst Mum vor Vergnügen. Man könnte fast denken, sie flirtet. Und obwohl Oscar aus Sydney ist und somit Manly-Fan, glaube ich, dass auch Max ihn mag.

Als die Titelmelodie von *Teen Titans Go!* erklingt, rennt Isla zu Jack ins Fernsehzimmer. Auch Oscar steht auf und erklärt, noch zum Baumarkt zu müssen, weil er seiner Mutter versprochen habe, die seit der Einweihungsparty kaputte Wäschespinne zu reparieren. Er nickt Dad und Max zum Abschied zu. »Lass dich drücken«, sagt Mum, und Oscar tut ihr den Gefallen. Ich folge ihm hinaus bis zur Gartentür, und er bleibt mit der Hand auf der Klinke stehen.

»Alles okay, Luce? Neulich bei *Bits 'n' Pizzas* warst du ziemlich aufgelöst.«

»Ach, das!« Ich lache. »Nein, alles okay. Ich hatte nur einen kleinen Durchhänger und musste die Krone wieder richten.«

»Na dann ist ja gut, Eure Hoheit«, sagt er und stößt grinsend die Gartentür auf.

»Viel Spaß im Baumarkt.«

»Brauchst du irgendwas?« Er dreht sich noch mal nach mir um.

»Danke, ich hab genug Leitern und Kettensägen.«

Ich winke ihm hinterher und kehre ins Haus zurück. Als ich über die Veranda gehe, höre ich Mum, Dad und Max leise miteinander sprechen.

»Er kommt doch nicht einfach so hier vorbei«, sagt Max, worauf Mum antwortet: »Das stimmt, da steckt auf jeden Fall mehr dahinter. Ich hoffe nur, sie rappelt sich wieder auf.«

»Also, ich finde, Oscar ist ein sehr tüchtiger junger Mann«, sagt Dad. »Und wenn Lucy auch nur einen Funken Verstand ...«

Ich gehe hinein, und ihr Gespräch verstummt.

»Ihr wisst ganz genau, dass er 'ne Freundin hat«, sage ich verärgert über ihre Verkuppelungsideen. »Ich hab sie kennengelernt, sie ist sehr nett.« Ich lasse mich aufs Sofa fallen.

Dad verschränkt die Hände hinterm Kopf und sagt:

»Habt ihr mitbekommen, dass Tiffany Bloxom für einen Logie Award nominiert ist?«

»Echt?«, sagt Mum. »Das erstaunt mich nicht.«

»Nein, mich auch nicht«, sagt Dad. »Weißt du noch, als sie vor ein paar Jahren im Spiel zwischen Canterbury und Cronulla nach der ersten Halbzeit zum ersten Mal *Sportsbet* moderiert hat und ich gesagt hab: ›Das Mädel hat Talent‹?« Dad sieht Max an. »Lucy hatten sie damals auch gefragt, ob sie *Sportsbet* moderieren möchte.«

Mein Puls beschleunigt sich, und dann dreht Dad sich zu mir und sagt: »Das hättest du sein können, Lucy.«

Ich springe auf. »Dad!«, rufe ich. »Ich würde mich eher erschießen, als *Sportsbet* zu moderieren!«

»Vielleicht solltest du das!«, gibt er zurück.

Ich stürme aus dem Haus und knalle die Fliegengittertür hinter mir zu. Ich suche Glenda, und als ich sie nicht finde, stampfe ich wie eine Zehnjährige zitternd und vor Wut kochend ins Wohnzimmer zurück. Mum, Dad und Max schauen mich erwartungsvoll an.

»Ihr könnt mich alle mal!«, rufe ich.

Den dreien verschlägt es die Sprache.

»War nicht so gemeint, aber ihr könnt mich trotzdem mal!«

Sie sehen mich an, als wäre ich kurz davor, einen Anfall zu bekommen.

»Okay, was ich damit sagen will: Es reicht! Ich hab die Schnauze voll. Ich fahr in den Urlaub! Ich fahr nach Broome!«, rufe ich. Und dann breche ich in Tränen aus.

Max fängt an zu klatschen. »Ist das nicht herrlich? Lucy ist endlich ausgerastet! Über ein Jahr hab ich darauf gewartet, und jetzt ist es endlich passiert. Glückwunsch, Lucy!«

»Ja!«, stimmt Mum zu. »Das ist wirklich ein Grund zu feiern! Lucy ist endlich an die Decke gegangen!«

»Ich hab das mit Tiffany Bloxom absichtlich gesagt«, erklärt Dad. »Ich meinte natürlich nicht, dass du dich erschießen sollst, das ging definitiv zu weit, und dafür entschuldige ich mich, mein Schatz, aber trotzdem, letztendlich hast du es geschafft.«

Ich sehe sie ungläubig an. »Wovon redet ihr?«, schluchze ich.

»Du fängst heute ein neues Kapitel an«, sagt Max. »Du wirst endlich von diesem Sofa aufstehen, dieses Haus verlassen und auf Abenteuer gehen. Und dann wirst du rausfinden, was du wirklich willst.«

»Das ist ein echter Durchbruch«, sagt Mum und tupft sich die Augen. »Ein echter Durchbruch.«

Ich stolpere zurück zur Couch. Ich bin verwirrt, aber auch glücklich. Verdammt, denke ich, dabei habe ich doch nichts weiter vor, als einen Flug nach Broome zu buchen.

10

Ich nippe an meinem grünen Tee und bewundere den schönen Garten vor meinem Zimmer, als schwere Schritte mich aus meiner Zen-ähnlichen Trance reißen. Die über den Dielenfußboden laufenden Mönche rufen mir in Erinnerung, dass ich in einem buddhistischen Tempel bin, oben auf einer bewaldeten Hochebene, im Tempeldorf Koyasan. Der Tempel, Ekoin, liegt weit oben auf einem Berg der zerklüfteten Kii-Halbinsel in der Kansai-Region, südlich von Osaka.

Vor zwei Wochen beschlossen Mum und Dad, mir drei Wochen in Japan zu spendieren. Sie sagten, sie könnten mich nicht mehr sehen und Broome wäre immer noch zu nah dran an zu Hause. Außerdem hatte Mum Rosie gefragt, wohin ich reisen würde, wenn ich überallhin könnte, und Rosie hat sofort »Japan« gesagt. Mum hat mein Flugticket auf Roomba geklebt und sie um halb sechs morgens vor meinem Zimmer laufen lassen. Schon am nächsten Tag flog ich von Rockhampton über Brisbane weiter nach Tokio.

Als ich Mum am Flughafen von Rockhampton zum Abschied umarmte, weinte sie und sagte, sie wünschte sich nichts so sehr, als dass es mir besser ginge. Dann malte sie mir mit Öl ein Kreuz in die Hand. Angeblich war es geweihtes Öl, aber ich glaube, es war ganz normales Rapsöl.

Der Tempel, in dem ich wohne, Ekoin, ist ein wunderschönes Holzgebäude mit mehreren Etagen und Treppen, die sich um einen prächtigen Garten winden. Die Zimmer sind schlicht, aber elegant, es gibt Korbsessel, einen Glastisch und raumhohe Fenster mit Blick in den Garten.

Japan-Touristen können hier für ein paar Tage den Massen von Kioto entkommen und die Ruhe und den Frieden eines aktiven buddhistischen Tempels erleben. Für Buddhisten ist Koyasan – neben dem unglaublich atmosphärischen Friedhof Okunoin – einer der spirituell wichtigsten Orte Japans.

Auch wenn ich eindeutig keine Buddhistin bin, fühlte sich der Weg hierher doch sehr nach einer Pilgerreise an. Nach einer ganzen Reihe von Zügen, die sich der Schwerkraft trotzend die Berge hochschlängelten, brachte mich eine die Baumwipfel streifende Seilbahn schließlich ans Ziel. Ich fühlte mich so lebendig, als wäre ich wieder fünfundzwanzig. Als wäre ich die Lucy, die ich vor Jeremy war, vor *The Headline Act* und vor meinen diversen Fehltritten. Die Lucy, die allein durch Portugal gereist ist, die, nachdem sie mit Rosie in London gelebt hatte, nach Perth zog, die auf dem Oktoberfest auf den Tischen getanzt hat – die Lucy, die wusste, was es hieß, das Leben zu genießen!

Wieder höre ich schwere Schritte. Vor meinem Zimmer hören sie auf, und dann klopft es an der Tür, und ein Mönch kommt herein. Er trägt ein Tablett mit mehreren Schüsseln, die er sorgfältig auf die Tatami-Matte stellt. Jedes Gericht ist bunter und exotischer als das vorige.

Der Mönch verschwindet, und mit großem Appetit verdrücke ich den Sesamtofu, die Pflaumen-Miso-Suppe und die Soba-Nudeln mit eingelegtem Ingwer und Rettich. Es ist das Beste, was ich in meinen zwei Wochen in Japan bisher gegessen habe. Schon bald nachdem ich den letzten Rest Miso-Suppe ausgeschlürft habe, kommt der Mönch wieder und rollt mein Futon aus.

Ich lege mich hin und lausche dem leichten Regen. Dieser Urlaub ist genau das, was ich gebraucht habe. Der Blick auf die wechselnden Landschaften aus dem Zugfenster, das Spazieren durch die uralten Wälder von Okunoin, die Meditationskurse – das alles hat mir geholfen, meine ständig um Jeremy kreisenden Gedanken zu beruhigen und unsere Beziehung als das zu sehen, was sie war.

Jeremy und ich hatten beide unsere Zweifel. Von unserer ersten Begegnung in Perth an bis zu unserer Trennung in Melbourne war immer abwechselnd einer von uns beiden mehr von der Beziehung überzeugt als der andere. Der Zustand, dass wir beide gleichzeitig von uns überzeugt waren, hielt nie lange an. Und nun war ich als einzige von uns beiden nicht fähig, die Beziehung hinter mir zu lassen. Stattdessen habe ich mich an die Trauer geklammert. Mir das einzugestehen und mir selbst dafür zu verzeihen war eine unglaubliche Erleichterung.

Manche Leute sind wahre Meister im Loslassen, und manchmal frage ich mich, ob sie sich überhaupt je richtig auf jemanden einlassen. Vielleicht liegt darin aber auch das Geheimnis: sich zu binden und trotzdem Abstand zu wahren und sich nicht zu sehr an ein Gefühl oder ein Ergebnis zu klammern. Jedenfalls habe ich endlich begriffen, dass mich nichts mehr zurückhält und dass das, wenn ich ehrlich bin, wahrscheinlich auch noch nie der Fall gewesen ist.

Trotzdem ist es schön und beängstigend zugleich, dass mir die ganze Welt wieder offensteht – schließlich muss ich jetzt irgendetwas mit meinen neuen Möglichkeiten anstellen. Eins der größten Geschenke wäre für mich wohl, erst mal mich selbst besser kennenzulernen: zu verstehen, was mich glücklich und was mich traurig macht, und Ersteres zu kultivieren. Warum nur ist etwas eigentlich so Simples so kompliziert? Kommt uns vielleicht unser Ego zu schnell in die Quere und behauptet, wir könnten etwas noch Besseres erreichen als das, was uns glücklich macht?

In den letzten zwei Wochen habe ich jedenfalls beschlossen, mir nicht mehr den Kopf darüber zu zerbrechen, was ich als Nächstes tun werde, sondern mich auf *Diamanten im Staub* zu konzentrieren und nebenbei weiterhin Geld mit Freelance-Artikeln zu verdienen. Wenn ich jemals eine erfolgreiche Buchautorin werden will, muss ich an mich selbst glauben und diszipliniert und fleißig sein.

Auch über Oscar habe ich nachgedacht. Er hat mir schon mehrmals geschrieben, hat gefragt, wie viel Sushi ich esse und ob ich schon mit Stäbchen umgehen und ein paar Brocken Japanisch kann. Ein anderes Mal hat er über die Effizienz des Shinkansen-Hochgeschwindigkeitszugs geschrieben und von den Kettenrestaurants geschwärmt, die er bei seiner letzten Japanreise besucht hat. Ich glaube, er mag mich irgendwie, und ich mag ihn definitiv auch, aber ich will mir keine falschen Hoffnungen machen, schließlich hat er eine Freundin.

Jetzt, wo ich hier so auf dem Futon liege und dem Regen zuhöre, bin ich zufrieden mit mir und der Welt. Es fehlt mir an nichts, und ich sage mir: Von heute an gehe ich einen anderen Weg. Keine sinnlosen Gedanken mehr über Unentschiedenheit und fehlendes Selbstbewusstsein. Keine Grübeleien mehr wegen Jeremy. Schluss damit.

Als ich Koyasan verlasse, um mich mit Rosie in Tokio zu treffen, fühle ich mich außerordentlich Zen. Wie durch ein Wunder erblicke ich Rosie am Fußgängerüberweg vor dem Bahnhof Shibuya, einer der verkehrsreichsten Kreuzungen der Welt, sofort – mit ihrem leuchtend rosa Samsonite-Rollenkoffer, mit dem sie in ungefähr jedes zweite Touristenfoto läuft, ist sie in der Menge allerdings auch wirklich unschwer zu entdecken.

»Rosie! Du, hier? Was für ein Zufall!«, rufe ich ihr zu. Sie dreht sich zu mir um, und wir fallen uns um den Hals.

»Hier ist ein bisschen mehr los als an der Ecke Fitzroy und Albert Street!«, sagt sie und hakt sich bei mir unter. Dann schließen wir uns dem Strom von Menschen an, der die Straße überquert.

»Ist das nicht der Wahnsinn, Rosie?« Ich recke den Hals, um das schwindelerregende Spektakel der meterhohen Videoleinwände und blinkenden Leuchtreklamen zu betrachten. Vollkommen berauscht von den ganzen Eindrücken grinsen wir einander an.

Auf der anderen Straßenseite angekommen, legt sie mir eine Hand auf die Schulter. »Wow, wir sind in Tokio!«, ruft sie. »Wie geil ist das denn, bitte?!«

Wir gehen in eine hellerleuchtete, überfüllte Running-Sushi-Bar und quetschen uns und Rosies Koffer an das Laufband mit den Sushi-Tellern.

»Darf ich dir ein Bier so groß wie dein Kopf ausgeben?«, frage ich Rosie.

»Nur, wenn du auch eins trinkst.«

Ich bestelle, und als die Biere kommen, klatschen wir uns ab.

»Hey, so glücklich hab ich dich schon seit Ewigkeiten nicht mehr gesehen«, sagt Rosie. »Die japanische Luft tut dir gut, was?«

»Na ja, bei der Luft in Tokio bin ich mir nicht so sicher, aber das Meditieren im buddhistischen Kloster auf dem Berg war absolut magisch.«

»Sie hatte also recht!«, sagt Rosie und stützt das Kinn in die Hände. »Klingt, als wäre ich genau zur richtigen Zeit gekommen. Sie hat immer recht, oder?«

»Wer?«, frage ich, obwohl ich die Antwort längst weiß.

»Deine Mum. Sie meinte, nach zwei Wochen allein mit deinen Gedanken und den Selbsthilfebüchern, die du garantiert mitgenommen hast, würdest du überschnappen.«

Mum – auch über die Entfernung von siebentausend Kilometern schmiedet sie immer noch Pläne für mich. Ich muss lächeln.

»Sie meinte, ich dürfte nicht eine Stunde länger damit warten hierherzukommen«, sagt Rosie und nimmt einen großen Schluck Bier. »Sie hat mir sogar extra Packtaschen von Kathmandu besorgt!«

»Die sind sehr praktisch, Rosie!«, imitiere ich die Stimme meiner Mutter.

»Ach, Lucy«, sagt Rosie und tätschelt mir den Rücken. »Zwei Wochen in einem Kloster auf dem Berg mit lauter Buddhisten. Damit ist jetzt Schluss. Die nächste Woche bestimme ich, was gemacht wird. Ich hab schon alles genau geplant.«

»Ha!«, lache ich. »Es tut so gut, dich zu sehen! Ich weiß gar nicht, was ich ohne dich in Rocky gemacht hätte.«

»Das weiß ich auch nicht«, sagt Rosie. »*Kanpai!*« Sie hebt ihr Glas.

Wir stoßen an mit Gläsern so groß wie unsere Köpfe, und ich bin so glücklich, wie ich es im gesamten letzten Jahr nicht war.

Wie nicht anders von Rosie zu erwarten, zielen ihre Pläne auf pures Vergnügen ab. Am nächsten Tag sind wir also in die Thermalbad-Hauptstadt Beppu unterwegs. Den Namen unseres Ziels übersetzen wir mit viel Mühe als »Schlammbadquellen«.

»Dreizehn Yen Eintritt, das ist ja spottbillig!«, sagt Rosie und holt ihre zerknitterten Scheine raus. Wir gehen unter den Fahnen hindurch in ein großes Gebäude mit labyrinthartigen Gängen und folgen den Zeichen zum Frauenbereich. Schließlich landen wir in einem großen Waschraum, in dem sich lauter nackte Frauen auf Hockern sitzend abschrubben, die Haare einshampoonieren und mit an Wasserhähnen angebrachten Duschköpfen wieder ausspülen. Die Onsen-Baderituale sind ein wichtiger Teil der japanischen Kultur, und ich will diese Erfahrung mit der Reife einer erwachsenen Frau angehen.

»Rosie!«, rufe ich dann doch, als ich mich nach ihr umdrehe und sie splitterfasernackt vor mir steht. »Du hättest mich wenigstens vorwarnen können!«

»Zieh dich aus, Luce, wir müssen uns waschen, bevor wir in den Schlamm gehen«, sagt sie und setzt sich auf einen der Hocker. »Ergibt keinen Sinn, aber ich hab mir die Regeln nicht ausgedacht.«

War ja irgendwie klar, dass Rosie mich in eine Stadt mit über zweitausend heißen Quellen schleppt. Sie findet es absolut großartig hier und meine Verlegenheit zum Kringeln.

»Die Wassertemperatur ist einfach herrlich!«, schwärmt sie.

Ich wende mich ab, ziehe Jeans und BH aus, dann hocke ich mich neben sie und drehe den Duschkopf auf.

»Also, wie ist es dir ergangen, Luce?«, fragt sie lässig, während sie sich die Brust einseift. Ich fange an zu kichern. Es ist einfach zu viel für mich.

»Okay, genug gewaschen, Rosie.« Ich drehe das Wasser wieder ab. »Auf in den Schlamm!«

»Nach dir, Luce«, sagt sie und sieht zu mir rüber.

»Nein, nein, nach dir!«, protestiere ich und blicke ihr endlich in die Augen.

»Du warst vielleicht Schulsprecherin«, ruft sie, »aber du hast keinerlei Unternehmungsgeist! Folge mir!«

Wir flitzen über die Fliesen, laufen einen schwach beleuchteten Gang hinunter – und stehen plötzlich in einem hell erleuchteten Bad voller nackter, sich waschender Männer.

»Scheiße!«, ruft Rosie, und ein paar der Männer blicken auf. »Schnell, raus hier«, lacht sie. »Wir sind falsch abgebogen!«

Den Gang zurück laufe ich voran und komme mir dabei reichlich albern vor mit Rosie hinter mir, die vor Lachen ganz außer Atem ist.

»Hier!«, sage ich und zeige auf ein Zeichen, das dem auf unserer Eintrittskarte ähnelt. »Ich glaube, wenn wir hier langgehen …«

»Bingo!«, ruft Rosie, als wir vor einem großen Teich mit schlammigem Wasser stehen bleiben.

Wir waten hinein zu den Dutzenden nackten Menschen, die alle bis zum Hals mit Schlamm bedeckt sind. Ein dünnes Seil über der Wasseroberfläche teilt das Feld in den Bereich für Männer und den für Frauen. Wir waten am Seil entlang.

»Weißt du was?«, sage ich zu Rosie. »Seit ich in Japan bin, muss ich den Männern ständig in den Schritt gucken.« Rosie fällt vor Lachen fast mit dem Gesicht in den Schlamm. »Im Zug, auf der Straße, jungen Typen, alten Typen, es ist wie eine Krankheit.« Sie lacht weiter.

»Nein, ich meine es ernst! Das ist nicht lustig«, sage ich. »Ach, und ich habe dem *Travel-and-Leisure*-Magazine zwei Artikel über den Buddhisten-Tempel und den Friedhof angeboten, und sie wollen sie beide bringen.«

»Das ist toll, Luce!«, sagt sie. »Sehr gut.«

»Ja, sie sollen beide bald rauskommen, deswegen hab ich schon mit dem Schreiben angefangen, und es macht super Spaß.«

»Was ist mit deinem Buch?«, fragt sie. »Was macht Familie Foster?«

»Läuft. Die Fosters versuchen gerade ihr Glück auf den Edelsteinfeldern.«

Rosie reibt sich die Wangen mit Schlamm ein, als wäre es ein Peeling.

Ich hole tief Luft. »Ich muss dir was sagen.«

Sie sieht mich an. »Ziehst du wieder nach Melbourne?«

»Nein.«

»Hast du einen neuen Job?«

»Nein.«

»Du versuchst es noch mal mit Jeremy?«

»Nein, nein, nein.« Ich schüttele den Kopf. »Oscar.«

»Oh, hallo.« Grinsend hört sie mit ihrem Peeling auf.

»Ich weiß nicht, ob es einen Grund für ›Oh, hallo‹ gibt.«

»Na, erzähl.«

»Ich hab über ihn nachgedacht, aber ich will keine Spielchen mehr, weißt du? Ich hab schon genug Zeit verschwendet. Ich will mit jemandem zusammen sein, der mich liebt und weiß, dass er mich liebt. Fertig.«

»Du musst ihn aber auch lieben.«

»Ja, na klar.«

»Hm«, sagt Rosie, »ich weiß, was du meinst, aber jeder Typ hat doch eine Vergangenheit – es sei denn, er ist erst zwölf. Alle, die wir jetzt kennenlernen, hatten schon mindestens eine andere Beziehung, und die war vielleicht mit einer Frau, die ihnen extrem wichtig war und die sie immer lieben werden. Das müssen wir einfach akzeptieren. Wir müssen damit klarkommen, dass, wenn wir jemanden kennenlernen, er immer noch eine andere lieben könnte. Aber natürlich sollte er sie nicht so sehr lieben, dass er sich keine glückliche Zukunft mehr mit einer anderen vorstellen kann.«

»Das war jetzt aber ganz schön philosophisch, Rosie.«

Grinsend wirft sie mit Schlamm nach mir. »Tja, ich hatte eben eine Menge Zeit zum Nachdenken.«

Ich blicke mich im Meer der badenden Nackten um. »Vielleicht hast du recht. Nein, du hast ganz bestimmt recht, aber ich finde es ein bisschen deprimierend.«

»Deprimierend, aber realistisch.«

»Gott, du klingst wie mein Dad!«, sage ich und streiche mir Schlamm aufs Dekolleté. »Ich glaube, ich würde lieber einen Zwölfjährigen kennenlernen.«

Sie lacht. »Also, was ist jetzt mit Oscar? Du hättest auf Helens Einweihungsparty mal mit ihm rumknutschen sollen, wie ich es dir gesagt hab. Er sieht echt gut aus.«

»Tja, da wird wohl nichts draus, solange er mit Kate zusammen ist. Aber er hat mir schon ein paar Nachrichten geschickt, seit ich hier bin.«

»Mit Nacktfotos?«

»Nein, nur irgendwas über Hochgeschwindigkeitszüge und die besten Karaoke-Bars.«

Rosie nickt anerkennend. »Nützliche Informationen. Vielleicht war er ja auch schon mal in der von gestern Abend.«

»Na ja, du wirst dich auf jeden Fall freuen zu hören,

dass ich Jeremy wieder aus meinem Kopf verbannt habe und mich viel besser fühle.«

Sie lächelt. »Das ist gut. Freut mich.«

»Was ist mit Trent?«

»Was soll mit ihm sein? Ich hab auf Facebook gesehen, dass er eine Neue hat.«

»Und macht's dir was aus?«, frage ich, obwohl ich ganz genau weiß, dass es ihr was ausmacht, wenn auch nur ein bisschen.

»Nee, is' mir egal.«

»Aber er war dir schon irgendwie wichtig, oder?«

»Ich verstehe nur einfach nicht, warum er nicht mehr mit mir zusammen sein wollte. Ich meine, ich bin doch ich!« Sie schwimmt ein paar Züge durch den Schlamm. »Ich hatte viel zu viel Zeit für mich, seit du aus Rocky weg bist, Luce. Ich bin ständig mit Glenda spazieren gegangen und hab die meisten Abende bei deinen Eltern rumgehangen. Ich hab mich schon gefühlt, als wäre ich du!«

Wir lachen.

Da fällt uns ein Mann auf, der unter dem Seil durchschwimmt. Er grinst uns breit an und kommt langsam näher. Rosie und ich wechseln einen Blick und ignorieren ihn. Wir lassen uns eine Weile auf dem Rücken treiben, und als wir uns wieder hinstellen, ist er fast auf uns drauf.

»Luce«, quietscht Rosie, »hast du gerade meinen Oberschenkel berührt?«

Zwischen Lachkrämpfen schaffe ich es schließlich zu antworten: »Nein!«

»Wollen wir verschwinden?«, fragt sie und wirft dem Typen einen finsteren Blick zu.

»Ja«, sage ich. »Der Schlamm stinkt ein bisschen.«

»Und wie! Ich wollte ja nichts sagen, weil es meine Idee war, aber der Schlamm ist echt eklig!«

Lachend steigen wir aus dem Onsen-Schlammbad und laufen über die Gänge zurück zu unseren Sachen.

Nachdem wir uns einen ordentlichen Drink genehmigt haben, um uns vom Schlammbad zu erholen, gönnen wir uns noch ein paar mehr, und dann gehen wir in eins von Beppus Sandbädern.

Bei unserer Ankunft bekommen wir sommerliche Baumwoll-Kimonos, Yukatas genannt, und werden angewiesen, uns nebeneinander in zwei Sandkuhlen zu legen. Hübsche japanische Frauen beginnen, jede Menge schwarzen Sand auf uns draufzuschaufeln.

»Rosie«, sage ich und versuche, mich unter der Schicht von zehn Zentimetern Erde zu ihr zu drehen. »Ich fühle mich, als würde ich lebendig begraben.«

Sie kichert. »Stimmt. Wäre das nicht ein schrecklicher Tod?«

»Hmhm«, antworte ich, während immer mehr Sand auf meine Beine regnet.

»Ich hab schon überlegt, mir selbst den Heimlich-Handgriff beizubringen, damit ich nicht irgendwann mal ersticke«, sagt sie trocken.

»Was erzählst du da?«

»Neulich hab ich eine alte *Seinfeld*-Folge geguckt und dabei Selleriestangen gegessen, und ich musste so lachen, dass ich beinah am Sellerie erstickt wäre! Von daher dachte ich, es wäre ganz praktisch, wenn ich mir in solchen Situationen selbst helfen könnte.«

Vielleicht liegt es daran, dass ich fast den ganzen Nachmittag Sake getrunken habe, jedenfalls werde ich auf einmal von einer solchen Trauer erfasst, dass mir Tränen in die Augen steigen.

»Du wirst nicht immer allein bleiben«, sage ich mit zitternder Stimme. »Du wirst jemanden finden, der dich sehr liebt, Miss Rose.«

»Hör sofort auf mit der Gefühlsduselei!«, ruft sie. »Wenn ich könnte, würde ich dir gegen's Schienbein treten!«

Ich lache. »Ich kann noch nicht mal mehr die Hände heben, um mir die Tränen wegzuwischen. Was für ein Dreck!«

»Buchstäblich!«

Wir hören zu, wie die Schaufeln über Zement kratzen und der dunkle Sand mit einem dumpfen Geräusch auf uns landet.

»Du hast mir doch vorhin von deinem Aha-Erlebnis mit Jeremy erzählt.«

»Ja, was ist damit?«

»War es das alles wert?«

»Was?«

»Dein Traurigsein das ganze letzte Jahr, um endlich an diesen Punkt zu gelangen?«

»Nein«, antworte ich sofort.

Wir fangen an zu lachen und können gar nicht wieder aufhören.

»Ich wünschte, ich hätte das alles schon vor Monaten hinter mir gelassen. Ich halte mich immer viel zu lange an sowas fest.«

»Weißt du, wann du meiner Meinung nach am glücklichsten warst?«

Eine weitere Schaufel Sand landet auf meinem Hals. Jetzt sehe ich Rosie gar nicht mehr.

»Wahrscheinlich ungefähr jeden Moment, den ich nicht unter drei Tonnen Vulkanerde begraben war!«, rufe ich.

Rosie geht gar nicht darauf ein. »Als du im *Anne-auf-Green-Gables*-Laden auf Prince Edward Island warst.«

»Ha!«

»Ist wahr!«, sagt sie. »Ich weiß noch, wie du in deinem ›I Love Gilbert‹-T-Shirt dastandst und übers ganze Gesicht strahlend ein Geschirrtuch mit Himbeerlimorezept hochgehalten hast.«

»Das war tatsächlich einer der schönsten Tage meines Lebens.«

»Solche Kindheitserinnerungen machen dich glücklich, oder?«

»Hmhm. Auf Prince Edward Island leben könnte ich trotzdem nicht. Viel zu kalt.«

»London war auch kalt, und da hast du total gern gelebt«, sagt sie.

»Stimmt. Aber das ist echt lange her.«

»Ja, oder?! Andererseits …« Sie zögert. »London ist immer noch da.«

»Wie meinst du das?«, frage ich, obwohl ich schon eine Ahnung habe. Nur nichts beschreien.

»Also, ich war am glücklichsten in London, glaube ich«, sagt sie.

»London war toll«, antworte ich und fühle, wie der Sand mich durchwärmt. »Und in London findest du immer Arbeit«, füge ich so beiläufig wie möglich hinzu. Das könnte jetzt heikel werden.

»Ja, in London finde ich immer Arbeit«, wiederholt sie leise.

Wir stecken beide bis zum Hals im Sand, und die Frauen mit den Schaufeln lassen uns allein.

Ihr Abgang reißt Rosie aus ihrem Tagtraum. »Scheiße! Ich hoffe, die kommen bald wieder!«

Später am Abend machen wir es uns in unserem Ryokan gemütlich. Rosie sitzt am großen, offenen Fenster und zündet sich eine Zigarette an, was sie nur tut, wenn sie entweder total entspannt oder total gestresst ist. Sie pustet den Rauch in die Nachtluft.

»Du kannst niemandem was vormachen, Luce«, sagt sie und sieht mich an.

Ich liege auf dem Futon und blicke von meinem Magazin auf.

»Mir am allerwenigsten«, sagt sie. »Komm schon, was versteckst du da unter der Zeitschrift?« Plötzlich springt sie auf und kommt über die Tatami-Matte auf mich zu.

»Das ist ein regionales Magazin, *OL Style*. OL steht für ›Office Lady‹«, erkläre ich.

Sie reißt mir das Heft aus der Hand. Das Buch, das ich

darunter versteckt hatte, fällt mir in den Schoß. Rosie nimmt es und liest den Titel. »*Die fünf Sprachen der Liebe* … Ach du meine Güte«, sagt sie kopfschüttelnd und wirft es mir wieder hin. »Wenn du durch bist, gib's mir, dann werfe ich's für dich weg.«

»Ich bin gerade mit dem Kapitel über ›Quality Time‹ durch, jetzt kommt ›Geschenke, die vom Herzen kommen‹.«

»Apropos, gib mir die Liste«, sagt sie.

»Ach ja.« Ich ziehe einen Zettel aus der Hosentasche und halte ihn ihr hin.

Früher am Abend hat sie gesagt, ich soll endlich meine Top-Five-Liste der Eigenschaften aufschreiben, die ich mir bei einem Partner wünsche.

Von ihrer Zigarette steigen Rauchkringel auf, und laut liest sie vor: »Intelligent, zuvorkommend, attraktiv, humorvoll, abenteuerlustig, mitfühlend, kommunikationsfähig, großzügig, verlässlich, aufmerksam … Lucy, weißt du, auf wen du da wartest?!«

»Wen denn?«

»Auf Jesus.«

Ich sehe sie an.

»Vielleicht ist Jesus ja in London.«

11

Als ich vier Tage später mit dem Taxi zu Hause ankomme, sitzt Mum auf einem Gartenstuhl vorm Schuppen und weint.

Ich lasse meinen Koffer stehen, laufe auf sie zu und umarme sie. »Mum, was ist los?«

»Dein Vater hat eine Affäre«, schluchzt sie.

»Nein, hat er nicht«, sage ich mit absoluter Sicherheit.

»Woher willst du das wissen?«

»Weil niemand eine Affäre mit ihm haben wollen würde«, sage ich entschieden.

»Niemand außer seiner Ex!«

Ich sehe sie verwirrt an. »Nein! Nicht Ruth!«

»Nicht Ruth?! Natürlich Ruth! Sie hat doch schon seit unserer Verlobung versucht, ihn rumzukriegen!«

»Mum, du bist verrückt. Wo kommt denn das auf einmal her?«

»Es gibt keinen Jockey Club, Lucy!«

»Was?«

»Heute stand in der Zeitung, im alten Jockey-Club-Gebäude soll ein Jugendclub eröffnen. Den Jockey Club gibt es schon seit fünf Jahren nicht mehr!«

»Merkwürdig. Aber es gibt bestimmt eine Erklärung dafür«, sage ich und kratze mir den Kopf. »Dad wüsste doch gar nicht, wie er das mit einer Affäre anstellen sollte.«

Mum wimmert.

»Wo ist er überhaupt?« Ich blicke mich um. »Und warum sitzt du hier draußen, Mum?«

»Ich weiß nicht, wo er ist! Ich hab ihn natürlich sofort gesucht, aber ich hab ihn nicht gefunden. Wahrscheinlich ist er bei der Waschanlage und guckt sich Ruth in ihrem Bikini an! Und als du geschrieben hast, dass du gelandet bist, wollte ich dich gleich abfangen, also hab ich mich hierhin gesetzt.«

Da hören wir auf einmal Glenda im Schuppen bellen, und als wir uns umdrehen, geht der Rollladen hoch, und Dad kommt heraus. Glenda schießt an ihm vorbei und läuft auf mich zu.

»Ist das nicht wunderbar, Brian? Es gibt gar keinen Jockey Club, und ich hab dich auf frischer Tat ertappt!«, sagt Mum, und in Richtung des Schuppens brüllt sie: »Ich weiß Bescheid, Ruth – du kannst rauskommen!«

»Beruhig dich, Denise«, sagt Dad. »Ruth ist nicht da drin.«

»Wer dann?«, fragt Mum und reckt den Hals. »Jawohl nicht Helen von nebenan?«

»Da ist niemand, Denise.« Dad seufzt und lässt den Rollladen runter. »Es waren nur Glenda und ich.«

»Braust du da drin dein eigenes Bier oder so?«, frage ich.

»Nein, ich geh nur gern in den Schuppen, wenn ich etwas Zeit zum Nachdenken brauche.«

»Was?«, ruft Mum, als wäre es ihr lieber, er hätte gebeichtet, dass Ruth von ihm schwanger ist.

»Ich gehe immer zur Offenen Werkstatt vom *Men's Shed* im Archer Park. Als es mir eine Zeit lang nicht gut ging, haben die Jungs mir echt geholfen. Wir drechseln und bauen Fallen für die Hirtenmainas und reparieren Fahrräder – lauter so praktisches Zeug. Und wir grillen und unterhalten uns dabei.«

»Und warum bist du jetzt nicht da?«, frage ich.

»Der *Men's Shed* hat nicht jeden Tag auf. Wenn ich etwas Zeit für mich brauche, gehe ich halt in unseren Schuppen. Ich hab ein paar Werkzeuge gekauft, damit ich auch hier drechseln kann.«

»Das ist ja die Höhe!«, ruft Mum. »Warum hast du mir denn nicht gesagt, dass es dir nicht gut geht?! Wir hätten doch darüber reden und nach Neuseeland fahren können oder so!«

»Du bist immer so beschäftigt mit deinem Qi-Gong und Tai-Chi und afrikanischen Trommeln und Singen, dass ich dachte, es wäre das Beste, wenn ich mich auf meine Art darum kümmere«, sagt Dad. »Es ist wirklich erstaunlich, wie viele Männer zum *Men's Shed* kommen, weil es ihnen nicht gut geht. Und nach ein paar Wochen an der Motorsäge, wenn sie erst mal ein Spielhaus für die Tombola gebaut haben, sind sie alle wieder gut drauf.«

»Ihre armen Frauen!« Mum schüttelt den Kopf. »Und du – mein armer Brian!«, fügt sie schnell hinzu. »Depression ist etwas Schlimmes. Wie sagt man noch mal? Der streunende Hund oder die schwarze Katze oder so?«

»Der schwarze Hund«, antworte ich.

»Stimmt, der schwarze Hund«, sagt Mum und tätschelt

Dad den Rücken. »Na, dann setzen wir mal einen Tee auf, was?«

Ich lege Dad eine Hand auf die Schulter. »Ist es im Schuppen nicht viel zu heiß, Dad?«

»Und ob!«, sagt er und nimmt meinen Koffer. »Ich hab mich da drin versteckt, als deine Mutter anfing, über den Zeitungsartikel zu schimpfen. Bin ich froh, dass du wieder da bist! Ich wäre da drin noch verdurstet. Ohne dich hätte ich mich nie getraut, wieder rauszukommen. Aber jetzt sag, wie war Japan?«

»Oh, Japan war toll, du musst dir …«, fange ich an, aber Dad ist mit seiner Aufmerksamkeit schon ganz woanders.

»Oscar!«, ruft er, lässt meinen Koffer stehen und rennt die Einfahrt runter wie ein Fünfjähriger, der den Weihnachtsmann entdeckt hat.

Ich blicke zu Mum, um zu sehen, ob sie Dads Reaktion genauso absurd findet wie ich, doch sie läuft ebenfalls mit weit ausgebreiteten Armen auf Oscar zu. Sogar Glenda springt schwanzwedelnd an ihm hoch.

»Wir haben dich vermisst«, sagt Dad und schüttelt Oscar die Hand. Er fasst ihn an den Ellbogen, macht einen Schritt zurück und sieht ihn an, wie die Leute es im Film immer machen. »Wie lange haben wir uns nicht mehr gesehen, drei Wochen?«

»Etwas mehr als drei Wochen, Brian«, sagt Mom, die Hand auf Oscars Bizeps. »Das letzte Mal war er hier, kurz bevor Lucy nach Japan aufgebrochen ist.« Sie zwinkert mir zu, sieht dabei aber eher so aus, als hätte sie Sonnencreme ins Auge bekommen.

Oscar lächelt mich an, und ich strahle übers ganze Gesicht, so sehr freue ich mich, ihn zu sehen. »Man könnte fast denken, *du* wärst ihr Kind, das gerade nach Hause zurückgekehrt ist«, sage ich lachend.

Oscar legt die Hand auf Mums, um ihr freundlich zu verstehen zu geben, dass sie ihn loslassen soll. Es ist eine so nette Geste, dass er mir gleich noch sympathischer wird. Als er auf mich zukommt und mich in den Arm nimmt, senke ich verlegen den Blick.

Mum und Dad stehen daneben und beobachten uns. Sie strahlen, als wären wir Torvill und Dean und hätten gerade die Goldmedaille im Eiskunstlauf gewonnen. Zu allem Überfluss werde ich rot.

»Willst du mit rein …«, fange ich im selben Moment an, wie er sagt: »Wollen wir …«

Himmel, ich wünschte, Mum und Dad würden uns allein lassen!

»Wollen wir eine Runde mit Glenda auf den Mount Archer?«, fragt er und streichelt ihr den Rücken. Sie blickt ihn anhimmelnd an.

»Das ist eine fabelhafte Idee, Oscar«, sagt Dad. »Ich zieh mir nur eben meine Laufschuhe an.«

»Er hat mich gefragt, Dad!«, rufe ich.

»Ich weiß!«, lacht Dad und trägt meinen Koffer die Stufen rauf. »Ich konnte nur nicht widerstehen.«

Mum steht immer noch wie angewurzelt da und strahlt Oscar an.

»Wie war Japan?«, fragt er mich.

»Großartig. Es war wirklich eine tolle Reise. Genau das, was ich gebraucht hab.«

»Komm schon, Denise!«, sagt Dad und winkt sie hinter sich her. »Ich zeig dir die Schüssel, die ich gedrechselt habe.«

Mum blickt sich noch mal nach uns um, und ich schüttle den Kopf. »Die spinnen doch, die beiden«, sage ich zu Oscar.

»Sie sind toll.« Er lächelt. »Du kannst echt froh sein, sie zu haben«, sagt er wehmütig. »Ich vermisse meinen Dad.«

Am späten Nachmittag erreichen wir den Fuß von Mount Archer. Der Himmel hinter den Eukalyptusbäumen ist orange und blassrosa gefärbt. Die Luft ist frisch und riecht leicht nach verbranntem Holz.

»Wann hast du denn den Mount Archer für dich entdeckt?«, frage ich, als wir mit Glenda den Anstieg beginnen.

»Ich war vor ein paar Wochen mit Kate hier.«

»Und woher wusstest du, dass ich heute wiederkomme?«

»Wusste ich gar nicht. Ich hab dein Taxi gesehen.«

Wir laufen weiter den Berg hoch, und das Geräusch unserer Schritte auf dem Straßenschotter vermischt sich mit dem nachmittäglichen Vogelgezwitscher und dem Rauschen der ab und zu vorbeibrausenden Autos.

»Lucy«, sagt Oscar auf einmal und sieht mich an. »Ich wünschte, ich könnte mich besser ausdrücken. Ich mag dich. Ich mag dich wirklich sehr, sehr gern.«

Mein Herz macht einen Salto wie in der Achterbahn, und fragend lächle ich ihn an.

»Seit ich dich kennengelernt habe, ist es mit Kate einfach nicht mehr so wie vorher«, sagt er schnell. »Sie bedeutet mir immer noch sehr viel, aber ich ... ich hab mich in dich verliebt, Lucy.«

Mein Herz macht einen Rückwärtssalto wie ein Käfig beim Mean Mother Zipper, und ich blicke auf die Straße.

»Ich weiß nicht, was ich machen soll«, fährt er leicht gequält fort. »Du lebst in Rocky, und ich in Sydney. Und Kate auch, und wir sind auch immer noch zusammen.«

Wow, denke ich. Er hat sich in mich verliebt? Das ist ja wunder... O nein, er hat auch Kate erwähnt. Mist.

»Wie denkst du darüber?«, fragt er.

Nach kurzem Zögern antworte ich: »Du musst selbst wissen, was du willst. Und zwar unabhängig davon, was ich sage.«

»Aber was willst du für dich?«, fragt er.

»Ich will bis Jahresende meinen Roman fertigschreiben«, antworte ich. »Und dann will ich irgendwo mein Zuhause finden und mein Leben mit jemandem teilen und etwas Sinnvolles tun.«

»Und wo willst du leben?«

»Weiß ich noch nicht.«

»Und was willst du Sinnvolles tun?«

»Ich bin mir nicht ganz sicher, aber in Japan hatte ich etwas Zeit, darüber nachzudenken, ohne Druck von außen. Und da ist mir klar geworden, dass ich erst mal einfach nur meinen Roman beenden und nebenbei genug Geld verdienen will, um nicht zu verhungern.«

»Liebst du den Typen noch? Das war er doch neulich im Café, oder?«

»Nein, ich liebe Jeremy nicht mehr. Davon bin ich zum Glück geheilt! Ich werde immer hoffen, dass es ihm gut geht, aber ich liebe ihn nicht mehr.«

»Ich glaube, ich hab mich schon an unserem allerersten Abend in dich verliebt. Jedes Mal, wenn ich dich sehe, bekomme ich kaum Luft.«

»Ach, Oscar«, sage ich und lächle ihn an. »Ich mag dich auch sehr. Du bist ein toller Mann. Ich bin nur ziemlich überrascht … du bist immer noch mit Kate zusammen … Ich weiß einfach nicht, was ich davon halten soll. Du hast immer noch Gefühle für sie, oder?«

»Ich glaub schon«, sagt er ganz elend. »Ja. Aber …« Er macht eine Pause.

Ich sage nichts. Auch wenn er mir leidtut wegen seiner offensichtlichen Qualen und ich ihm am liebsten um den Hals fallen würde: Er muss sich entscheiden, ohne dass ich ihn dabei irgendwie beeinflusse.

»Das Verrückte ist«, fährt er fort, »dass ich mich, obwohl ich dich erst seit Kurzem kenne, noch nie mit jemandem so wohlgefühlt habe wie mit dir. Ich kann es gar nicht richtig erklären. Und das Schlimmste daran ist, dass ich offenbar mehr von dir will als du von mir.«

»Nein, Oscar, das Schlimmste ist, dass du das alles zu mir sagst, obwohl du eine Freundin in Sydney hast, die dich liebt und die du auch liebst«, sage ich und gehe weiter den Berg hinauf.

»Ich wünschte, ich hätte dich schon vor zehn Jahren getroffen«, sagt er leise, als er mich einholt. »Du bist die schönste, warmherzigste, humorvollste Frau, die ich je kennengelernt habe.« Er fasst mich um die Taille und zieht mich an sich.

Entgegen meinen besten Vorsätzen lasse ich mich in seine Arme sinken, und mein Mund verschmilzt mit seinem, als wäre ich eine dieser fast in Ohnmacht fallenden Teilnehmerinnen beim *Bachelor*. Und obwohl es falsch ist, was ich tue, fühlt es sich verdammt richtig an.

Entfernt nehme ich wahr, dass ein Auto um die Kurve kommt, aber bei dem Verlangen, das jetzt jede Zelle meines Körpers erfasst, ist es schnell wieder vergessen. Hungrig fallen wir übereinander her, und hätte ich nicht schon mit Anfang zwanzig bei einem Festival Erfahrungen mit Schotterabschürfungen gemacht, würde ich Oscar hier und jetzt mit mir auf die Straße ziehen. So viel zu meiner moralischen Überlegenheit.

Das Auto nähert sich und wird immer langsamer, und als ich die Augen öffne, kriege ich einen gewaltigen Schreck. Es gibt nur einen leuchtend grünen Pick-up in Rocky, und den fährt Ruth. Breit grinsend fährt sie an uns vorbei und winkt.

Ich löse mich von Oscar. Mir ist ganz schlecht. Ruth wird sich ins Fäustchen lachen. Das ist die Strafe dafür, etwas mit einem Mann anzufangen, der eine Freundin hat – etwas, wovon ich dachte, dass ich es niemals tun würde.

»Das wird nicht gut ausgehen«, bemerke ich grimmig und blicke Ruths Rücklichtern hinterher.

Oscar beugt sich wieder zu mir herunter, doch ich stoße ihn weg. »Oscar, du hast eine tolle Freundin, die todunglücklich sein wird, wenn sie hiervon erfährt. Und Ruth hat uns gerade gesehen! Die Frau hat Erpressung praktisch erfunden. Sie wird es allen erzählen!«

Auf einmal wird Oscar ganz blass. »Meinst du, sie erzählt es meiner Mum?«

»Wahrscheinlich ist sie schon auf dem Weg zu ihr.«

»Verdammt! Ich muss mit ihr reden!«

Wir sprinten den Berg runter, Glenda immer vorneweg, springen in meinen Corolla und rasen über die alte Brücke, als könnte sie jeden Moment unter uns zusammenbrechen.

Bei Sonnenuntergang kommen wir bei Ruths Waschanlage an, wo Ruth Ringe rauchend auf einem Klappstuhl sitzt.

»Ruth«, sage ich.

»Lucy«, antwortet sie breit grinsend.

»Ruth«, sagt Oscar.

»Oscar.«

»Ruth, bitte, erzähl es niemandem«, platzt Oscar heraus.

»Warum nicht?«, fragt Ruth, und der Rauch kriecht ihr aus den Nasenlöchern. »Ist es mit Kate etwa noch nicht vorbei?«

»Nein«, antwortet er. »Und ich will ihr nicht wehtun.«

Ein bunter Schwarm kreischender Papageien fliegt über uns hinweg in das schwächer werdende Abendlicht. Triumphierend verlagert Ruth das Gewicht auf dem Stuhl.

Auf einmal fühle ich mich total erschöpft, und ich will nur noch möglichst weit weg von diesem Mann sein.

»Ich hau ab, Oscar«, sage ich. »Tschüss, Ruth.«

»Lucy, warte.« Oscar folgt mir zum Auto. »Ich will nicht, dass du gehst. Ich fliege morgen zurück nach Sydney. Können wir nicht noch den Abend zusammen verbringen?«

»Und was dann? Zusammen schlafen, nur damit du morgen nach Hause fliegen und wieder mit Kate schlafen kannst? Ich will das nicht, Oscar. Ich will nicht das Mädchen für zwischendurch sein. Und ich will auch nicht der Grund für den Kummer einer anderen sein.«

Ich steige ins Auto und fahre davon, ohne mich noch einmal umzublicken.

12

Ich sehe hinüber zur Bahn rechts von mir. Mum schwimmt so langsam, dass sie sich genauso gut einfach treiben lassen könnte. Links von mir, im Nichtschwimmerbecken, tut Rosie so, als würde sie einen Krampf wegmassieren, dabei ist sie in Wirklichkeit nur scharf auf den Rettungsschwimmer. Sie hängt jetzt schon so lange am Beckenrand rum, dass ihre Haare inzwischen fast wieder trocken sind.

Ich schwimme zu ihr und spritze sie nass. »Du kannst mir nichts vormachen, Rosie«, sage ich grinsend und werfe ihr Schwimmbrett, das sie auf dem Beckenrand abgelegt hat, wieder ins Wasser. »Komm schon.«

Rosie und ich schwimmen mit unseren Schwimmbrettern nebeneinander her.

»Also, warum hast du gestern zwanzigmal versucht, mich anzurufen?«, fragt sie.

»Weil ich einen totalen Jetlag hatte und emotional so überreizt war, dass ich die ganze *Antiques Roadshow* durchgeheult habe.«

»Scheiße«, sagt sie. »Was ist passiert?«

»Da war eine Frau mit einem kleinen blauen Porzellan-Hund, der zu einem Set gehörte, und ihre Zwillingsschwester hatte den anderen, aber dann ist ihre Schwester an

Leukämie gestorben und konnte nicht …« Meine Stimme fängt an zu zittern.

»Oje«, sagt Rosie. »Willst du aufhören?«

»Nein«, antworte ich, lege den Kopf aufs Schwimmbrett und schlage weiter mit den Beinen. »Wie auch immer«, sage ich, hole tief Luft und gucke geradeaus, »sie wollte unbedingt den Hund von ihrer Zwillingsschwester finden, denn dann wären sie für immer zusammen gewesen, wenn schon nicht als Zwillinge, dann wenigstens in Porzellan, verstehst du?«

Rosie nickt.

»Aber sie konnte …« Ich unterdrücke ein Schluchzen. »Sie konnte den Hund nicht finden.«

Wir erreichen das Ende der Bahn und stoßen uns wieder ab.

»Luce«, sagt Rosie, »was ist wirklich passiert?«

»Oscar und ich haben auf halbem Weg den Mount Archer hoch rumgeknutscht, er ist aber immer noch mit Kate zusammen, und ich finde es furchtbar, dass ich das gemacht habe, wo er noch mit ihr zusammen ist! Dabei hatte ich mich so gut gefühlt nach Japan, und jetzt fühle ich mich total elend und kann mir selbst nicht mehr in die Augen sehen.«

»Warum nicht?«

»Wenn Ruth nicht zufällig vorbeigekommen wäre und uns gesehen hätte, hätte ich mit ihm geschlafen, obwohl ich wusste, dass er eine Freundin hat! Ich wollte es. Ich will es immer noch. Obwohl ich wusste, dass ich es nicht darf. Obwohl ich wusste, dass ich das weder mir noch Kate antun kann. Aber jetzt hab ich mich trotz meiner guten Vorsätze in ihn verknallt. Und jetzt liegen Kate und ich ihm beide zu Füßen.«

»Du liegst ihm nicht zu Füßen.«

»Nein, tue ich nicht. Aber ich hätte es getan. Verdammt, ich hätte ihm die Füße sogar gewaschen!«

Wir erreichen das flache Ende, und ich stelle mich hin. »Vielleicht ist er ja Jesus.«

»Luce, wenn er das wäre, würde ich ihn sofort holen und ihn das Wasser hier im Schwimmbecken in Wein verwandeln lassen«, kichert Rosie. »Oscar ist weit davon entfernt, Jesus zu sein. Das weißt du ganz genau!«

»Ja, ich weiß«, seufze ich.

»Außerdem ist Jesus in London, schon vergessen?« Sie sieht mich mit hochgezogenen Augenbrauen an.

»Ach, Rosie, ich kann nicht nach London«, sage ich. »Ich hab überhaupt kein Geld.«

»Wer geht nach London?«, fragt Mum, als sie auf der Bahn neben uns auftaucht.

»Rosie vielleicht.«

»Wirklich, Rosie?«

»Ich denke darüber nach«, sagt sie. »Ich finde, es ist Zeit für eine Veränderung.«

»Lucy«, sagt Mum in ernstem Ton und runzelt die Stirn, doch durch die altmodische Badekappe und die Abdrücke der Schwimmbrille um ihre Augen hat es nicht ganz die gewünschte Wirkung.

»Ich weiß, Mum – ich gehe nicht nach London.« Ich wechsle einen Blick mit Rosie, und wir stoßen uns ab.

»Ich kann nicht glauben, dass ausgerechnet Ruth euch beim Knutschen erwischt hat.«

»Schlimmer geht's nicht, oder? Sie erzählt es garantiert allen, die in die Waschanlage kommen.« Ich hole tief Luft. »Tolle Banane.«

»Du brauchst irgendeine Ablenkung«, sagt Rosie. »Und ich hab auch schon eine Idee.«

»Ein Dreißig-Cent-Eis von *Macces*?«

»Nein, aber das können wir uns nach dem Schwimmen auch noch holen.« Sie macht eine Pause. »Ich glaube aber, die kosten inzwischen fünfzig Cent. Nein, wir gehen zu *Romancing the Rock*. Stand heute in der Zeitung. Das ist eine Art Speeddating, und es findet heute zum ersten Mal in Rocky statt. Ich finde, wir sollten dahin!«

»Und wo soll das stattfinden?«, frage ich leise und blicke mich verstohlen nach Mum um.

»Im Whipcrack Hotel, sieben Uhr.«

»Okay, bin dabei«, antworte ich.

»Krass, das ging ja viel einfacher, als ich dachte!«, lacht sie.

»Ich muss einfach raus, Rosie. Ich kann nicht noch einen Abend mit Mum und Dad vorm Fernseher verbringen und mir Joanna Lumley in der Transsibirischen Eisenbahn angucken oder einen alten Knacker, der wegen seiner Münzsammlung austickt.«

Rosie lächelt mich an, dann fragt sie: »Kann er gut küssen?«

»Total.«

»Wann treffen wir Dad beim Tierarzt?«, rufe ich durch

die Umkleidekabine zu Mum, die noch unter der Dusche ist.

»In zehn Minuten«, schallt die Antwort zurück. Sie stellt das Wasser ab. »Wir müssen uns beeilen!«

»Was hat Glenda denn?«, fragt Rosie besorgt.

»Nichts Ernstes, glaub ich. Sie humpelt nur seit gestern Abend leicht mit der linken Vorderpfote und lässt sie mich nicht ansehen. Dad hat mit Henry einen Termin ausgemacht, und Mum und ich gehen mit.«

Rosie ist vorerst beruhigt und verabschiedet sich, und ich ziehe mein kurzes Baumwollkleid an. Ich liebe das Kleid, da ich es ohne BH tragen kann. Vergeblich durchwühle ich meine Tasche nach einer Unterhose, und dann fange ich panisch an, die Umkleidekabine abzusuchen. Fehlanzeige. Seufzend verlasse ich die Umkleide und treffe Mum draußen auf dem Rasen. Ihre Haare hängen kraftlos und feucht herunter. Ich weiß nicht, warum, aber meine Mum mit gewaschenen und gekämmten Haaren zu sehen berührt mich. Obwohl ich im Moment vielmehr beunruhigt bin.

»Mum«, sage ich, »ich trage keine Unterhose.«

Fragend sieht sie mich an.

»Ich muss sie zu Hause vergessen haben«, erkläre ich.

»Und was willst du jetzt tun?«

»Ich weiß nicht. Wir müssen in einer Minute beim Tierarzt sein.«

»Lucy, du kannst nicht ohne Unterhose zum Tierarzt gehen!«, sagt sie nachdrücklich, als würde *ich* gleich wegen einer entzündeten Pfote auf den Untersuchungstisch kommen.

»Hier.« Sie reicht mir ihr Handy. »Ruf deinen Vater an, wenn er nicht schon unterwegs ist, soll er dir eine Unterhose mitbringen.«

»Okay«, sage ich und wähle seine Nummer.

Zum Glück ist Dad noch zu Hause und stellt auch keine Fragen, wofür ich ihm sehr dankbar bin.

Kichernd fahre ich mit Mums Auto zu *Pets and Vets*. Ich finde die Tatsache, ohne Unterwäsche durch die Stadt zu fahren, wahnsinnig komisch.

»Du musstest auch unbedingt dein kürzestes Kleid anziehen, oder?«, tadelt mich Mum, aber sie lacht dabei.

»Und ich trage noch nicht mal einen BH!«, sage ich und parke perfekt zwischen zwei Autos am Straßenrand.

Ich öffne die Tür und schwinge die Beine aus dem Auto. Da sehe ich einen Mitarbeiter der Straßenreinigung, der in seiner Kehrmaschine sitzend den perfekten Blick auf meinen Schoß hat. Er verliert die Kontrolle über seine Pedale und hoppelt nur so durch die Schlaglöcher.

»Mum!«, keuche ich. »Ich muss rein!«

Ich stoße die Glastür zur Tierpraxis auf und bin sehr froh, dass Dad schon im Wartezimmer sitzt.

Er nimmt meine Unterhose aus der Tasche und wirft sie mir zu. »Bitte sehr!«

Ich fange sie mit einer Hand auf und verschwinde immer noch lachend auf der Toilette. Du bist zweiunddreißig, Lucy!, denke ich, als ich wieder herauskomme.

»Was glaubst du, hat sie in dem Karton?«, fragt Dad

Mum und deutet auf eine Frau, die gerade reingekommen ist. »Eine Katze«, sagt er. »Ich wette, es ist eine Katze.«

Mum beobachtet, wie die Frau sich mit dem Karton abkämpft. »Ich glaube, sie hat einen ganzen Wurf Katzen da drin«, sagt sie.

Dann kommt ein Mann mit einem Chihuahua auf dem Arm rein, und beide drehen sich zur Tür um.

»Was glaubst du, hat der Hund, Denise?«, fragt Dad. »Eine entzündete Pfote wie Glenda?«

»Nein, ich glaube, er hat was mit dem Ohr, Brian«, antwortet Mum. »Siehst du, wie er immer wieder mit dem Kopf zuckt?«

»Ha!«, sagt Dad, als eine junge Frau, die mit dem Rücken zu uns saß, aufsteht und zum Anmeldetresen geht. In den Armen hält sie ein ruhiges Bündel in einem karierten Geschirrtuch. »Das ist einfach!«

»Das ist garantiert ein Hahn, oder?«

Staunend beobachte ich die beiden. Wer hätte gedacht, dass man sich beim Tierarzt so einfach die Zeit vertreiben kann? In Zukunft weiß ich, was ich mit den beiden mache, wenn ihnen langweilig ist!

Henry kommt aus dem OP zum Empfangstresen und unterhält sich mit einem älteren Mann mit einem Papageien auf der Schulter. Zum Glück wird Glenda aufgerufen, bevor Mum und Dad eine Diagnose für den Papageien stellen können.

Dad und Henry umarmen sich über den Untersuchungstisch hinweg.

»Und, kommst du mit nach Kakadu?«, fragt Dad enthusiastisch.

Henry sieht Mum an.

»Denise weiß jetzt Bescheid«, sagt Dad.

»Ach so?«, fragt Henry und reißt die Augen auf.

»Also von Kakadu weiß ich noch nichts«, bemerkt Mum spitz und wirft Dad einen finsteren Blick zu.

»Ich dachte, ich hätte es erwähnt«, antwortet er beiläufig. »Der *Men's Shed* in Darwin hat uns Jungs aus Rocky für zehn Tage nach Kakadu zum Angeln eingeladen.«

Henry sieht wieder Mum an. »Sag Maureen bitte nichts davon. Ich hab noch einen Monat, bis ich ihr vom *Men's Shed* erzählen muss.«

»Keine Sorge, Henry«, erwidert Mum leise und geht zu Glenda. »Also, was meinst du, hat unser Kelpie?«

Mum und ich fahren schweigend zurück nach Hause. Es ist wohl besser, jetzt nichts zu sagen. Mum ist aufgebracht, und Glendas leichte Zerrung, für die Henry einen saftigen Knochen und ein paar Tage Ruhe verordnet hat, ist nicht der Grund dafür.

Ich nehme Mum in den Arm und setze Teewasser auf, dann gehe ich in mein Zimmer und checke meine Mails. Nichts als LinkedIn-Benachrichtigungen und Billigflugangebote von Jetstar. Schließlich durchbricht das Pfeifen des Teekessels die unerträgliche Stille im Haus. Wenn es nicht absolut unpassend wäre, würde ich Roomba anschalten.

Ich mache Mum eine Tasse Innere-Ruhe-Tee, von dem Rosie behauptet, dass es nur Kamillentee mit Lemongras ist. Mum nimmt ihn wortlos entgegen und starrt auf dem Küchenstuhl sitzend ins Leere.

Zurück an meinem Computer googele ich »Chers Top-30-Zitate«. Irgendwie muss ich Mum aufmuntern.

Ich gehe wieder in die Küche. »Mum«, sage ich, »Cher würde in so einer Situation sagen: ›Männer sollten sein wie Kleenex – sanft, stark und zum Wegwerfen!‹«

Da fängt Mum leise an zu weinen, und es bricht mir das Herz. Es gibt nichts Schlimmeres, als die eigenen Eltern weinen zu sehen, besonders wenn man nicht weiß, wie man ihnen helfen soll.

»Nein«, sagt sie, als ich sie umarme. »Cher würde sagen: ›Männer sind wie Feuer – passt man nicht auf sie auf, gehen sie aus.‹«

13

Rosie, hier sind bestimmt nur Bauarbeiter und Typen in Football-Trikots«, sage ich, als wir um Punkt sieben das Whipcrack Hotel betreten.

»Hab doch nicht solche Vorurteile«, antwortet Rosie. »Außerdem bist *du* Broncos-Fan, und im Grunde deines Herzens bist du doch auch ein Proll.« Sie steuert auf ein paar Leute in einer Ecke des Biergartens zu.

Ich grummele zur Antwort, dann bleibe ich wie angewurzelt stehen und packe sie am Arm. »Da ist Ben!«

»Ja«, sagt sie. »Ich hab ihn eingeladen.«

»Warum?«, frage ich ungläubig.

»Weil er lustig ist und ich ihn heute Nachmittag im Supermarkt getroffen habe.«

Ich würde mich am liebsten umdrehen und wieder verschwinden, aber er hat uns bereits gesehen und winkt uns zu.

»Guten Abend, Ladies und Gentlemen«, sagt Colleen von *Bottle-O*, *Video Ezy* und *Bits 'n' Pizzas*. »Ich bin Colleen, Ihre Gastgeberin für den heutigen …«, sie liest feierlich von einem Zettel in ihrer Hand ab, »*Romancing-the-Rock*-Speeddating-Abend.«

Nach ein paar Sekunden höflichem Applaus, fährt sie fort: »Wenn Sie jetzt auf Ihre Mobiltelefone sehen, haben

Sie bereits eine Nachricht mit einem Foto Ihres ersten Dates erhalten. Als Erstes müssen Sie einander im Pub finden – das ist Teil des Abenteuers! Dann haben Sie zehn Minuten, um sich …«, sie macht mit den Fingern Gänsefüßchen in die Luft, »›kennenzulernen‹. Sobald die zehn Minuten um sind, erhalten Sie eine weitere Nachricht mit dem Foto Ihres nächsten Dates. So weit klar?«

Wir nicken alle nervös.

»Okay«, sagt sie und nimmt ihre Handtasche. »Wenn Sie mich brauchen, ich bin bei den Spielautomaten.«

Ich blicke auf das Foto auf meinem Handy. Es ist mein Cousin Dave, und er steht direkt neben mir. Wir beschließen, uns bei einem Steak darüber auszutauschen, was es Neues gibt. Gerade als ich mein Steak bestellt, mich hingesetzt und freudig ein Guinness von Dave entgegengenommen habe, erscheint das Foto von Date Nummer zwei auf meinem Handy.

Es ist der dreiundsechzigjährige Brad McMaster, der früher Dads Zeitungszusteller war und bei *All About Town* hin und wieder kleinere Jobs für Mum erledigt hat. Er freut sich, mich zu sehen, und gesellt sich auf meine Einladung hin auf einen Tee zu Dave und mir an den Tisch.

Brad denkt anscheinend, ich trinke immer noch Alkopops, denn er bestellt mir gleich drei UDLs und erzählt Geschichten von damals, als ich noch Teenager war und er mich von der Schule abholte und nach Hause brachte. Seine Erzählungen sind eigentlich nicht besonders komisch, aber wir brüllen vor Lachen. Rosie schaut zu uns rüber. Sie hat gerade ein Date mit dem frisch getrennten Todd Doherty. Ich nehme an, da Todd über meine Finanzen Bescheid weiß, wird er hinter mir auf jeden Fall nicht her sein.

»Hi, Todd«, sage ich und stehe auf, als er zu unserem Tisch kommt. »Wie geht's?«

»Gut, Luce. Himmel, mit dir hab ich hier absolut nicht gerechnet.« Er grinst verlegen.

»Ich auch nicht«, antworte ich. »Weder mit mir *noch* mit dir.«

»Ja«, sagt er und tritt von einem Fuß auf den anderen. »Cherie und ich haben uns getrennt.«

»Oh, das tut mir leid«, sage ich und tue erstaunt, obwohl halb Rocky weiß, dass seine Frau ihn mit Doug Albright von *Carpets Galore* betrogen hat. »Setzt euch doch zu uns.«

»Gern. Wenn es für dich okay ist, Rosie?«

Sie setzt sich bereits und beißt in ein Stück Knoblauchbrot.

»Was kann ich euch Mädels zu trinken holen?«, fragt Todd und deutet in Richtung Bar.

»Zwei Rum-Cola!«, ruft Rosie. Dann sieht sie die Sammlung von Getränkedosen vor mir. »Alter Schwede, Luce! Du hast ja schon fünfzehn Getränke im Anbruch.«

»Ja«, sage ich, trinke eins der UDLs aus und schiebe ihr zwei rüber. »Dieses Speeddating macht ganz schön durstig.«

Ich bin ziemlich gut drauf, bis ich sehe, dass Ben ein Date mit einer Zuspätkommerin hat. Ruth.

Rosie bemerkt meinen Blick. »Du bist nicht das Zentrum des Universums, Luce«, flüstert sie. »Sie können sich über genug anderes unterhalten. Und jetzt amüsier dich.«

Sie hat recht, und als Date Nummer drei auf meinem Handy erscheint, stelle ich begeistert fest, dass es jemand ist, den ich noch nicht kenne.

Ich entdecke Shaun neben einer riesigen Blumenvase im Foyer. Er sieht einfach umwerfend aus, hat sandfarbene Haare, ein kräftiges Kinn und einen verschleierten Blick aus grünen Augen.

Ich gefalle ihm wohl auch, denn er kann gar nicht den Blick von mir abwenden.

»Lucy?«, ruft er.

»Ja«, sage ich und zeige auf sein Handy, wo mein Bild auf dem Display zu sehen ist. »Das bin ich.«

»Lucy Crighton?«

Ich nicke bescheiden. Er muss mich von *The Headline Act* kennen.

»Ich glaub's nicht!«, ruft er, umarmt mich und hebt mich hoch. »Ist das toll, dich wiederzusehen!«

Verwirrt blicke ich ihn an.

»Oh, tut mir leid. Entschuldige, Luce, manchmal vergesse ich es total. Du kennst mich vielleicht noch als Shauna Jasperson?«

»Shauna Jasperson?«, frage ich ungläubig. »Shauna! Natürlich! Wir saßen in der Grundschule nebeneinander. Welche Klasse war das noch mal?«

»Dritte Klasse«, sagt er versonnen. »Was bist du für eine tolle Frau geworden! Aber warum ist da kein Ring an deinem Finger? Und was machst du bei dieser furchtbaren Veranstaltung?«

»Das ist eine lange Geschichte, Shauna – Entschuldigung, Shaun. Kommst du mit in den Biergarten? Da sind schon ein paar Leute von mir, wir haben uns was zu essen bestellt.«

»Danke, Süße, aber ich hau ab«, sagt er und tätschelt mir die Schulter. »Ich hab eh nicht viel von dem Ganzen erwartet, aber so schlimm hab ich's mir ehrlich gesagt nicht vorgestellt.« Er deutet hinter mich, und ich drehe mich um. Ruth rüttelt gerade an einem Snackautomaten und befreit eine Packung Chips mit Barbecue-Geschmack.

Ich zucke die Achseln. »Die Steaks sind nicht schlecht.«

Um neun ist es so weit: Die Coverband spielt das Beste der Achtziger und Neunziger und *Romancing the Rock* verliert langsam an Schwung.

Brad McMaster packt mich zum Abschied an den Hintern, und ich setze mich wieder auf meinen Platz und stoße zum x-ten Mal mit Rosie, Ben und meinem inzwischen ziemlich betrunkenen Cousin Dave an.

»Auf die letzten Speeddater!«, ruft Ben vergnügt, und wir trinken unsere Alkopops, ein Abschiedsgeschenk von Brad. »Was für ein Abend!«, ruft er und schlägt sich zu »You Shook Me All Night Long« auf den Schenkel.

»Die Band spielt noch dieselben Coversongs wie früher, als wir noch jung waren!«, sagt Dave lachend zu mir.

»Stimmt«, antworte ich und grinse ihn an.

»Echt schade, dass Oscar grad nicht da ist!«, ruft Ben mir zu. »Er fände es toll hier!«

»Ja!«, brülle ich. Inzwischen bin auch ich ziemlich betrunken. »Das nächste Mal muss er mitkommen!«

Der Sänger der Coverband kündigt eine kurze Pause an, und Dave geht los, sich etwas zu essen suchen.

»In meinem Mund geht 'ne Party ab, und ihr seid alle eingeladen!«, ruft Ben, ext den Rest von seinem UDL und knallt die leere Dose auf den Tisch.

Rosie fängt an zu lachen, und ich sehe ihn fragend an.

»Wie Christine Anu sagt: ›Why don't you come join my party?‹« Er öffnet die Hand und hält uns zwei kleine weiße Pillen hin.

»Ben!«, rufe ich. »Wir können doch nicht an einem Donnerstagabend im Whipcrack Ecstasy nehmen! Mit wem sollen wir hier denn feiern? Mit den alten Typen, die da hinten Karten spielen?«

»Wie du meinst«, sagt Ben lächelnd. »Ich kann nur sagen, dass ich vor zwanzig Minuten eine geschmissen hab und es mir verdammt gut geht!«

»Ich bin dabei«, sagt Rosie, nimmt eine der Pillen und schluckt sie schneller, als ich gucken kann. »Willst du den Rest des Abends mit uns oder mit deinem Cousin verbringen, Lucy?«, fragt sie und nickt in Richtung Dave, der gerade mit einem Kebab und einer Dose Jack Daniels zu unserem Tisch zurückkehrt.

Die Coverband kommt wieder auf die Bühne, und ich schlucke die zweite Pille.

»Ja!« Ben reckt die Faust in die Luft, als der Gitarrist die ersten Akkorde von »Run to Paradise« spielt.

»Kommt!«, sagt er, nimmt mich und Rosie an den Händen und schleift uns auf die Tanzfläche.

Die Band arbeitet sich durch ihr Repertoire von Paul Kelly und Cold Chisel, und als sie bei Crowded House und Hunters and Collectors angekommen sind, sind wir schon total drauf. Dann stimmt die Band ›The Horses‹ von Daryl Braithwaite an, und wir können nicht mehr an uns halten.

»Was haben wir für ein Scheißglück?!«, ruft Rosie und hüpft zum Refrain auf und ab. »Wir sind im tollsten Pub in der besten Stadt der Welt, und eine verdammt geile Coverband spielt ›The Horses‹! Woohoo!« Sie reißt ihr Top hoch und zeigt dem erfreuten Sänger ihre Brüste, dann rennt sie aufs Klo.

Als Nächstes kommt »Copperhead Road«, aber Ben und ich sind k. o. Wir gehen von der Tanzfläche und setzen uns einander gegenüber an einen Tisch.

»Lucy, die Bullenskulpturen hier überall in der Stadt sind der Wahnsinn.«

»Ja, oder?«, sage ich voller Hingabe. »Da ist so viel Mühe und Liebe reingeflossen.«

»Und die Leute in Rockhampton sind einfach toll«, fährt er fort. »Ich hab hier noch nicht einen schlechten Menschen getroffen.«

»Wirst du auch nicht, Ben, das kann ich dir garantieren.« Liebevoll blicke ich auf die Leute auf der Tanzfläche. »Hier leben nur gute Menschen. Sogar Ruth hat einen gewissen Charme.«

Da kommt Rosie zu uns und stützt sich auf den Tisch. »Ich hab grad mit Pat geknutscht.«

Ich schaue mich um. »Welcher ist es?«

»*Pat* ist die wunderschöne Rothaarige an den Spielautomaten«, antwortet Rosie.

»Das ist toll, Rosie«, sage ich und lächle sie an. »Ich

freu mich für dich, meine äußerst gut aussehende Freundin.«

»Ich hol mir jetzt ihre Nummer – und ’ne Fluppe.« Sie haucht mir einen Luftkuss zu und verschwindet.

»Ich liebe Rosie«, sage ich, und Ben sieht ihr hinterher, wie sie sich durch den Biergarten schlängelt.

Dann dreht er sich wieder mir zu, und wir blicken einander in die Augen. »Du hast so wundervolles Haar, Lucy«, sagt er, streckt die Hand aus und fährt mir mit den Fingern durch die Locken.

»Danke«, antworte ich lächelnd. »Wollen wir noch zu *Subway*?«

Als ich am nächsten Morgen aufwache, habe ich dröhnende Kopfschmerzen, schrecklichen Durst und einen Arm um die Taille liegen.

Das hier ist nicht mein Bett. Ich blicke hinter mich und sehe Ben. Schockiert setze ich mich auf, und er öffnet schläfrig die Augen.

»Du warst unglaublich!«, sagt er.

Ich schlucke schwer und lege mich wieder zurück. Ich weiß noch, dass wir uns ein Steak-and-Cheese-Sandwich geteilt und in der Taxischlange eng aneinandergeschmiegt getanzt haben, während Ben »Wonderwall« gesungen hat. Und dann träufeln immer mehr Erinnerungen in meinen schmerzenden Kopf. Es sind lauter einzelne Momente – wie ich im Taxi Bens Sicherheitsgurt geöffnet habe – seine Hand unter meinem Top –, wie ich ihn gegen den Kühlschrank presse, nachdem wir in Helens Küche Lasagne-Reste verschlungen haben. Ich erinnere mich noch, Mum eine Nachricht geschickt zu haben, dass ich bei Rosie schlafe, und dann … nichts.

Ben sieht das Entsetzen in meinem Blick.

»Entspann dich, Lucy, war nur ein Scherz«, sagt er und zieht seinen Arm zurück. »Eigentlich ging's ziemlich gut los, ich dachte, ich könnte ein paar meiner Moves ausprobieren, aber du bist einfach eingeschlafen. Es ist nichts passiert.«

»Gott sei Dank!«, sage ich, ein bisschen zu nachdrücklich. Ich stoße mit dem Zeh an meine Jeans, die zusammengeknüllt am Fußende des Bettes liegt. Ich greife danach und ziehe sie an. Von der plötzlichen Bewegung wird mir schwindlig. »Tut mir leid, Ben«, sage ich. »Normalerweise hab ich nie so 'nen Blackout. Verdammte Scheiße.«

»Schon okay«, sagt er. »Wir hatten Spaß.«

»Ben, ich …«

»Ich weiß«, sagt er. »Ich will genauso wenig, dass Oscar davon erfährt.«

Auf einmal fühle ich mich richtig elend. Ruth muss es ihm erzählt haben.

»Oscar?«, frage ich leise und tue verwirrt.

»Er würde mich umbringen«, sagt Ben. »Er ist seit Mums Einweihungsparty in dich verknallt. Wenn er hier ist, rennt er ständig zum Fenster, um zu euch rüberzuschauen.«

»Aber er hat doch 'ne Freundin.«

»Ja, aber er ist trotzdem total in dich verschossen.« Ben blickt an die Decke. »Mach dir keine Sorgen. Es gibt nichts, was wir irgendwem erzählen müssten. Es ist nichts passiert.«

Ich schweige und denke nach.

»Du bist ein tolles Mädel, Lucy«, sagt Ben schließlich. »Natürlich liebe ich meinen Bruder, aber du solltest vorsichtig mit ihm sein.«

»Was meinst du damit?«

»Gar nichts. Außer, dass Oscar jede Frau haben kann. Er kann nichts dafür, aber er ist daran gewöhnt zu bekommen, was er will. Auch wenn er sich dessen nicht bewusst ist.«

Vielleicht hat Ruth es ihm doch nicht erzählt. Das ist das Einzige, woran ich gerade denken mag. Bens Bemerkung über Oscar, die mir viel zu nah gehen würde, ignoriere ich lieber.

Neben dem Bett entdecke ich mein Top. Ich stehe auf und ziehe es an.

»Was ist mit deiner Mum?«, frage ich auf einmal alarmiert.

»Die ist in Sydney bei Oscar«, antwortet Ben. »Zum Glück. Die Küche sieht aus wie Sau nach unserer Bananenbrot-Backaktion.«

»Bananenbrot?« Ungläubig schüttle ich den Kopf.

»Ja, du wolltest unbedingt welches backen. Du meintest, dein Bananenbrot wäre preisverdächtig. Ich hab dich einfach nicht aus der Küche bekommen.«

»O Gott!« Ich reibe mir die Stirn.

»Und dann haben wir eine von Mums Phil-Collins-CDs angemacht, und bei ›A Groovy Kind of Love‹ bist du in Tränen ausgebrochen und aus der Küche gerannt.«

Entsetzt starre ich ihn an. Absurderweise fühle ich mich zugleich peinlich berührt und richtig gut unterhalten.

»Als ich dich gefunden hab, hast du in Unterwäsche im Bett gelegen und tief und fest geschlafen«, erklärt er.

»Der Song macht mich jedes Mal wieder fertig«, antworte ich, als wäre es eine total verständliche Erklärung für mein Verhalten. »Tut mir leid, Ben«, sage ich und gehe zur Tür. »Tut mir leid, dass du das miterleben musstest.«

»Schon okay«, antwortet er. »Dir muss überhaupt nichts leidtun.«

Ich lege die Hand auf den Türgriff. »Wir verlieren also nie wieder ein Wort darüber?«

Er nickt. »Lucy?«, fragt er, als ich bereits die Tür öffne. »Magst du ihn? Oscar?«

»Ja«, antworte ich. »Ich mag ihn.«

Ich schleiche bei Mum und Dad ins Haus, wo in der Küche anscheinend der Dritte Weltkrieg ausgebrochen ist. »Kakadu … egoistisch …«, schimpft Mum, worauf Dad mit »… verdammten Chakras … scheiß Bongo-Trommeln …« kontert. Ich hole meinen Autoschlüssel aus dem Wohnzimmer, stehle mich auf Zehenspitzen aus der Haustür und fahre zu Rosie.

Sie öffnet die Tür. »Ben?«, fragt sie.

»Ja und nein«, antworte ich. Da sehe ich die Knutschflecken an ihrem Hals. »Pat?«

»Nein«, sagt sie und winkt mich rein.

»Todd Doherty?«, frage ich verwirrt. »Hast du dich später noch mit ihm getroffen?«

»Nein«, antwortet sie, und wir gehen in die Küche.

»Wer dann?« Auf einmal klappt mir die Kinnlade runter, und Rosie lacht leise.

»Dave!«, rufe ich.

»Schhh!«, macht sie. »Er ist immer noch hier.«

»Mein *Cousin* Dave?!«, flüstere ich. »Nicht dein Ernst!«

»Ich sag dir, Luce, unter dem Flanellhemd steckt ein richtig wilder Cowboy. Was der drauf ...«

Ich halte ihr den Mund zu. »Hör sofort auf, Rosie! Mir wird ganz schlecht!«

Schwer seufzend lehne ich mich gegen die Spüle, und Rosie gießt mir ein Glas Wasser ein. Ich leere es in einem Zug, und dann sage ich: »Rosie, du darfst mich heute nicht allein lassen. Sonst rufe ich noch Oscar an. Oder Jeremy. Oder ich werfe mich vom Mount Archer.«

»Du bist längst über Jeremy hinweg.«

»Heute kann ich für nichts garantieren.«

Sie streicht mir über den Rücken. »Ich bin am Verhungern, Luce.«

»Ich auch. Was hat denn so früh schon auf?«

»Der *Red Rooster*?«

»Oje. Wir sind ganz schön tief gesunken.«

»Wem sagst du das. Und was soll ich mit *ihm* machen?« Rosie nickt in Richtung Schlafzimmer.

»Lass ihn einfach pennen. Er wird schon irgendwann merken, dass du nicht mehr da bist.«

»Das geht doch nicht! Das ist unhöflich und gemein.«

»Na dann schreib ihm 'nen Zettel.«

Sie reißt ein Stück von ihrer Einkaufsliste am Kühlschrank ab, beugt sich mit einem Stift darüber, zögert.

»Kannst du was schreiben?«, fragt sie dann.

»Ich?«

»Na ja, du bist schließlich mit ihm verwandt. Tu einfach so, als wärst du ich.«

»Okay«, sage ich und kritzele etwas auf den Zettel.

»Luce! Ich kann nicht einfach schreiben ›Mach's gut, Dave!‹«

»Willst du etwa was mit meinem Cousin anfangen?«, frage ich.

Schnell schüttelt sie den Kopf. Den Zettel legen wir unter eine Orange auf den Küchentisch.

Im *Red Rooster* vertilgen wir eine Familienportion Chicken Rolls, Nuggets und Pommes frites.

»Okay, du hast gegessen. Das heißt, du kannst jetzt auch reden«, sagt Rosie. »Ich kann nicht glauben, dass du neben Ben aufgewacht bist!«, lacht sie.

»Was meinst du, wie's mir geht?«, rufe ich. »Diese verdammten Pillen! Was war das für ein Zeug?!«

»Du vergisst, dass wir außerdem beide ungefähr acht UDLs hatten! Also, was genau ist passiert?«

»Ich hab auf jeden Fall mit ihm geknutscht«, sage ich. »Und er hatte irgendwann die Hand unter meinem Top. Und ich hab ihn gegen den Kühlschrank geschubst und an seinem Ohr geknabbert.«

Sie lässt die Hand mit den Pommes wieder sinken und

fängt an, haltlos zu lachen. »Lucy Crighton, dich kann man ja echt nicht allein lassen! Du weißt aber schon, dass Ben mit Oscar verwandt ist?«

»Ich wollte es nicht! Das waren die blöden Pillen!« Ich stütze den Kopf in die Hände. »Was hab ich nur getan?«

»Er sagt, ihr habt's nicht gemacht, von daher ist alles halb so wild«, beruhigt mich Rosie schnell.

»Ein Glück.«

»Und Ben wird nichts sagen«, fährt sie fort. »Er ist eh nur noch ein paar Tage hier, dann wandert er erst mal auf dem Jakobsweg.«

»Was?«, frage ich überrascht.

»Ja, hat er mir gestern Abend erzählt. Er steht grad ziemlich neben sich, der Arme. Er hofft wohl, in den Pyrenäen die Antworten auf all seine Fragen zu finden.«

»Vielleicht funktioniert's ja«, sage ich. Irgendwie tut er mir leid, aber ich bin auch froh, ihm so schnell wohl nicht wieder über den Weg zu laufen.

»Es gibt keine Antworten«, sagt Rosie. »Nur die, die wir uns selbst ausdenken.«

Ich lasse mir die Ereignisse der letzten Nacht noch mal durch den Kopf gehen und frage mich, ob sie durch Bens bevorstehende Reise jetzt irgendwie anders zu bewerten sind.

»Lucy, hör auf, dir Sorgen zu machen«, sagt Rosie ernst. »Du wolltest um drei Uhr morgens Bananenbrot backen, ich war mit deinem Cousin Dave in der Badewanne, und Ben hat versucht, dich rumzukriegen. Das waren die Pillen, sonst nichts.«

Ich nicke und schiebe die Chicken Roll von mir weg.

Beim Gedanken an Rosie und Dave zusammen in der Wanne wird mir übel.

Nachdem wir noch ein Calippo-Eis gegessen haben, ist meine Laune schon wieder besser. Wir fahren zum Kino im Norden der Stadt und gucken den einzigen Film, der am Nachmittag läuft: *Hotel Transsilvanien* 2. Ich bin emotional immer noch so angeschlagen, dass ich, als Dennis das Hotel verlässt und in den Wald flieht, losheulen muss. Rosie verschläft fast den ganzen Film.

Und später, auf dem Weg zum Auto, sagt sie auf dem dämmrigen Parkplatz: »Luce, ich zieh nach London.«

14

Am nächsten Morgen werde ich zu einer unchristlichen Zeit geweckt. Vor meinem Zimmer läuft Roomba, und auf der Terrasse vor meinem Fenster singt Mum »I Want to Know What Love Is« von den Foreigners. Meine Wut auf Roomba wird dadurch abgemildert, dass es Mum anscheinend besser geht.

Als ich gestern Abend vom Kino nach Hause kam, war sie wieder am Weinen. Und aus irgendeinem unerfindlichen Grund hatte sie die Besteckschublade auf dem Küchentisch ausgeleert und sichtete die Löffel. Wie immer, wenn ich nicht weiß, wie ich ihr helfen soll, rief ich Max an und reichte das Telefon an sie weiter. Innerhalb von Minuten lachte sie wieder.

»Wenn du dich in Kakadu rumtreibst, fliege ich mit Max nach China und besuche das *Fancy-Pants*-Outlet, und dann mache ich mit Master Ray eine Qi-Gong-Reise durch die Mongolei«, sagte sie zu Dad und holte dabei nicht einmal Luft. Dann schloss sie bestimmt die Tür des Fernsehzimmers, wischte sich die Tränen weg und setzte die Besteckschublade wieder ein, ohne sich darum zu scheren, wo die Messer und Gabeln landeten.

Sie singt immer noch vor meinem Fenster. »Mum!«, rufe ich. »Was machst du da?«

»Ich lade meine Kristalle auf«, antwortet sie, als wäre das eine einleuchtende Rechtfertigung dafür, an einem Mittwochmorgen um halb sechs wach zu sein. »Ich muss das Morgenlicht ausnutzen.«

»Es ist viel zu früh!«

»Blödsinn!«, ruft sie durchs Fliegengitter vor meinem Fenster. »Glenda und ich haben schon einen Spaziergang gemacht, Tee getrunken und Wäsche aufgehängt.«

»Wow, der Hund ist echt talentiert. Wir sollten ein YouTube-Video von ihr beim Wäscheaufhängen machen.«

In der Hoffnung, wieder einzuschlummern, schließe ich die Augen, schrecke jedoch gleich wieder auf, als Mum ganz nah bei mir flüstert: »Komm, setz dich zu deiner armen, alten Mutter.«

»Himmel, Mum!«, rufe ich, und sie lacht, Stirn und Nase gegen das Fliegengitter gepresst, als wäre sie Freddy Krueger. »Du hast mich zu Tode erschreckt!«

Ich gehe hinaus und setze mich zu ihr auf die Hollywoodschaukel. Der Tag bricht gerade erst an. Trotz der Winterwinde blüht die Bougainvillea noch, und die satten Rosatöne harmonieren wunderbar mit dem Orange des Sonnenaufgangs.

»Es hat irgendwie was, die Wäsche so im Wind tanzen zu sehen, oder?«, fragt Mum.

»Ja, total«, antworte ich. »Wahrscheinlich, weil du siehst, was du geschafft hast.« Ich kuschle mich an sie. »Es wird kalt.«

»Stimmt. Im Wäscheschrank ist Flanellbettzeug, wenn du welches brauchst.«

»Hmhm«, antworte ich.

»Wie war es eigentlich im Whipcrack?«, fragt sie. »Ich hab dich und Rosie gestern gar nicht mehr gesehen.«

»War nett«, sage ich. »Rosie will wirklich nach London.«

»Tatsächlich?«

»Ja. Sie hat Rocky ein bisschen über.«

Wir schaukeln und schweigen. Der Gedanke, Rosie an England zu verlieren, gefällt uns beiden nicht.

»Dave Conroy war auch da.«

»Ach, der gute Dave!« Sie lächelt. »Hatten sie viel Regen draußen?«

»Ein paar Zentimeter wohl.«

»Weißt du noch, wie er dich immer gejagt hat und dir die Hose runterziehen wollte?«, fragt sie. »Ich glaube, ich hab noch ein Foto von euch beiden, wie ihr als Knirpse zusammen gebadet habt.«

Ich verdrehe die Augen. Aber irgendwie finde ich es doch ganz lustig, dass er heutzutage nicht mehr mir die Hose runterzieht und statt mit mir mit Rosie badet.

»Ich hab gestern Meredith besucht«, sagt Mum. »Ihr geht's gar nicht gut.«

»O nein.«

Meredith ist eine gute Seele, die früher ein paar Stunden die Woche in *All About Town* gejobbt und die Schaufenster dekoriert hat. Sie war gern mit Mum zusammen und sagte immer, ich würde toll aussehen, wenn ich als kleines Mädchen im Laden Verkleiden spielte. Anfang des Jahres hatte sie einen Schlaganfall, und jetzt wohnt sie im Pflegeheim mit lauter Leuten, die doppelt so alt sind wie sie.

»Ja«, sagt Mum. »Es ist traurig, sie so teilnahmslos zu sehen, wo sie doch immer so lebendig war.«

»Erkennt sie dich denn noch?«

»Sie lächelt mich immer an und erzählt, wie viel sie zu tun hat, aber ich glaub nicht, dass sie mich erkennt. Wahrscheinlich macht es für sie auch keinen Unterschied, ob ich ihre Hand halte oder nicht.«

Mum sieht über die Bäume im Garten hinweg zu den Bergen, die jetzt ins Licht der aufgehenden Sonne getaucht sind. Auch Mum hat sich in letzter Zeit verändert. Sie macht immer öfter kleine Nachmittagsschläfchen und wird am frühen Abend schon wieder müde. Während wir so vor- und zurückschaukeln, wird mir mit einem Mal bewusst, dass dieser Mensch, dessen Existenz für mich immer selbstverständlich war, nicht immer da sein wird.

Mit meiner Grandma hatte ich mal einen ähnlichen Moment. Ich war fünfzehn und saß am Esstisch und lernte. Ich blickte von meinen Büchern auf und sah ihr zu, wie sie in der Küche die Spülmaschine ausräumte, die Teller und Tassen in den Korb ihres Rollators stellte und sie zum Schrank fuhr. Ich nahm die ganze Szene in mir auf und speicherte sie ab, in der Hoffnung, sie nicht zu vergessen.

Solche schönen und zugleich traurigen Momente, in denen mir die Vergänglichkeit des Lebens bewusst wird, helfen mir, meine Reise zu planen.

An diesem Morgen speichere ich den Moment mit Mum neben mir ab und hoffe, dieses Bild von ihr, wie sie gedankenverloren in den Sonnenaufgang und zur tanzenden Wäsche schaut, nie zu vergessen.

Ich schreibe den restlichen Vormittag an meinem Roman, und es läuft erfreulich gut. Weniger erfreulich ist, dass, als ich mir Geld für einen Kaffee holen will, der Automat noch nicht mal zwanzig Dollar ausspuckt. Es ist wohl wirklich an der Zeit, mich um ein paar mehr Freelance-Jobs zu kümmern.

Am Nachmittag gehe ich mit meiner letzten Visitenkarte über die Quay Street. Als ich Rosie angerufen und über mein Geldautomatendesaster geklagt habe, sagte sie, eine ihrer Patientinnen hätte gerade von einer neuen Produktionsfirma in Rocky erzählt. Wahrscheinlich machen die nichts weiter als billige Fernsehwerbung für Unternehmen wie *Bits 'n' Pizzas* und *Gone Bush*, aber seit meinen Artikeln über die Tierarztpraxis habe ich nichts mehr verdient – und Werbespots zu machen ist immer noch besser, als bei Ruth Autos zu waschen. Außerdem braucht man selbst zum Pläneschmieden Geld.

Vor mir sehe ich ein Schild mit orangenen Buchstaben auf weißglänzendem Hintergrund – *Matchstick Productions*, ich bin da. Ich straffe die Schultern und hole tief Luft. Es gibt keinen Grund, aufgeregt zu sein. Ich habe jahrelange Erfahrung in Radio- und Fernsehproduktionen. Sie können froh sein, jemanden wie mich zu kriegen.

Ich nehme meine Visitenkarte aus dem Portemonnaie und gehe hinein.

»Hallo«, sagt eine freundliche Frau hinterm Empfangstresen. »Wie kann ich Ihnen helfen?«

Ich reiche ihr meine Karte. »Hallo … Äh, ich bin Lucy Crighton. Ich hab schon für *TROPPO FM*, *Sky News* in Perth, *WIN TV* in Port Douglas und *The Headline Act* gearbeitet …«

Die Frau nickt mir ermutigend zu, während ich meine ehemaligen Arbeitgeber aufzähle. »Und ich würde wahnsinnig gern für *Matchstick Productions* arbeiten«, schließe ich begeistert meine Vorstellung.

»Äh, das klingt toll«, sagt sie und spielt mit dem Daumen an meiner Visitenkarte, »aber wir produzieren … Streichhölzer.«

»Oh.« Am liebsten würde ich im Boden versinken, und zugleich könnte ich laut lachen. »Entschuldigung.«

Als ich wieder draußen bin, pruste ich los. Das einzig Blöde ist, dass ich gerade meine letzte Visitenkarte an ein Sägewerk weggegeben habe!

Zu Hause angekommen höre ich Mums und Rosies Stimmen hinterm Haus. Sie sitzen auf der Hollywoodschaukel und blättern den neuesten *HomeHints*-Katalog durch.

»Guck mal hier, Denise«, sagt Rosie, »ein automatischer Unkrautzupfer. Wenn du älter wirst und dich nicht mehr so gut hinknien kannst, kannst du das Unkraut damit im Stehen entfernen. Wie auf dem Bild hier. Du musst dich noch nicht mal mehr runterbeugen.«

»Hmmm«, antwortet Mum. »Könnte tatsächlich ganz praktisch sein. Vielleicht will deine Mum ja auch einen haben, Rosie. Meinst du, wir kriegen Rabatt, wenn wir drei nehmen?«

Ich verdrehe die Augen und höre ihnen noch eine Weile zu, während Mum von ihrer bevorstehenden Reise nach China und die Mongolei erzählt und Rosie von ihrem Umzug nach London schwärmt.

Als sie die Stimmen senken, ist klar, über wen sie reden. Ich lehne mich gegen die Hauswand und höre Mum sagen: »Rosie, du weißt, dass Lucy nicht nach London mitkommen kann.« Für einen Moment ist nur das Quietschen der Hollywoodschaukel zu hören. »Sie muss endlich diesen verdammten Roman fertigschreiben und rausfinden, was sie in Zukunft tun will. Und ich glaube nicht, dass London die Antwort ist.«

»Na ja«, fängt Rosie an. »Sie kommt mit ihrem Roman ja gut voran. Sie hat sich in letzter Zeit richtig reingekniet.«

»Ich weiß«, seufzt Mum. »Dieses Buch hat mich schon einiges an Nerven gekostet.«

»Hallo, ihr zwei!«, rufe ich ganz unbekümmert und trete auf die Veranda.

»Ach, hallo!«, ruft Mum fröhlich. Sie sollte unbedingt bei der nächsten Aufnahmerunde für die Schauspielschule vorsprechen.

»Ihr müsst euch wegen mir wirklich nicht mehr den Kopf zerbrechen!«, sage ich übertrieben gut gelaunt.

Die beiden schweigen. »Oder doch?«, frage ich zögernd.

Mum geht nicht weiter darauf ein. »Und, wann fängst du an bei *Matchstick Productions*?«, fragt sie.

»Rosie!«, rufe ich. »Was hast du dir nur dabei gedacht?!«

»Was? Wieso?«

»*Matchstick Productions* stellen Streichhölzer her!«

»Das glaub ich jetzt nicht!«, lacht Mum.

»Und ich hab der armen Frau am Empfang meinen Lebenslauf runtergebetet wie die letzte Vollidiotin.«

Jetzt kichern sie beide. Und ich kann nicht anders, als mich zu freuen, Mum endlich mal wieder gut gelaunt zu sehen.

»Das zahl ich dir heim, Rosie!«

»Ich hab wirklich gedacht, es wäre eine Fernsehproduktionsfirma!«, ruft sie und gackert dabei so sehr, dass ich sie kaum verstehe.

Lachend setze ich mich den beiden gegenüber, doch dann höre ich Helens VW nebenan losfahren, und mit meiner vergnügten Stimmung ist es vorbei.

Es ist gerade mal drei Tage her, seit ich Oscar zum letzten Mal gesehen habe, obwohl es sich anfühlt wie drei Wochen. Ich habe mir fest vorgenommen, mich nicht bei ihm zu melden. Trotzdem muss ich immer wieder das Bedürfnis unterdrücken, ihm eine Nachricht zu schicken. Aber was sollte es bringen, ihm zu schreiben, wenn er und Kate wahrscheinlich gerade zusammen Bettwäsche kaufen? Was sollte ich auch schreiben? »*Hallo und alles Liebe von deinem Mädel im Norden!*«?

»Hast du was von Oscar gehört, Schätzchen?«, fragt Mum in gezwungenem Plauderton. Ihr Timing ist wie immer unglaublich.

»Nein, Mum.«

»Ich hab heute Morgen, als ich die Post reingeholt hab, kurz mit Helen gesprochen«, sagt Mum. »Oscar hat wohl gerade ziemlich viel zu tun. Er steckt mitten in den Verhandlungen über neue *Bev's-Buffet*-Filialen in Sydney, und Helen meint, er wird die nächsten Monate wohl gar nicht raufkommen können. Und wusstet ihr, dass Ben eine große Wanderung durch Frankreich und Spanien macht?«

»Ja, er hat erzählt, dass er bald aufbrechen würde«, sage ich und blicke auf den Boden, um Rosie nicht ansehen zu müssen. »Wo ist Glenda?«, wechsle ich das Thema.

»Vorhin war sie noch hier. Wahrscheinlich hat sie sich in dein Zimmer geschlichen und liegt auf deinem Bett.«

Wie Mum vermutet hat, liegt Glenda tatsächlich ausgestreckt auf meinem Bett, den kleinen weißen Kopf auf mein Kissen gebettet. Mir geht das Herz auf, und ich lege mich neben sie und kuschle mich an sie.

»Wenn du der Bachelor wärst, würdest du mich wählen«, sage ich und küsse das Fell zwischen ihren Ohren. »Da bin ich mir sicher.«

Ich muss eingeschlafen sein, denn als es auf einmal energisch an der Tür klopft, ist es stockdunkel im Zimmer. Auch Glenda ist aufgewacht und will aufspringen, doch ich halte sie fest.

Als ich aufblicke, steht Dad in der Tür. »Ich weiß, es ist dir egal, aber ich dachte, du solltest es von mir erfahren«, sagt er. »Tiffany Bloxsom hat gerade einen Logie Award gewonnen.«

Ich umklammere Glenda noch fester. Dad seufzt schwer und geht.

»Keine Sorge«, sage ich zu Glenda. »Ich würde auf jeden Fall dich nehmen, wenn ich die Bachelorette wär.«

»Hey«, sagt Rosie und kommt ins Zimmer. »Redest du mit deinem Hund?«

»Ja.«

»Rück mal«, sagt sie, lehnt die Tür an und legt sich neben mich und Glenda. »Ich weiß, was dir durch den Kopf geht, Luce, aber du bist auch ohne Logie Award scheißliebenswert. Und in Melbourne hat's dir sowieso nicht gefallen, ganz unabhängig von Jeremy.«

Es überrascht mich, wie vollkommen gelassen ich bei der Erwähnung von Jeremy bleibe, doch dann denke ich an Oscar und mein Herz zieht sich zusammen.

»Vergiss ihn«, sagt Rosie, die mal wieder meine Gedanken lesen kann.

»Na ja, ich …«

»Nein, du musst ihn von der Liste streichen. Ben hat erzählt, er ist immer noch mit Kate zusammen. Er hat sich entschieden, also vergiss ihn. Er existiert nicht mehr. Hat noch nie existiert. Er, dessen Name nicht mehr genannt werden darf.«

Niedergeschlagen sehe ich sie an. »Meine Liste war nicht besonders lang, Rosie. Ich kann ihn gern streichen, aber er ist der Einzige, der draufsteht.«

»Tja«, sagt sie. »Meine Liste ist auch ganz schön leer.«

»Du glaubst also, das war's?«, frage ich, obwohl ich tief in mir drinnen selbst weiß, dass es so ist.

»Ja«, antwortet Rosie unerbittlich.

»Hmm. Ist wahrscheinlich das Beste«, sage ich. »Er kann schließlich nicht einfach mit den Fingern schnipsen und denken, ich bin für ihn da, wenn es ihm gerade passt.«

»Aber er schnipst noch nicht mal mit den Fingern, Luce.«

»Manchmal wünschte ich, du wärst nicht so verdammt gut darin, das Offensichtliche anzusprechen«, sage ich, und wir lachen beide. »Ich weiß nur nicht, wie ich noch die Kurve kriegen soll, Rosie. Ich bin schließlich keine vielversprechende Dreiundzwanzigjährige mehr. Ich hab meinen glamourösen Job in Melbourne aufgegeben, und ich kann meine Eltern auch nicht ewig als meine Mitbewohner ausgeben. Es ist vorbei. Ich hab verloren.«

»Was ist mit deinem japanischen Zen aus dem Buddhistenkloster passiert?«

»Hab ich auf dem Mount Archer verloren.«

»Also«, sagt sie, »ich glaube jedenfalls noch an dich. Überleg doch mal, was du in deinen zweiunddreißig Jahren schon alles geschafft hast. Und immerhin hast du wenigstens dein Glück versucht. Du hast dich verwundbar gemacht, und das ist mehr, als viele von sich behaupten können. Manchmal kann das eben schiefgehen, aber es ist die einzige Art, für die es sich für dich zu leben lohnt.«

»Wenn du ein Typ wärst«, sage ich und lächle sie an, »hätten wir bestimmt mit achtzehn geheiratet.«

Sie lacht. »Und uns mit fünfundzwanzig scheiden lassen.«

»Rosie … gehst du wirklich nach London?«

»Ja, und ich finde, du solltest mitkommen, egal was Denise und Brian sagen. Du kannst weiter an deinem

Roman schreiben und dir in der Zwischenzeit einen Teilzeitjob suchen. Als Zahnärztin finde ich auf jeden Fall was. Ich hab mir gestern Abend die Website der Einwanderungsbehörde angesehen. Auch mit über dreißig kannst du mit einem Touristenvisum ganze sechs Monate bleiben. Warum kommst du nicht mit und versuchst, einen Job zu finden?«

Ich schließe die Augen und verschränke die Arme.

»Und wenn's nicht klappt, wirst du einfach meine Zahnarzthelferin, und ich lasse dich bar auf die Kralle bezahlen«, sagt Rosie und pikst mir in die Rippen. »Luce, wir hatten so eine tolle Zeit, als wir zusammen da waren.«

»Aber meinst du, man kann sowas wiederholen?«, frage ich. »Meinst du, es kann jemals wieder so sein wie beim ersten Mal? Wie die ›Glory Days‹ bei Bruce Springsteen?«

»Warum nicht?«, antwortet sie. »Klar sind wir älter, aber das heißt nicht, dass wir für immer in Rocky leben und uns mit Nine-to-five-Jobs und *Friday Night Football* zufriedengeben müssen, nur weil die meisten unserer Freundinnen das so machen.«

»Ja, da hast du wohl recht.«

»Was mich an dir deprimiert, Luce, ist, dass dein Leben ziemlich toll ist, du dir aber nicht erlaubst, das zu sehen«, sagt Rosie und verlagert ihr Gewicht auf dem Bett. »Und egal, ob es jetzt richtig war, aus Melbourne wegzuziehen – findest du nicht, du hast dich langsam genug dafür bestraft?«

»Hmm.«

»Du musst an deine Pläne glauben.« Sie sieht mich an

und schüttelt den Kopf. »Manchmal habe ich das Gefühl, ich dringe einfach nicht zu dir durch.«

»Doch, tust du.«

»Es muss ja nicht London sein, du kannst deinen Roman schließlich überall schreiben. Du kannst auch nach New York ziehen. Du kannst überall hingehen, wohin du willst. Du könntest auch zurück nach Melbourne oder mal Sydney ausprobieren … Aber wenn du nach Sydney ziehst, mach's nicht wegen Oscar. Den Fehler hast du schon mit Jeremy gemacht.«

»Ich weiß.«

»Nur bleib nicht hier. Sonst wirst du noch so gestört wie der arme Kerl in *Die Verurteilten.*«

Dad streckt seinen Kopf ins Zimmer, zieht ihn aber gleich darauf wieder zurück und geht. Dabei grummelt er vor sich hin: »… zusammen mit Glenda auf dem Bett. Das ist wirklich extrem unhygienisch.«

Rosie sieht mich mit hochgezogenen Augenbrauen an. »Siehst du, was ich meine?«

15

Rosies Warnung, bloß nicht so gestört zu werden wie der Typ aus *Die Verurteilten*, hat mich wachgerüttelt. Sobald sie weg ist, rufe ich Tom Baker an, meinen allerersten Arbeitgeber und Chef des lokalen Werbesenders *TROPPO FM*, und frage ihn, ob er nicht irgendwas für mich hat. Er bestellt mich gleich zu sich, und als ich da bin, umarmt er mich überschwänglich und sagt, mein Timing sei absolut perfekt, er habe eine Lücke von einem Monat zu füllen, weil die Producerin, die er eigentlich wollte, in letzter Minute abgesprungen ist. Und so habe ich auf einmal ab Montag einen Job und darf mich um die Produktion von *Afternoons with Desley Delaney* kümmern.

Mum und Dad sind überglücklich, und Rosie ist so begeistert, dass sie mich Samstagabend ins *Ribs 'n' Rumps* zum Essen einladen will. Paradoxerweise arbeite ich den Rest der Woche konzentrierter und produktiver an meinem Roman als je zuvor. Sonntagnachmittag liege ich dann mal wieder verkatert auf dem Sofa, die Füße auf Rosies Schoß, und Mum sitzt in ihrem Lieblingssessel und sieht so glücklich aus, wie ich sie schon seit Monaten nicht mehr erlebt habe.

»Warum eigentlich Cher, Mum?«, frage ich und blicke

auf das gerahmte Poster von Cher an der Wohnzimmerwand.

»Sie hatte ein hartes Leben«, sagt Mum und sieht zu ihr hoch. »Ich habe zuerst in der *New Idea* davon gelesen. Die ganze Chose mit Sonny und seinen Abhängigkeiten ... Aber guck sie dir an – wie stark und selbstbewusst sie ist. Und jetzt macht sie den Frauen in aller Welt Mut.«

»Wie war denn das Konzert – du hast sie '84 doch gesehen, oder?«, fragt Rosie.

»Oh, das war ein so wunderbarer Abend!«, schwärmt Mum und sieht leicht entrückt aus. »Wusstet ihr, dass sie bei der Tournee auf einem Elefanten in Strapsen auf die Bühne kam?«

»Wer trug Strapse?«, frage ich. »Der Elefant oder Cher?«

»Cher natürlich! Der Elefant hatte allerdings so viel Glitzerzeug an sich, dass er damit einen Secondhandladen hätte eröffnen können.«

»Freust du dich auf deinen neuen Job morgen, Luce?«, fragt Dad, als er ins Wohnzimmer kommt und sich auf seinen Sessel setzt.

»Geht so«, antworte ich, und Rosie kichert.

»Was ist denn das bitte für eine Einstellung?«, sagt Dad.

»Producing ist nun mal nicht das, was ich mein Leben lang machen will, Dad.«

»Du hast im Moment nicht gerade eine Wahl, oder? Verrätst du mir, wie viel Geld du noch auf dem Konto hast?«

»Wenn erst mal das Geld von den Japan-Artikeln da ist, tausendfünfhundert. Plus das Honorar von *TROPPO*.«

Rosie versucht, ein Lachen zu unterdrücken. Ich stoße sie in die Rippen.

»Das wird wohl nicht lange reichen«, sagt Dad und stellt die Fußstütze seines Sessels hoch. »Lucy, auch wenn du Geld für ein Schimpfwort hältst, du brauchst es zum Leben. Verdien erst mal was, dann kannst du immer noch schreiben oder malen oder was immer du tun willst.«

»Ich hab überhaupt nichts gegen Geld, Dad, ich versuche nur, mir selbst gegenüber ehrlich zu sein.«

»Ich weiß, Lucy«, sagt Mum und beugt sich zu mir vor. »Und du bist sehr talentiert und wirst in allem, was du tust, gut sein. Dir geht nur leider die praktische Seite völlig ab.« Sie kaut auf ihrem Fingernagel. »Das ist nicht leicht, oder?«

»Es ist nichts leichter als das«, entgegnet Dad. »Denise, im Moment braucht Lucy einfach diesen Job. Und wer sagt denn, dass sich daraus nicht noch was Längerfristiges ergibt? Sie kann ihren Roman schließlich auch in der Freizeit schreiben.«

Mum nickt. »Das stimmt, Brian.«

Sogar Rosie nickt.

»Du brauchst einfach eine Aufgabe im Leben, Lucy«, sagt Dad. »Wie ihr ja wisst, ging es mir auch eine ganze Weile nicht gut.«

»Na ja, das wussten wir eigentlich nicht, Dad.«

»Nein, wir hatten absolut keine Ahnung, Brian!«, meint auch Mum. »Und wir hatten auch keine Ahnung von Kakadu«, murmelt sie.

»Dir ging's nicht gut, Brian?«, fragt Rosie.

»Ja. Aber seit ich zum *Men's Shed* gehe, habe ich wieder

eine Aufgabe im Leben. Ich trage etwas zur Gemeinschaft bei.«

»Jaja«, sage ich, »aber Radio-Produktionen bei *TROPPO* sind keine Aufgabe fürs Leben, Dad.«

»Kann ja sein, aber manchmal muss man eben auch Dinge tun, für die man nicht unbedingt brennt. Und wenn du Medizin oder Tiermedizin oder was auch immer studieren willst, kannst du dir das ja anschauen, während du nebenbei ein bisschen Kohle verdienst.«

»Willst du immer noch Medizin studieren, Schätzchen?«, fragt Mum besorgt.

»Nein. Ich glaube, ich bin nicht dafür gemacht, Hämorrhoiden und eingewachsene Fußnägel zu behandeln. Vielleicht mache ich nach dem Monat bei *TROPPO* ein ESL-Zertifikat und unterrichte Englisch in Vietnam.«

Rosie schlägt aufs Sofa. »Das ist eine geniale Idee, Luce!«

»Und was verdient man da?«, fragt Dad erschöpft. »Du willst doch irgendwann mal ein Haus kaufen können, oder? Willst du keine Familie?«

Die kalten Hände der Hoffnungslosigkeit und Verzweiflung umklammern meine Schultern, und ich senke den Blick.

»Brian!«, schilt ihn Mum, die wohl Angst hat, ich könnte wieder in ein Stimmungstief abrutschen. »Lucy wird noch sehr viel Freude im Leben haben, jetzt lass sie einfach mal einen Schritt nach dem anderen machen.«

»Genau, Brian, hör auf, sie fertigzumachen«, sagt Rosie.

Mum betrachtet mich eine Weile, und dann fragt sie: »Wenn ein Zauberer käme und du dir etwas wünschen könntest – wo würdest du gerne sein, was würdest du gerne machen?«

Warum muss Mum mir weiter solche Fragen stellen, wo meine Antworten ihr und Dad doch eh nur Sorgen machen? »Ich würde eine Reisesendung über Tee machen – und mein Buch beenden.«

»So eine Sendung wäre bestimmt sehr interessant«, sagt Mum loyal und verrät mit nichts, wie sehr sie gehofft hat, meine Antwort wäre: *»Ich würde total gern mein DipEd machen und Matt Kennedy heiraten, der mich schon immer toll fand und jetzt Anwalt ist, und das charmante Queenslander-Haus in der Agnes Street kaufen.«*

»Tee steht immerhin auf Platz zwei der beliebtesten Getränke der Welt«, fährt Mum fort. »Ich hab gestern Abend erst in der *Women's Weekly* über diese Frau und ihre Tochter gelesen, die im Hinterland der Gold Coast Tee anbauen. Das war sehr interessant.«

»Den Artikel würde ich auch gern lesen, Denise«, sagt Rosie.

»Lucy kann sich im Moment noch nicht mal eine *Tasse* Tee leisten«, sagt Dad. »Dieses ganze Gerede ist doch für die Katz. Kann vielleicht mal jemand Teewasser aufsetzen?«

»Ich mach schon, Dad«, sage ich und stehe vom Sofa auf. Warum lasse ich mich eigentlich immer wieder auf diese frustrierenden Diskussionen ein?! Früher haben meine Eltern nichts dagegen gehabt, dass ich einen kreativen Berufsweg einschlagen wollte. Sie haben mein Journalismusstudium unterstützt, obwohl sie nichts darüber wussten.

Und als ich bei *TROPPO FM* anfing – dem Sender, den

meine Eltern schon ihr Leben lang hörten –, waren sie begeistert. Doch dann kamen die verschiedenen Jobs im ganzen Land, und sie wunderten sich immer mehr über die Arbeitsweisen der Medienbranche.

Schockiert schüttelten sie die Köpfe, wenn ich ihnen von ausgeschriebenen Jobs erzählte, die es dann doch nicht gab, von unbeantworteten E-Mails und Schlafdefiziten wegen der täglichen Deadlines. Während der letzten zehn Jahre wurde ihr anfänglich noch unschuldiger Blick auf meinen Beruf immer zynischer.

»Ach, von dem hörst du doch nichts mehr«, antwortete Mum, als ich ihr einmal erzählte, einen ehemaligen Kollegen auf LinkedIn angeschrieben zu haben, und Dad sagte einmal weniger taktvoll: »Dein ehemaliger Chef wird sich nicht mal mehr an dich erinnern.«

Als mir gesagt wurde, ich sei talentiert und werde es noch weit bringen, meinte Mum verärgert: »Und was hast du davon? Wir wissen, dass du Talent hast. Was bringt dir das?«

Das wusste ich zu dem Zeitpunkt auch nicht mehr.

Daher machen Mum und Dad sich verständlicherweise große Sorgen, wenn ich sage, weiterhin Fernsehshows moderieren oder Bücher schreiben zu wollen. Vielleicht sind sie einfach realistischer als ich, die Träumerin.

Während ich über den Wasserkocher gebeugt dastehe und sich der Dampf auf meinem Gesicht niederschlägt, was hoffentlich gut gegen Falten ist, tauchen auf einmal Mum und Rosie neben mir auf.

»Hast du eigentlich schon deine Mails gecheckt?«, fragt Mum leichthin.

»Also heute?«, fragt Rosie.

»Was ist denn mit euch los?«, frage ich und sehe von einer zur anderen. »Wenn ihr mich wieder bei eHarmony angemeldet habt, lösche ich den Account sofort.« Ich nehme mein Handy aus der Tasche und tippe aufs E-Mail-Icon.

Wir blicken alle drei aufs Display. Mein Posteingang aktualisiert sich, ein paar Mails von Freundinnen und einige LinkedIn-Benachrichtigungen. Ich scrolle weiter runter. Was Mum und Rosie wohl wieder ausgeheckt haben?

Siehe da: »Ich hab eine E-Mail vom … *HomeHints*-Katalog?« Argwöhnisch blicke ich die beiden an.

Rosie grinst.

»›Liebe Lucy‹«, lese ich vor, »wir freuen uns, Ihnen mitzuteilen, dass Ihre Bewerbung als freie Werbetexterin für den *HomeHints-Direkt*-Katalog erfolgreich war. Anbei finden Sie eine Liste unserer neuen Produkte für den Frühjahrskatalog. Wie Sie dem beigefügten Informationsblatt entnehmen können, sind Beschreibungen von 200 Wörtern Länge ideal. Bitte stellen Sie uns pro Text $100 in Rechnung. Wir freuen uns auf die Zusammenarbeit. Mit besten Grüßen, Marjorie Beaumont, *HomeHints Direkt*.‹«

Ich lache, und Rosie und Mum klatschen sich ab.

»Wir hatten gerade die Anzeige im Katalog gesehen, als du auf einmal reingekommen bist«, erzählt Mum. »Das war, als der Automat dir kein Geld geben wollte. Wir wussten ja nicht, dass du bei *TROPPO FM* einspringen würdest.«

»Ja, aber wir wussten, dass du es als unter deiner

Würde ansehen würdest, dich zu bewerben, also hab ich mich in deinen Mail-Account gehackt«, erklärt Rosie. »Du solltest mal dein Passwort ändern, auf Glenda1234 kommt wirklich jeder. Und dein Lebenslauf war auf deinem Rechner auch nicht schwer zu finden, also hab ich die Bewerbung abgeschickt, und jetzt bist du drin.«

Rosie und Mum grinsen mich an. Ich kann nicht anders, ich muss auch grinsen. Tiffany Bloxsom hat vielleicht einen Logie Award gewonnen, aber wen interessiert's? Ich bin die neue freie Werbetexterin für *HomeHints*, und meine zwei größten Fans könnten nicht stolzer auf mich sein.

Ich werfe die Arme um die beiden, und als Dad in die Küche kommt, stehen wir immer noch in einem lachenden Knäuel aus Armen.

»Himmelherrgott!«, sagt er. »Warum dauert das mit dem Tee denn so lange?«

Als wir zurück ins Wohnzimmer gehen, dreht sich Mum aufgeregt zu mir um. »Meinst du, du bekommst Mitarbeiterrabatt?«

16

In den nächsten drei Wochen stelle ich fest, dass meine Angst, wieder bei *TROPPO FM* anzufangen, größtenteils unbegründet war. Der Trubel bei der Arbeit tut mir richtig gut. Ich hatte ganz vergessen, wie schön es sein kann, jeden Morgen zur Arbeit zu kommen, die Kolleginnen und Kollegen zu begrüßen, Small Talk in der Teeküche zu halten und sich mit den Leuten auf den Gängen anzulächeln. Das Honorar ist auch ganz nett, und ich habe an den Wochenenden und abends schon ein paar Texte für den *HomeHints*-Katalog schreiben können, sodass mein Kontostand gerade sehr viel besser aussieht.

Sogar die Arbeit macht Spaß – jeden Morgen die Zeitungen und Nachrichtenseiten zu lesen, mein treues Adressbuch nach Talenten zu durchforsten, ausgefallene Diskussionsthemen vorzuschlagen und Einführungen und Fragen für Desley zu schreiben.

Desley ist eine unglaublich tolle Moderatorin. Sie kommt ursprünglich aus Melbourne, weiß aber schon ganz gut Bescheid, wie die Queenslander so ticken, auch wenn ich sie gern damit aufziehe, wie sie einmal bei *Bits 'n' Pizzas* einen *Dirty Chai* bestellt hat und die Kellnerin sie fragte: »Sie wollen also einen richtig großen Chai?« Und während unserer Sportsendung am Freitag muss ich ihr immer jede Menge Zettelchen schreiben und sie ständig daran erinnern, dass Rugby nicht das Gleiche ist wie die Rugby League.

»Wir warten auf Ihre Lieblingsrezepte mit Schalotten. 1300 599 444. Ah, hier haben wir Joyce aus Blackwater in der Leitung … Hallo, Joyce!«

»Sind Sie das, Desley?«

»Ja, ich höre Sie gut, Joyce.«

»Oh, Desley, ich wollte nur sagen, dass ich schon seit Jahren keine Karotten mehr angebaut habe.«

»Was sagen Sie, Joyce?«

»Ich habe schon seit Jahren keine Möhren mehr angebaut.«

»Ah, verstehe«, sagt Desley. »Das ist interessant. Aber wir reden heute über *Schalotten*. Ihre Lieblingsrezepte mit Schalotten.«

»Wer?«

»Danke, Joyce. Joyce aus Blackwater hat hier ein bisschen was durcheinandergebracht, aber nichtsdestotrotz schön von Ihnen zu hören, vielleicht reden wir ja morgen über Mohrrüben. Danke für den Vorschlag, Joyce! Was hat denn Terry aus Yeppoon für uns – haben Sie ein Geheimrezept mit Schalotten, dass Sie unseren Hörerinnen verraten möchten?«

»Sind Sie das, Desley? Oh, Entschuldigung, ich habe eigentlich für Wally Ryans Gartensendung angerufen.«

»Oh, da sind Sie eine halbe Stunde zu früh dran, Terry,

aber bleiben Sie dran, Lucy wird Ihre Nummer aufschreiben, und Sie sind dann die Erste, die Wally zurückruft.«

»Lucy«, sagt Desley in der Werbepause über die Sprechanlage, »hast du die Wettervorhersage fertig? Wir haben noch zehn Sekunden.«

Verdammt! Ich konzentriere mich wieder.

Trotz der Ablenkung bei der Arbeit muss ich ständig an Oscar denken, meine Gedanken kreisen unaufhörlich darum, wie sehr ich ihn mag – und um die Tatsache, dass er immer noch eine Freundin hat. Es ist jetzt fast einen Monat her, dass ich ihn bei Ruths Autowaschanlage stehen gelassen habe. Warum also kümmert es mich noch, ob er mich vermisst? Warum beschleunigt sich mein Puls, wenn ich ein Auto in Helens Auffahrt höre? Warum kann mein Herz nicht wie mein Verstand kapieren, dass die Situation hoffnungslos ist?

»Lucy«, sagt Desley wieder, und panisch blicke ich auf den Ablaufplan, was ich verpasst haben könnte. Als ich verwirrt wieder aufsehe, zwinkert sie mir von der anderen Seite der Scheibe aus zu. »Ich glaube, du hast Besuch!«, singt sie.

Desley ist überzeugt, dass Lachy Campbell, der Online-Producer, in mich verknallt ist. Ich bin mir da nicht so sicher, auch wenn Lachy immer im Studio rumhängt, wenn wir auf Sendung gehen, und er mich bei jeder Gelegenheit nötigt, sein selbst gemachtes Essen zu probieren. Er ist ein netter Kerl, keine Frage, und die Tatsache, dass er gerade mit einem Schokoladen-Muffin auf mich zukommt, ist höchst erfreulich, aber ich habe absolut null Interesse an ihm. Was auch immer seine Hintergedanken sind, ich spiele gerne mit, und so haben Desley und ich in der Teeküche immer ein Gesprächsthema.

»Hey, Lachy, wie geht's?«, frage ich zwischen den eingehenden Anrufen zum Thema artgerechtes Beseitigen von Aga-Kröten.

»Fantastisch!«, sagt er. »Magst du dir mit Desley in der Pause einen Schoko-Muffin teilen?«

»Ach, super, danke dir! Ich bin am Verhungern!«

»Das hab ich vermutet«, sagt er und wendet sich zum Gehen. »Wir sehen uns.«

Vierzig Minuten später, während Desley eine hitzige Diskussion über die Einführung der Sommerzeit moderiert, stellt er mir ein Tablett mit Frühlingsrollen und Soße zum Dippen auf den Tisch. Wenn ich nichts weiter tun müsste, als ihn zu küssen, damit er mich weiterhin so mit Essen versorgt, könnte ich die Kröte schlucken.

»Frühlingsrollen für 'ne Runde durchs Bett rollen?«, frotzelt Desley, als sie für die fünfminütige Nachrichtenpause aus dem Studio kommt.

»Die sind echt gut«, sage ich lächelnd, während ich die Uhr im Auge behalte.

»Und, wird da was draus?«, fragt sie und hockt sich auf meine Tischkante, so wie es nur Leute aus Großstädten machen.

»Ach, ich weiß gar nicht, wie lange ich noch in Rocky sein werde. Von daher werde ich hier nicht noch was mit irgendwem anfangen.«

»Hmmm. Apropos, nächste Woche ist deine letzte Woche bei mir. Was hast du danach vor?«

»Weiß ich noch nicht«, sage ich und höre, wie die

Nachrichtensprecherin zu den Sportmeldungen übergeht. »Ich hab ein paar Optionen, aber ich warte einfach mal ab, was passiert.«

»Weißt du, Lucy«, fährt sie vollkommen gelassen fort, obwohl sie in weniger als einer halben Minute wieder auf Sendung ist, »ich glaube, du musst lernen, dass es nicht immer schlecht ist, sich auf etwas einzulassen.«

Ich umgehe eine Antwort, indem ich ihr sage, dass ich noch fünfzehn Sekunden habe, eine Expertin zu finden, die uns verrät, wie eine Frau wie einsfünfundsechzig wirken kann, obwohl sie nur einssechsundfünfzig groß ist.

Donnerstagabend gehen Rosie und ich zur Feier des Zahltags shoppen, nachdem Rosie mir gesagt hat, dass meine einzige Jeans gerade noch gut genug für die Farm ist und ich mir dringend eine neue Lee kaufen muss. Obwohl Rosie unaufhörlich redet und scherzt, merke ich, dass sie nicht ganz bei der Sache und leicht gereizt ist.

»Wie findest du die hier?«, frage ich und schiebe den Vorhang der Umkleidekabine zur Seite.

»Heiß!« Sie nickt anerkennend. »Dreh dich mal um. Ja, die gewinnt. Nimm sie, und dann gehen wir was essen.«

Wir gehen zum *Paradise Plaza* mit seinen Fressbuden und Saftbars, in denen wir schon als Teenies waren, und ich mache meinem Ärger, den ich schon den ganzen Nachmittag mit mir herumtrage, endlich Luft.

»Sag mal, Rosie, hab ich irgendwas an mir, das schreit: ›Die lässt sich auf nichts richtig ein‹?«

Sie zögert und weiß offenbar nicht, wie sie darauf antworten soll, und so erkläre ich: »Deslay meinte heute, mir mitteilen zu müssen, dass es nicht immer schlecht ist, sich auf etwas einzulassen. Und ich frage mich, warum sie das gesagt hat.«

Wir warten vor einem leeren Tisch, der gerade noch abgewischt wird. »Ich finde nicht, dass ich unzuverlässig bin«, sage ich und setze mich hin. »Ich gebe doch immer mein Bestes.«

Rosie setzt sich mir gegenüber. »Na ja, manchmal machst du schon einen leicht unnahbaren Eindruck.«

»Wie? Als würde ich mich für was Besseres halten oder was?«, frage ich erstaunt.

»Nein, als würde dich nichts wirklich erreichen – bei der Arbeit, in der Liebe, im Leben …«

»Das stimmt doch gar nicht!«, antworte ich getroffen.

»Willst du, dass ich weiterrede oder nicht?«

»Kann ich mir erst mal 'nen Donut holen, um den Schlag etwas abzumildern?«

»Ich verstehe ja, was dahintersteckt«, fährt sie fort, als ich von *Donut King* zurück bin. »Du willst, was die Arbeit angeht, keine falsche Entscheidung treffen, und deswegen triffst du gar keine. Du willst dir beziehungsmäßig nicht noch mal die Finger verbrennen, deswegen bestehst du auf den perfekten Mann, weil du unterbewusst weißt, dass du ihn nie finden wirst und deswegen kein Risiko eingehen musst, wieder verletzt zu werden.« Sie macht eine Pause. »Du ziehst Mauern hoch, um dich zu schützen, aber für alle anderen sieht es so aus, als hättest du Angst, dich auf irgendwas einzulassen.«

»Das stimmt gar nicht, dass ich den Hintern nicht hochkriege.«

»Was ist aus deiner Idee geworden, Medizin zu studieren? Hast du dir auch nur eine einzige Uni-Website angeguckt?«

»Nein«, gebe ich zu.

»Deine Idee, Englisch als Fremdsprache zu unterrichten. Hast du dir schon mal irgendwelche Anmeldeformulare für Kurse runtergeladen?«

»Nein.« Ich bin mir nicht sicher, ob ich Rosies Fragen als hilfreich oder herablassend empfinden soll.

»London. Hast du überhaupt schon mal ernsthaft darüber nachgedacht mitzukommen?«

Mit Tränen in den Augen blicke ich auf den angegessenen Donut auf dem Tisch, unfähig zu antworten.

»Ich muss noch was einkaufen, bin gleich wieder da«, sagt Rosie und steht auf.

Ich weiß gar nicht, an welcher Stelle ich anfangen soll, über Rosies Analyse nachzudenken, und so lehne ich mich zurück, verschränke die Arme und beobachte das Kommen und Gehen auf der Fressmeile, ohne irgendwas zu registrieren.

»Erde an Lucy!«, ruft jemand laut, und ich zucke zusammen.

»Lachy«, sage ich, als er grinsend mit seinen Einkäufen vor mir stehen bleibt. »Du hast mich vielleicht erschreckt!«

»Das hab ich gemerkt.« Er lacht. »Du warst ja tausend Kilometer weit weg.«

»So ungefähr«, antworte ich und richte mich auf. »Wie geht's? Du warst erfolgreich einkaufen, wie's aussieht.«

»Ja«, sagt er. »Sag mal, hat Tom heute Nachmittag mit dir gesprochen?«

»Nein, wieso?« Ich befürchte ja, Tom könnte meinen Vertrag verlängern wollen.

»Connor Silver kommt!«, sagt Lachy begeistert.

»Connor Silver?! ›Velvet Kisses'‹-Connor-Silver mit dem Vokuhila? Der Typ aus den Achtzigern? Warum?«

»Na ja, er kommt nicht nach Rocky, er spielt mit seiner Band in Capella.«

»In Capella? Das ist ja merkwürdig. Wann genau?«, frage ich.

»Diesen Samstag! Das Konzert ist gerade erst angekündigt worden, und es ist wohl trotzdem schon ausverkauft, aber wir können Pressetickets bekommen.«

»Und Tom will, dass ich dahin gehe?«

»Na ja, ich werde ihn interviewen, aber Tom will eine große Online-Story draus machen, deswegen sollen wir beide hin.«

»Und was ist mit Desley?«, frage ich. »Ist sie nicht totaler Connor-Fan?«

Er nickt. »Tom hat Desley schon gefragt, aber sie ist das Wochenende auf 'ner Hochzeit in Melbourne.«

»Ach, stimmt. Na ja, könnte ganz lustig werden«, sage ich zögerlich.

»Ja, ich glaube, das wird echt klasse! Tom wird dich morgen bestimmt drauf ansprechen.«

»Cool«, sage ich und bin froh, als ich Rosie auf uns zukommen sehe.

»Okay, ich bring die Sachen besser mal in den Kühlschrank«, sagt er. »Bis dann, Luce.«

»Bis dann«, antworte ich mit einem Blick auf die Berge an Nahrungsmitteln, die es offenbar braucht, um Desley und mich zu verköstigen.

»Es gibt keinen verdammten Schinken mehr in dieser Stadt!«, ruft Rosie, als sie bei mir ankommt. »Anscheinend kocht jeder Idiot in Rockhampton heute Erbensuppe mit Speck! So viel dazu, in der Rinderhauptstadt Australiens zu wohnen!«

Ich sollte es einfach gut sein lassen, aber ich kann nicht anders. »Schinken ist vom Schwein«, sage ich und stehe auf. »Genau wie Speck. Speck ist auch vom Schwein. Rindfleisch ist von der Kuh.«

»Leck mich doch, Lucy.«

Ich wünschte, ich wäre tougher, aber ich bin's nicht. Als wir bei *Best & Less* vorbeigehen, fange ich an zu schniefen.

»Oje«, sagt Rosie und legt mir den Arm um die Schultern. »Du weißt doch, ich hab's nicht so gemeint.«

Ich lehne den Kopf an ihren. »Vielleicht kannst du Hühnchen kaufen«, sage ich und versuche ein Lächeln. »Und Hühnersuppe machen.«

»Tut mir leid«, sagt sie und streicht mir über den Rücken. »Tut mir wirklich leid.«

Wir setzen uns auf eine Bank und beobachten schweigend die Parade der vorbeitrabenden Menschen.

Rosie seufzt schwer. »Ich bin heute Morgen Trent über den Weg gelaufen. Unsere Trennung ist gerade mal zwei Monate her, und er ist tatsächlich schon verlobt mit dieser Frau. Ich hätte nicht gedacht, dass mir das so nah gehen würde. Tut mir leid, dass ich es an dir ausgelassen hab.«

Mit Tränen in den Augen sieht sie mich an. »Ich hab die ganze Zeit gewartet, den Flug nach London zu buchen, weil ich dachte, ich könnte dich vielleicht noch überreden. Aber da wird wohl nichts mehr draus.« Sie schnieft. »In fünf Wochen fliege ich«, sagt sie bestimmt. »Ich kann es gar nicht abwarten, von hier abzuhauen, Luce.«

»Ich weiß«, antworte ich. »Ich weiß.«

Als ich am nächsten Morgen aufwache, fühle ich mich körperlich und emotional total erschöpft. Auf Mums Drängen hin hatte ich die Flanellbettwäsche aufgezogen, was ein Fehler war. Bis in den frühen Morgen habe ich mich unruhig hin- und hergeworfen, mir war viel zu heiß. Ich bin sogar aus einem Albtraum aufgeschreckt, in dem mich jemand am Nacken gepackt und unter Wasser gedrückt hat. Ich sollte vielleicht wieder auf atmungsaktive Baumwollbettwäsche wechseln und spätabends nicht mehr so lange *House of Cards* gucken.

Es wäre wohl auch besser, ich würde meinen Kaffeekonsum reduzieren. Seit ich bei *TROPPO FM* arbeite und abends noch für den *HomeHints*-Katalog texte, hat mich die Bürodroge wieder voll im Griff, und ich trinke drei Becher am Tag. Wenn ich mir gerade so einen Wachmacher verabreicht habe, fühle ich mich zu allem fähig, ich könnte Berge versetzen und die Ideen für Diskussionsthemen sprudeln nur so aus mir heraus. Ein paar Stunden später blicke ich mich wie durch trübe Brillengläser im Büro um und frage mich, ob nicht eigentlich doch alles ganz schön öde ist. So kann ich nicht weitermachen. Ich ersetze meinen Nachmittagskaffee durch eine Paracetamol und mache mir für den Feierabend einen Termin bei einer Psychologin.

Nachdem die Sendung ausgestrahlt wurde und Desley Sushi essen gegangen ist, sitze ich an meinem Tisch, recke die Arme über den Kopf und gähne. Als ich die Augen wieder öffne, steht auf einmal Tom vor mir. Tom ist ein typischer Rumsteher. Er steht in der Gegend rum, bis man ihm Hallo sagt, dann steht er weiter rum, bis man Tschüss sagt, und zwischendurch steht er auch noch ganz schön viel rum.

»Hi, Tom«, sage ich und lächle argwöhnisch.

»Hi, Lucy. Wie geht's?«

»Ja, danke. Die Sendung heute war gut. Wir hatten tolle Diskussionen über Fluorid im Leitungswasser und die Abschaffung der Monarchie. Ich glaube, morgen haben wir Rezepte mit Zitronen und ›die beliebtesten nutzlosen Küchengeräte‹ als Themen.«

»Wunderbar, großartig! Hast du mit Lachy gesprochen?«

»O ja, ich hab ihn gestern Abend zufällig getroffen. Er hat mir von Connor Silver erzählt.«

»Jaja, hmmm, ja, ha!«, stottert er und steht in der Gegend rum. »Äh, also, hättest du Lust hinzugehen?«

Da ich wusste, dass die Frage kommt, habe ich natürlich schon drüber nachgedacht. Abgesehen davon, dass Connor Silver in den Achtzigern ein Megarockstar war und irgendwann mal Hamilton Island besessen hat, weiß ich nicht viel über ihn. Es könnte ganz spannend sein, ihn mal persönlich zu treffen. Andererseits würde es bedeuten, hin und zurück je dreieinhalb Stunden mit Lachy in einem Auto gefangen zu sein – Grund genug, dass ich mich dagegen entschieden habe.

»Na ja, ehrlich gesagt nicht unbedingt«, antworte ich. »Ich hab das Wochenende schon ziemlich viel vor, und …«

»Ah, okay, jaja, klar. Es ist nur so, dass wir sonst niemanden haben, um Lachy zu begleiten, und wir haben Anweisung aus Sydney, uns richtig dahinterzuklemmen.«

»Okay. Gibt's auch 'ne Fernsehberichterstattung?«

»Nein, es sind keine Kamerateams erlaubt. Connor will nicht, dass drinnen gefilmt wird. Fotos sind okay und das Interview mit Lachy auch, aber keine Kameras.«

»Ich soll also fotografieren?«

»Du hast ein paar echt schöne Bilder für die Website gemacht, deswegen dachte ich, du bist am besten dafür geeignet – nach Desley natürlich, die ja großer Connor-Fan ist, aber sie ist auf 'ner Hochzeit in Melbourne. Wenn du aber absolut nicht kannst …«

Ich muss an Rosies und Desleys Vorwürfe denken, ich würde mich auf nichts richtig einlassen. »Okay, ich mach's«, sag ich. Scheiß drauf.

»Super! Das ist super! Wunderbar! Wir haben euch in Capella überm Pub einquartiert. Ihr könnt den Wagen vom Sender nehmen. Ihr werdet eine tolle Reise haben!«

»Klar, wird bestimmt cool. Okay, danke, Tom. Bis dann.«

»Bis dann«, sagt er, steht aber noch bestimmt dreißig Sekunden in der Gegend rum, bevor er sich wortlos umdreht und geht.

Die Psychologin, Beth Carmody, ist eine gute Zuhörerin und gewinnt ein paar aufschlussreiche Einsichten, was mehr ist, als ich mir von einer fünfundvierzigminütigen Sitzung erhofft habe. Auf dem Tisch zwischen uns steht eine Box Taschentücher, und an der Wand hinter mir hängt eine Uhr, auf die ich einen verstohlenen Blick werfe, während ich mir die Nase putze.

Ich erzähle ihr von Oscar und dass ich mir vorkomme wie eine Versagerin, weil ich wieder bei meinen Eltern wohne und bei meinem allerersten Arbeitgeber arbeite. Ich gebe zu, mich ständig selbst zu sabotieren, indem ich Gedanken darüber zulasse, dass der Zug abgefahren ist, was meine Karriere angeht, und dass ich Angst davor habe, dass mein Roman abgelehnt wird. Ich erzähle ihr von meinen Sorgen, nicht genug Geld zu haben, um irgendwas zu verändern, und dass meine Eltern finden, ich hätte unrealistische Erwartungen an meinen Job und mein Roman wäre reine Zeitverschwendung, auch wenn sie es nicht sagen.

An der Stelle breche ich in Tränen aus, und sie reicht mir die Box Taschentücher und wartet, bis ich mich wieder im Griff habe. Dann erklärt sie, dass ich, hätte ich ein echtes, brennendes Verlangen, etwas in meinem Leben zu ändern, dafür über glühende Kohlen gehen würde. Sie meint, ich solle mal drüber nachdenken, ob ich das Gefühl, nicht voranzukommen, vielleicht sogar genieße – ob es vielleicht so etwas wie eine zweite Haut für mich geworden ist, eine Angewohnheit, die ich nicht mehr abschütteln kann, eine falsche Denkweise, aus der ich nicht mehr herauskomme, weil in Pessimismus und Apathie zu versinken leichter ist.

Dann fragt sie noch behutsam, ob ich vielleicht einfach zu bequem bin.

Und auch wenn ich nichts darauf sage, befürchte ich, dass die Antwort wohl Ja ist.

17

Nach meinem Termin bei Beth schlafe ich so gut wie schon seit Ewigkeiten nicht mehr, sodass ich mich erholt und munter fühle, als Lachy und ich am nächsten Nachmittag nach Westen Richtung Capella fahren.

Ich blicke aus dem Fenster auf die sonnenverbrannte Landschaft und die gespenstischen Eukalyptusbäume, deren knorrige Zweige gegen den strahlend blauen Himmel aussehen wie Hexenfinger. Die raue, wilde Landschaft hat eine gewisse Friedlichkeit an sich, und während wir weiter ins Landesinnere vordringen, taucht die allmählich sinkende Sonne alles in fleckige Halbschatten. Ich merke, wie ich entspanne.

»Ist es okay, wenn ich 'ne Playlist anmache?«, fragt Lachy und schaltet das Radio aus.

»Klar.« Ich lächle ihn an und stelle mich schon auf sowas wie Nickelback ein. Doch dann werde ich angenehm von »The Old Crow Medicine Show« und ein paar schönen Liedern von Gillian Welch und Dave Rawlings überrascht. Meine Stimmung hellt sich immer mehr auf, und ich nehme mir vor, mein Repertoire von dem, was Dad als »elende Depri-Mucke« bezeichnet, durch ein paar Alternative-Country-Sachen zu erweitern.

»Du bist ein echt guter DJ, Lachy«, sage ich, als wir am

»Willkommen in Capella«-Schild vorbeifahren. »Du musst mir unbedingt die Alben aufschreiben.«

»Gern.« Er grinst. »Ab und zu hört man tatsächlich mal ein gutes Lied im Privatradio. Ich hab viel über dieses Interview heute Abend nachgedacht. Ich meine, Connor Silver ist eine Legende. Irgendwann hat doch jeder mal ›Velvet Kisses‹ gehört. Es gibt so viel, worüber ich mit ihm reden könnte.«

»Ja, du musst es wohl etwas beschränken.«

»Bist du aufgeregt?«

»Was?«

»Freust du dich auf ihn?«

»Äh, ja«, sage ich. »Überhaupt mal wieder rauszukommen ist toll. Ich bin gern unterwegs.«

»Ich weiß genau, was du meinst«, antwortet er. »Ich vermisse die Zeiten, als ich noch skateboarden war.«

Und genau, weil er sowas sagt, will ich nichts von Lachy.

»Oh!«, rufe ich, als wir aus dem Auto steigen. »Scheiße, ist das kalt!« Wir laufen ins Hotel mit den alten Schindelbrettern und gehen an die Bar. Nach einiger Zeit kommt endlich eine Frau, gibt mir einen Schlüssel und sagt, dass Mr. Campbells und mein Zimmer oben ist. Ich runzle die Stirn, denke zu dem Zeitpunkt aber noch, sie hätte einen Fehler gemacht, und dass Lachy und ich beide ein eigenes Zimmer haben. Doch auf Nachfrage schüttelt sie den Kopf und sagt, die Frau von *TROPPO FM* hätte gemeint, ein Zimmer mit zwei Einzelbetten wäre okay.

»O Mann, ich bin echt davon ausgegangen, die hätten Einzelzimmer für uns gebucht«, sage ich zu Lachy, als wir vor den zwei Betten stehen, zwischen denen noch nicht mal ein Meter Platz ist.

»Ich auch, aber das ist eben *TROPPO*«, sagt er und sieht für meinen Geschmack viel zu gut gelaunt aus.

»Auch wieder wahr«, räume ich ein. »Na ja, egal. Wir sollten wohl langsam mal los zum Konzert.« Ich werfe meine Tasche auf eins der Betten.

»Warte«, sagt er und öffnet seinen Rucksack. »Ich muss mich noch umziehen.«

Ich blicke auf den Boden, während er sein T-Shirt auszieht, und sehe erst wieder auf, als er singt: »Ta-da!« Er trägt ein hautenges schwarzes T-Shirt mit einem ausgeblichenen und gesprungenen Aufnäher von Connor aus seinen Bad-Attitude-Bandzeiten.

»Wo hast du das denn her?«, frage ich.

»Das ist Desleys. Sie wollte unbedingt, dass ich's trage.«

»Das ist echt schlimm, Lachy«, sage ich kopfschüttelnd, während ich die Tür hinter uns zuziehe.

Connor Silver und seine Band Sterling Silver bringen im Capella Cultural Centre die Wände zum Wackeln. Alle sind richtig gut drauf, vor allem ein Mann, der sich mit Rum und Cola übergießt. Das Publikum rastet total aus, und warum auch nicht? Es passiert schließlich nicht alle Tage, dass ein früherer Chart-Stürmer mit spektakulärem blondem Vokuhila in den Central Highlands spielt.

Nach dem Konzert setzt Connor sich auf die Bühne und gibt für eine Schlange von mehreren Hundert Leuten

Autogramme. Ich gehe mit meiner Kamera an ihr entlang und mache Fotos von kleinen Mädchen mit Zöpfen, Männern mittleren Alters in Harley-Davidson-Kluft und vorlauten Teenies in Wranglers. Zu meiner großen Freude entdecke ich auch ein paar Saphirhändler von den nahen Edelsteinfeldern, die wohl dachten, sie versuchen ihr Glück mal mit Connor.

Eine halbe Stunde später finde ich Lachy, der ganz hinten im Saal an die Wand gelehnt steht und etwas blass um die Nase ist.

»Kannst du Connor sagen, wenn er fertig ist mit Autogrammen, mache ich das Interview?«

»Klar, kein Problem.«

Ich gehe auf die Bühne und hocke mich neben Connor.

»Hi, Connor«, sage ich lächelnd.

»Hi, na?«, sagt er zwischen zwei Autogrammen.

»Ich wollte nur Bescheid geben, dass Lachlan von *TROPPO FM* nach den Autogrammen das Interview machen wird. Er steht hinten im Saal.«

»Kein Problem. Für wen ist das?«, fragt er und hält mir einen weißen BH hin.

»Für wen ist der?«, frage ich in die Menge.

»Für Kathy mit K!«, ruft eine Frau in rot-schwarz kariertem Flanellhemd.

»Okay, Kathy mit K«, sagt er, unterschreibt auf einem der Cups und wirft den BH seiner Besitzerin in die ausgestreckten Hände.

»Und das hier?«

Ich sehe den stämmigen Biker an, der das Geschirrtuch rübergereicht hat.

»Roger«, antwortet er.

Und so geht es die nächsten vierzig Minuten weiter – die Leute reichen mir Sachen, die Connor signiert, und ich gebe sie ihnen wieder zurück. Wir machen blöde Witze, und ich bin überrascht, wie locker Connor drauf ist. Als ich zwischendurch aufstehe, um mich zu strecken, signiert er meine Jeans.

»Connor!«, rufe ich entsetzt. »Die war nagelneu!«

Er lacht und gibt weiter Autogramme.

Als die letzten Autogrammjäger weg sind, sage ich Connor, dass ich Lachy für das Interview holen gehe. Ich finde ihn wieder hinten im Saal, aber gerade als ich bei ihm ankomme, klingelt sein Handy. Er sieht so aus, als wollte er rangehen.

»Zeit fürs Interview, Lachy«, sage ich mit Nachdruck; Connor will sicherlich nicht noch Ewigkeiten hierbleiben.

»Tut mir leid, Lucy«, sagt Lachy. »Ich kann nicht.«

»Was soll das heißen?«

»Ich muss da rangehen«, sagt er und drückt mir das Aufnahmegerät in die Hand. »Mach du das Interview.«

»Das kann ich nicht!«, rufe ich. »Ich weiß nichts über Connor Silver! Ich war gerade mal zwei, als ›Velvet Kisses‹ in den Charts war!«

Er wirft mir noch einen entschuldigenden Blick zu, dann nimmt er das Gespräch an und geht aus dem Saal.

Auf meinem Weg zurück zu Connor fühle ich mich, als würde ich zu meiner eigenen Hinrichtung gehen. Ich weiß wirklich absolut nichts – rein gar nichts! – über diesen Mann.

Connor lächelt und tippt mir mit dem Autogrammstift

auf den Kopf. »Dann machen wir mal das Interview, was?«, sagt er und springt von der Bühne. »Wo ist dein Kollege?«

O Gott. Scheiße!, denke ich, während wir um die Ecke in einen kleinen Raum gehen. An der Wand stehen zwei Stühle und ein Kühlschrank mit Victoria Bitter. »Äh, er hatte einen Notfall in der Familie«, sage ich und verfluche Lachy insgeheim. »Ich werde das Interview für ihn machen.«

»Cool. Willst du 'n Bier?« Connor öffnet den Kühlschrank und reicht mir eine Dose.

Was kann ich ihn denn bloß fragen? Keine Ahnung, was aus meinem Mund kommen soll. Wir setzen uns, und ich schalte das Aufnahmegerät ein und überprüfe die Einstellungen, während ich versuche, mir etwas – irgendwas – zu diesem Mann einfallen zu lassen.

»Ich interviewe jetzt Connor Silver. Willkommen, Connor, danke, dass du dir Zeit nimmst.«

»Danke fürs Interview«, antwortet er und nimmt einen Schluck Bier.

»Du wirkst, als hättest du eine Menge Spaß bei deinen Konzerten. Hast du schon immer für andere gespielt?«

»Ja, ich hab schon ziemlich früh Konzerte gegeben, seit ich fünfzehn war. Die Bühne ist so eine Art Theater für mich …«

Ich bin so nervös, dass seine Worte gar nicht richtig zu mir durchdringen.

»Du scheinst dich auf der Bühne sehr wohlzufühlen. Hast du von Anfang an Konzerte gegeben, auch in jungen Jahren schon?«, frage ich.

Connor sieht mich merkwürdig an, dann fängt er an zu lachen. »Ja, wenn du dir meine Antwort von eben noch mal anhörst, wirst du feststellen, dass ich schon als Jugendlicher auf der Bühne stand.«

»Oh«, antworte ich peinlich berührt. »Tut mir leid. Hamilton Island ist wunderschön, oder?«

So unterhalten wir uns vierzig Minuten lang, und ich mache einen Fehler nach dem anderen. Ich nenne seine Band Stainless Steel statt Sterling Silver, und als ich ihn bitte, das Wort »Zeitgeist« zu erklären, grinst er mich entsetzt an.

Trotzdem ist er supernett, und ich glaube, meine völlige Planlosigkeit war vielleicht sogar mal eine angenehme Abwechslung für ihn.

Nach dem Interview umarmen wir einander, und Connor sagt lachend: »Wenn du mutig bist, dann sendet ihr das Interview so, wie es ist.«

Ich entschuldige mich noch mal und sage, dass ich mir jetzt, wo ich ihn kennengelernt habe, »Velvet Kisses« als Platte kaufen werde.

»Du hast echt was drauf«, sagt er, als wir wieder in den Saal gehen.

Ich grinse. Connor Silver findet, ich hab was drauf. Vielleicht wird ja doch noch alles gut!

Ich kann es gar nicht erwarten, Lachy davon zu berichten. Schließlich finde ich ihn im Pub an der Bar. Er entschuldigt sich dafür, mich so unvorbereitet da reingeworfen zu haben, aber ich erzähle ihm, dass es ganz okay gelaufen ist und Connor sogar gesagt hat, ich hätte echt was drauf. Lachy sagt, er freut sich für mich, aber ich merke auch, dass er es schade findet, selbst die Gelegenheit verpasst zu haben, mit Connor zu reden.

»Ich hab was für dich«, sage ich und schiebe ihm einen signierten Bierdeckel zu.

»Oh, danke, Luce!«, sagt er und liest, was Connor geschrieben hat: »›Lachy, das Nächste geht auf dich! Cheers, Connor.‹ Super, Lucy! Das kommt sofort ins Billardzimmer!«

»Wusste ich doch, dass du dich freust«, sage ich lächelnd.

Er nimmt einen Schluck Bier. »Hast du auch was für Desley?«

»Ja. Ich hab ein leicht schlechtes Gewissen, aber ich hab in letzter Sekunde nichts anderes gefunden als diesen *Woolies*-Kassenbon, den ich noch in der Hosentasche hatte, also hat er darauf unterschrieben.«

Wir lachen. Ich fühle mich großartig und kann es immer noch nicht glauben, dass ich so mutig war, das Interview zu führen. Es war eindeutig nicht das weltbeste, aber es war meins, und Connor wird es bestimmt so schnell nicht vergessen.

Ich bestelle uns beiden noch ein Bier.

»Luce?«, sagt Lachy auf einmal ganz ernst und dreht sich mir zu.

Oh, oh. Stimmt ja. Ich hatte Lachys Verknalltheit schon wieder ganz vergessen. Scheiß drauf, denke ich, vielleicht sollte ich ihn einfach küssen. Vielleicht kann ich dann endlich Oscar vergessen.

»Ja?«, sage ich.

»Meinst du, Desley mag mich?«

»Desley?«, frage ich total baff.

»Ja«, antwortet er verlegen. »Sie war das vorhin am Telefon, als ich eigentlich das Interview hätte machen sollen.«

»Na ja …«, sage ich langsam.

»Was?«, fragt er und wird leicht rot.

Ich lache. »Lachy, Desley ist davon überzeugt, dass du auf *mich* scharf bist!«

»Ha! Das war ich – ungefähr drei Tage lang. Aber dann hab ich gemerkt, dass du grad total durch den Wind bist. Du weißt doch selbst nicht, was du willst. Da lass ich lieber die Finger von!«, lacht er.

»Das ganze Essen war also eigentlich für Desley?«, frage ich wie Inspector Barnaby, der am Ende der Folge die Beweisstücke zusammenpuzzelt.

»Na ja, für dich *und* Desley. Du isst übrigens ganz schön viel!«

»Ja, ich war schon immer eine gute Esserin«, sage ich leicht gekränkt. »Desley, also? Aber sie kommt doch aus Melbourne.«

»Das ist das einzige Problem. Aber sie kann einparken, und bei der Rugby League ist sie für Queensland.« Er grinst in sein Bier. »Und sie ist ziemlich süß.«

»Ich dachte, sie hat was mit diesem Craig vom *Beef Australia Committee*?«

»Das ist schon seit Monaten vorbei. Den hab ich neulich um drei Uhr morgens bei *Subway* gesehen, wo er mit 'ner anderen rumgeknutscht hat. Ich glaub, sie hat diese Autowaschanlage an der Ecke …«

»Fitzroy und Albert Street. Das war dann wohl Ruth.«

Ich trinke noch einen Schluck Bier und denke nach.

»Und, ruft Desley dich öfter an?«, frage ich, um das Ganze besser zu verstehen.

»Nein. Deswegen war es mir ja so wichtig ranzugehen. Sie hatte wohl schon ein bisschen was getrunken bei der Hochzeit, und sie wollte hören, wie das Konzert war.«

»Ah«, sage ich lächelnd. »Die Ich-bin-betrunken-Nummer. Das ist ein gutes Zeichen. Und, was hast du jetzt vor? Mit Muffins und Frühlingsrollen allein wirst du Desley wohl nicht für dich gewinnen.«

»Nicht?«

»Nein. Sie ist aus Melbourne, Lachy! Du musst mehr in Richtung Makronen und Macchiatos denken. Lad sie auf 'nen Kaffee ein.«

»Okay«, sagt er. »Also zu *Bits 'n' Pizzas*?«

»Nein, etwas mit mehr Stil, wie *Cup of Jo*, der neue Laden von Jo Fleming auf der Bolsover Street. Das ist was für Desley.«

»Danke, Luce«, sagt er, und wir stoßen mit unseren Biergläsern an.

Als wir später ins Bett gehen, kann ich nicht einschlafen und werfe mich unruhig hin und her.

»Was ist eigentlich mit dir, Lucy?«, fragt Lachy auf einmal in die Stille. »Bei einer gut aussehenden Frau wie dir müssen die Typen doch Schlange stehen.«

»Ach was, nein, nicht wirklich.«

»›Nicht wirklich‹ ist nicht wirklich eine Antwort.«

Ich lache. »Ach, das ist eine lange Geschichte.«

»Erzähl sie mir«, sagt er. »Ich hab die nächsten Stunden nichts vor.«

Und da ich nichts zu verlieren habe, erzähle ich Lachy die ganze Geschichte mit Oscar, angefangen bei seinem Klopfen an unserer Haustür bis zum Vorfall auf dem Mount Archer vor ein paar Wochen und wie ich ihn bei Ruths Waschanlage habe stehen lassen.

Ich erzähle ihm, wie durcheinander ich bin – und Oscar anscheinend auch –, dass ich das Ganze aber langsam akzeptiere. Als ich fertig bin, ihm mein Herz auszuschütten, ist es ganz still im Zimmer.

»Lachy, schläfst du?«

»Nein, nein, ich hab zugehört«, sagt er. »Kennst du den Wetterkartentest?«

»Nein.«

»Okay«, sagt er. »Guckst du die Wettervorhersage auf *ABC News* mit Jenny Woodward?«

»Ja?«

»Okay, am Anfang kommt doch immer die Karte von ganz Australien mit allen Großstädten.«

»Hm.«

»Als Erstes guckst du natürlich nach Rocky, aber wo guckst du als Nächstes hin?«

»Sydney«, antworte ich sofort.

»Siehst du«, sagt er triumphierend. »Wenn du über Oscar hinweg wärst, würdest du nicht nach dem Wetter in Sydney gucken.«

Ich seufze. »Du bist ein Kerl. Wie siehst du das Ganze?«

»Wenn du die Wahrheit hören willst: Ich finde, er ist

jetzt am Zug. Er will anscheinend was von dir, aber du lebst in Rocky, und er lebt in Sydney, genau wie diese Frau, mit der er zusammen ist. Für ihn ist es viel zu bequem, um irgendwas zu ändern, besonders wenn er damit eine Frau verletzen würde, die er sehr mag.«

»Ja, ich weiß. Du hast ja recht.«

»Und wenn er dich fragen würde, ob du zu ihm nach Sydney ziehen würdest? Was würdest du sagen?«

»Ich weiß es nicht«, gebe ich zu. »Das ist zu hypothetisch. Und es gibt zu viele Variablen. Außerdem wird er das nicht fragen. Wir haben seit einem Monat keinen Kontakt mehr. Ich versuch, so zu tun, als wäre er gestorben.«

Lachy gähnt. »Klingt dramatisch. Ich will damit ja nur sagen, dass Typen manchmal ganz schön lange brauchen, um zu erkennen, was sie in einer Beziehung wollen.«

»Kann sein«, sage ich, aber ich fühle mich durch seine Worte nicht besonders aufgebaut. »Danke, Lachy. Du bist ein guter Zuhörer.«

»Ich kann es immer noch nicht glauben, dass Connor Silver auf deiner Jeans unterschrieben hat«, sagt er.

»Unfassbar, oder? Er hat sie total ruiniert, meine nagelneue Lee!«, schimpfe ich, und zugleich staune ich darüber, wie unvorhersehbar das Leben doch ist. Gerade als ich dachte, ich hätte alles total ruiniert, erzählt mir dieser Superstar aus den Achtzigern bei einem Victoria Bitter, dass ich echt was draufhabe.

Auf halber Strecke zwischen Capella und Rocky spiele ich Lachy mein Interview mit Connor vor, und vor lauter Lachen über meine peinlichen Fehler kann Lachy kaum die Spur halten.

»Das kannst du nicht senden!«, keucht er.

»Ich weiß!«, rufe ich. »Das kann ich auf gar keinen Fall senden!«

Doch während ich auf die vorbeiziehenden Getreidefelder und Rinderweiden blicke, überlege ich, ob ich das Interview nicht doch noch irgendwie retten kann. Als wir beim *TROPPO*-Studio ankommen, nimmt eine Idee langsam Gestalt an … Ich könnte aus dem katastrophalen Reinfall ein Lehrstück machen, wie man Connor Silver besser *nicht* interviewt.

Ich schreibe ein Script für Lachy, bei dem er vorgibt, mein Interview mit Connor gerade gehört zu haben und es dann Schritt für Schritt mit mir durchgeht und mir sagt, was ich hätte anders machen können.

Lachy liest es absolut super ein und trifft dabei genau den richtigen Ton. Wir nehmen es zusammen mit meinen Reaktionen auf seine Vorschläge auf, und dann schneide ich das Ganze mit den Ausschnitten vom Interview, auf die Lachy sich bezieht, zusammen. Zum Schluss hören wir uns alles über die Studiolautsprecher an und lachen uns schlapp. Ich klinge wie eine totale Idiotin, aber ich könnte nicht zufriedener sein. Ich habe die Leute schon immer gern zum Lachen gebracht, und wenn es auf meine Kosten ist, dann umso besser.

Das Stück wird am nächsten Tag zu großer allgemeiner Belustigung bei sämtlichen *TROPPO FM* angeschlossenen

Sendern im ganzen Land gesendet. Kurz darauf erhalte ich die ersten Glückwunschanrufe und E-Mails von ehemaligen Kolleginnen und Kollegen bei *WIN TV* und *The Headline Act*. Tiffany Bloxsom schreibt mir sogar einen schmeichelhaften Kommentar auf Facebook. So muss es sich anfühlen, auf einmal berühmt zu sein, und tatsächlich komme ich mir gleich viel größer vor.

Doch dann bekommt Lachy einen Anruf von Connors PR-Managerin, die wissen will, für wen sich diese Lucy Crighton eigentlich hält und warum sie Connor so in den Rücken fällt, wo er doch so nett zu ihr war. Lachy antwortet ihr, ich hätte keine Ahnung gehabt, dass die Moderatoren das Stück so interpretieren könnten, als ob Connor mich kritisiert hätte, sondern wäre selbstverständlich davon ausgegangen, dass die Zuhörer mit mir über meine Unfähigkeit lachen würden.

Nachdem Lachy mir von dem Telefonat berichtet hat, bin ich am Boden zerstört. Ich kann nicht fassen, dass mein Stück so missverstanden werden konnte. Vor allem tut es mir für Connor leid. Offenbar hat seine PR-Managerin, als sie das Interview auf *TROPPO FM* in Brisbane gehört hat, sofort Connor angerufen, der ihr erzählte, sich in Capella sehr nett mit mir unterhalten zu haben und dass ich ein tolles Mädel sei. »Dann hör dir mal an, was sie aus dem Interview gemacht hat!«, hat sie wahrscheinlich geantwortet.

Im Büro sind sich alle einig, dass Lachy den Anruf äußerst gut gehandhabt hat, und ich bin ihm dankbar, dass er so klar und selbstbewusst für mich Position eingenommen hat. Trotzdem fühle ich mich richtig mies, weil Connor jetzt vielleicht denkt, ich hätte ihn reingelegt.

Als ich am Nachmittag nach Hause komme, hole ich die Visitenkarte von dem Typen hervor, der bei Connors Konzert den Merchandise-Stand betreut hat, setze mich an den Laptop und fange an, eine E-Mail zu schreiben. Zwanzig Minuten später tippe ich immer noch. Ich schütte Connor mein Herz aus, erzähle ihm, dass ich nie vorhatte, ihm zu schaden, und weine auf die Tastatur.

»Wem schreibst du da?«, fragt Mum, als sie in mein Zimmer kommt und mein tränenüberströmtes Gesicht sieht.

»Connor Silver«, antworte ich schluchzend und tippe weiter.

Mum sieht mich an, als hätte ich gesagt, ich würde George Jetson aus der Zeichentrickserie *The Jetsons* schreiben.

Obwohl ich tief in meinem Herzen weiß, dass die Chance verschwindend gering ist, dass Connor meine aufrichtige Entschuldigung liest und wir uns irgendwann mal wieder über den Weg laufen werden, klicke ich auf »Senden«.

18

Als meine Zeit bei *TROPPO FM* vorbei ist, befolge ich Beths Rat und nehme mir vor, von nun an ganz diszipliniert jeden Vormittag an *Diamanten im Staub* zu schreiben und abends für den *HomeHints*-Katalog zu arbeiten.

Nach der ersten Woche bin ich sehr zufrieden mit meinen Fortschritten. Ich bin jeden Tag früh aufgestanden, habe einen Spaziergang mit Glenda gemacht und bis um eins geschrieben, dann habe ich Mittagessen gekocht, bin schwimmen gegangen und habe weitergeschrieben. Nach dem Abendessen habe ich mir eine Folge *Marcella* gegönnt, bevor ich mich in den *HomeHints*-Katalog vertieft habe.

Gerade allerdings flitze ich durch die Gänge vom *Woolies*, eine Hand am Wagen, in der anderen Mums Einkaufsliste. Es ist mir immer ein bisschen peinlich, wie glücklich ich hier bin. Sobald ich den Laden betrete, hellt sich meine Stimmung auf. Ich weiß nicht, ob es an der Musik liegt oder an der Beleuchtung oder ob ich mich daran erinnert fühle, wie es war, als Kind völlig sorgenfrei durch den Supermarkt zu rennen, Müsli und Waschmittel zu holen und nach dem Geklimper von Mums Schlüsselbund an ihrer Handtasche zu lauschen, bis ich sie wiedergefunden hatte. Was auch immer der Grund für meine Zufriedenheit hier ist, ich schäme mich dafür, und ich wünschte, ich könnte sie abschütteln.

Ich bin gerade bei den Milchprodukten und versuche, Mums Schrift zu entziffern, da höre ich auf einmal eine Stimme, die mein Herz schneller schlagen lässt. Absolut lächerlich. Ich drehe mich um, und Helen kommt mit strahlendem Lächeln auf mich zu.

»Wir haben uns ja schon ewig nicht mehr gesehen!«, sage ich, als wir uns umarmen. Ehrlich gesagt habe ich Helen gemieden wie die Pest, um nicht an Oscar denken zu müssen. Ich habe meine Gänge zum Briefkasten exakt getimt und das Haus nur verlassen, wenn ich mir sicher war, dass sie drinnen war.

»Ja, das letzte Mal ist ganz schön lange her«, sagt sie. »Glückwunsch noch zu deinem Interview mit Connor Silver! Oscar und ich haben es zusammen in Sydney gehört.«

»Ach, echt?«, frage ich. Also hat er es gehört!

»Ja, Oscar hat es bestimmt ein halbes Dutzend Mal gespielt und sich jedes Mal kaum eingekriegt vor Lachen. Wir fanden es wirklich beide sehr lustig.«

»Ha, danke.« Ich muss grinsen, und bei ihren netten Worten wird ein Teil von mir ganz schwach. Sie weiß nicht, wie viel ich auf ihre Worte gebe und wie sehr ich mir aus irgendeinem Grund wünsche, ich könnte es ihr sagen.

Bis zu meiner Begegnung mit Helen war ich durch die extrem unterschiedlichen Reaktionen auf das Connor-Silver-Interview so abgelenkt, dass ich nicht viel an Oscar gedacht habe, doch seit diesem Nachmittag ist er wieder da und führt eine Blaskapelle durch meinen Kopf.

Würde er mich jetzt mehr mögen, wo ich den alten Con interviewt habe?, frage ich mich albernerweise, während ich mit Glenda zu Rosies Wohnhaus spaziere. Würde er mich attraktiver finden, wenn ich Medizin studieren würde?

So höhle ich mein Selbstbewusstsein immer weiter aus, bis ich schließlich stehen bleibe und zu den Eukalyptusbäumen über mir sage: »Lucy! Du hast auch so, wie du bist, eine ganze Menge zu bieten! Vergiss das nicht!«

Ich binde Glenda im Schatten an einen Zaunpfahl und lasse mich selbst in Rosies Apartment rein. Aus dem Schlafzimmer höre ich The Wombats. Rosie steckt in einer Daunenjacke und wirft Klamotten aus dem Schrank in Richtung des Koffers auf ihrem Bett.

»Rosie«, brülle ich über die Musik, »was ist mit der Klimaanlage los?«

»Ich akklimatisiere mich schon mal für London«, brüllt sie zurück.

»Du bist ja verrückt! Ich hab schon Gänsehaut!«

»Tja, ich hab eine Gänsedaunenjacke an! Du bist hier die Verrückte!«

Ich weiß, dass die Unterhaltung zu nichts führen wird, also nehme ich die Fernbedienung und schalte die Klimaanlage aus. Rosie stellt die Musik leiser.

»Wie geht's, Fremde?«, fragt sie, zieht die Jacke aus

und schmeißt sie auf den Klamottenberg. »Alles schön mit deinem neuen besten Freund Connor?«

»Das ist er wohl kaum.« Ich setze mich aufs Bett. »Ich bezweifle, dass er mir zu Weihnachten eine Karte schicken wird. Außerdem warst ja wohl du diejenige, die die ganze Woche nicht zu erreichen war!«

»Weil ich jede einzelne Minute versucht habe, eine verdammte Jogginghose aufzutreiben. Bei *Big W*, *Best & Less* und *Kmart* sind alle ausverkauft. Das erste Anzeichen von kaltem Wetter, und alle drehen durch!«

»Was ist mit …«

»*Target*? Ja, bei *Target* gab's Sporthosen. Aber die waren alle hässlich und drei Nummern zu groß.«

»Okay, die kannst du dann halt nehmen, um in der Sportsbar Rugby League zu gucken!«, scherze ich.

»Ja. Und nach ein paar Jahren Bier und Pasteten passen sie mir dann wahrscheinlich auch.«

Wir grinsen beide. Ich werde unsere albernen Gespräche ganz schön vermissen. Dann wird Rosie auf einmal ernst und sagt, dass sie schon in einer Woche nach London fliegt.

Entsetzt sehe ich sie an. Sie habe nicht vorgehabt, schon so früh abzureisen, erklärt sie, aber eine Freundin hat ihr gemailt, dass ein tolles Zimmer in einer WG in Putney frei würde. Rosie hat sich auch schon bei einer Personalvermittlung angemeldet, die ihr versichert hat, dass australische Zahnärzte immer noch sehr gefragt seien.

»O Rosie, ich kann nicht fassen, dass du mich verlässt.« Ich vergrabe den Kopf in ihrem Koffer und versuche, den Reißverschluss um mich herum zu schließen. »Ohne dich bin ich in dieser Stadt verloren. Du bist doch das einzig Gute in meinem Leben.«

»Sei nicht albern, Luce«, lacht sie. »Es gibt noch genügend gute Dinge in deinem Leben außer mir. Du musst dir nur erlauben, es auch zu sehen.« Sie macht eine Pause. »Und wenn ich tatsächlich das einzig Gute bin, was du hier hast, dann kann ich dir auch nicht mehr helfen! Außerdem hast du noch deine Eltern und Glenda.«

»Die werden immer hier sein.«

»Tja, du kannst gern mitkommen. Aber jetzt sag mal, wo hast du die letzten Tage eigentlich gesteckt?«

»Ach«, sage ich und ziehe den Kopf wieder aus dem Koffer. »Ich hab mich ganz auf meinen Roman konzentriert. Seit ich nicht mehr bei *TROPPO* bin, hab ich ganze drei Kapitel geschrieben. Und ich bin so damit beschäftigt, für *HomeHints* zu texten, dass ich kaum noch Zeit hab, mir die Haare zu waschen!«

»Freut mich zu hören.«

»Obwohl ich beim besten Willen nicht weiß, wer bitte Pfannenwender mit einer integrierten Taschenlampe kaufen soll.«

»Ha!« Rosie grinst. »Wie hast du die Dinger genannt?«

»›Eine pfanntastisch gute Idee!‹«, antworte ich. »Hey, hast du Lust, mit Glenda und mir zum Kiosk im Botanischen Garten zu gehen und dieses Zuckergesöff in Plastikkängurus zu kaufen? Ich bin wieder flüssig.«

»Bin dabei«, antwortet sie.

Wir sitzen unter den Feigenbäumen im Botanischen Garten und machen Selfies mit unseren Plastikkängurus, als ich auf meinem Handy eine Facebook-Benachrichtigung bekomme, dass Jeremy sich verlobt hat. Ich bin fast erleichtert. Erleichtert, endlich die Nachricht zu erhalten, vor der ich insgeheim so lange Angst gehabt habe, und festzustellen, wie bedeutungslos sie mir im Vergleich zu Rosies bevorstehendem Abschied erscheint.

Herzlichen Glückwunsch, Jeremy!, poste ich auf Jeremys Facebook-Chronik und meine es wirklich so.

Ich zeige Rosie meinen Post, und sie grinst und gibt mir fünf.

19

Majorie Beaumont kann gar nicht genug von meinen Texten kriegen, und so habe ich diese Woche jeden Abend über meinen hoffentlich witzigen Überschriften für absurde Produkte gebrütet. Ein reflektierender Bügelbrettbezug? *Bügeln mit Verstand!* Ein Prothesenreiniger mit Schall? *Zum Anbeißen!* Eine Pinzette zum Grätenentfernen? *Die sollten Sie sich angeln!*

Heute Abend allerdings verhalte ich mich so ruhig wie möglich, weil meine zauberhafte kleine Nichte Isla neben mir liegt.

Max und Brooke sind mit den Kindern für ein paar Tage zu Besuch, bevor Max mit Mum nach China fliegt. Seit ich heute Mittag mit dem Schreiben aufgehört habe, bin ich ganz auf Jack und Isla fokussiert. Ich freue mich unheimlich, die beiden zu sehen, und ich weiß, sie freuen sich genauso über meine Gesellschaft, auch wenn ich für Jack in der Rangfolge erst nach Dad komme. Für Isla rangieren Peppa Wutz und – merkwürdigerweise – eine Reality-TV-Sendung aus England mit dem Namen *Embarrassing Bodies* auf Platz eins. Ich habe sie diese Woche mehrmals ertappt, wie sie mit Max' iPad auf meinem Bett britischen Ärzten bei den ekligsten Operationen zugesehen hat. »Was machen die hier?«, hat sie mich einmal gefragt und auf eine Folge mit dem Titel »Erektile Dysfunktion« gezeigt.

»O nein, Isla, das ist nichts für dich«, hab ich schnell gesagt. »Da geht's nur um Pillermänner.«

Sie sah mich an und antwortete mit frechem Grinsen: »Das will ich sehen!«

Das allein wäre ja schon schlimm genug gewesen, aber heute Morgen, als ich aus dem Bad in mein Zimmer zurückkam, hörte ich einen britischen Arzt sagen: »Und wenn Sie dann immer noch Verstopfung haben, müssen wir Sie eben umdrehen und Ihnen Kaffee in den Hintern pumpen.«

»Isla!«, rief ich und sah sie gespielt entsetzt an.

Sie kicherte.

»Was guckst du da?«

Später lag ich lesend neben ihr, und auf einmal drückte sie bei *Little Princess* auf Pause und sagte: »Okay, Lucy, dreh dich um, wir müssen dir Kaffee in den Hintern pumpen.« Wir haben uns weggeschmissen.

Als ich am nächsten Morgen aufwache, sind Isla und Jack schon mit Mum und Dad im Kino und gucken *Trolls*, und Brooke und Max sind unterwegs zum Strand. Nach dem Trubel der letzten Tage ist es wunderbar still im Haus. Ich werfe gerade einen Blick in den Kühlschrank, als mein Handy auf der Küchenbank vibriert. Eine Nachricht von Oscar. Mein Herz schlägt schneller.

Hey, Lucy, ich wollte dir noch zum Interview mit Connor

Silver gratulieren. Ich hab's mir gleich dreimal angehört. Echt super! Bin übrigens diesen Freitag im Lande und würde mich freuen, dich zu sehen. Hast du Lust?

Ich lese es noch mal. Und noch mal. Ob ich Lust hab? Was soll das heißen? Ich antworte ihm: *Gerne! Wir gehen Freitagabend alle im* Wild West Saloon *essen. Komm doch mit! Rosie verabschiedet sich Montag nach London.*

Ich blicke aus dem Fenster über der Spüle. Hat das irgendwas zu bedeuten?, frage ich die Berge. Wahrscheinlich nicht, antwortet mein Herz, und ich lösche Oscars Nachricht, um sie nicht weiter zu analysieren. Da leuchtet mein Handy schon wieder auf.

Klingt toll. Ist es okay, wenn Kate und Mum auch mitkommen?

Klar :), antworte ich und lösche seine Nummer.

Später am Vormittag liege ich lesend im Bett und bekomme eine dritte Nachricht. Sie ist von Rosie und besteht aus einem einzigen Wort: *London?*

Ich blicke mich in meinem Zimmer um, betrachte die vertrauten Wände, von denen ich mich so lange habe beschützen, aber auch einschränken lassen. Tief in mir drinnen weiß ich, dass es Zeit ist weiterzuziehen. Rosie hat recht: Meinen Roman kann ich überall fertigschreiben. Und ich habe fast mein ganzes Geld von *TROPPO FM* und *HomeHints* gespart, sodass ich jetzt einen ordentlichen finanziellen Puffer habe. Wahrscheinlich werde ich mir nie hundertprozentig sicher sein, dass mein gewählter

Weg der richtige ist, aber mit dem Dilemma bin ich bestimmt nicht die Einzige. Ich muss mich einfach entscheiden.

Ich beschließe, weiter darüber nachzudenken, während ich mein Zimmer endlich mal gründlich putze. Mit den Kartons, die seit Jahren unter meinem Bett stehen, fange ich an. Ich ziehe sie hervor und huste mich durch eine Staubwolke, dann setze ich mich hin und werfe einen Blick hinein. Kopfschüttelnd durchwühle ich die vielen Fotos, Tagebücher, Notizhefte, Landkarten und Trophäen aus den letzten zwanzig Jahren. Und obwohl ich versucht bin, die Kartons wieder zurückzuschieben, habe ich auch das Bedürfnis, meine Vergangenheit auszumisten.

Im ersten Karton sind Fotos von Rosies und meinen gemeinsamen Reisen nach Italien, Spanien, Thailand und Kroatien sowie ein paar Schnappschüsse aus der Zeit, als wir zusammen in London gelebt haben.

Bei einem Foto lache ich auf. Es ist von Rosie und mir in Spanien. Wir sitzen an einem Fluss, beide mit einer Flasche Wein in der Hand, und essen Brot und Käse – zwei sorgenfreie Fünfundzwanzigjährige, die einfach bloß das Leben genießen und ihre Abenteuer mit Gelegenheitsjobs finanzieren. Wir sehen glücklich aus. Und unfassbar jung.

Ich durchblättere ein Tagebuch aus meiner Zeit in England. Bei den Einträgen über meine Arbeit als Au-pair bei einer feinen britischen Familie in Hampstead muss ich grinsen, doch als ich weiterlese, stelle ich mit Entsetzen fest, dass die Gedanken und Sorgen, die ich mir mit fünfundzwanzig gemacht habe, meinen heutigen erschreckend ähnlich sind. Ich habe immer noch die gleiche selbstzerstörerische, zweiflerische Denkweise wie vor sieben Jahren.

Auch im nächsten Tagebuch setzen sich die Verwirrung und der Mangel an Selbstvertrauen fort. Jetzt im Nachhinein erkenne ich, dass meine negativen Gedanken alle möglichen Aspekte meines Lebens bestimmt haben – meine Finanzen, mein Ausscheiden bei *The Headline Act* und die Tragödie mit Oscar. Und ich erkenne, dass diese Gedanken auch schon meine Zukunft untergraben, denn sie lähmen mich bei meinen Entscheidungen und meinen Lebensplänen.

Ich hole tief Luft und blicke auf den Stapel Selbsthilfebücher neben dem Bett, den noch nicht mal ein olympischer Stabhochspringer schaffen würde. Darunter sind Wayne Dyers *Keine Ausreden!*, Gordon Livingstons *Zu früh alt und zu spät weise*, Louise Hays *Heile dein Leben* und viele andere mehr. Eigentlich haben sie mir null geholfen. Ich packe sie alle in einen Karton fürs Sozialkaufhaus und trage ihn zum Auto.

Danach gehe ich den Schrank durch und sortiere erbarmungslos Klamotten und Schuhe aus. Welche Zweiunddreißigjährige trägt bitte Halbschuhe mit Schnürsenkeln? Weg damit!

Ich stelle das ganze Zimmer auf den Kopf, und als ich fertig bin, sind die Regale und die Kommode so gut wie leer und der Schrank ist von aus der Mode gekommenen Klamotten und alten Bügeln befreit.

Nachdem ich zwei weitere Kisten ins Auto verfrachtet

habe, putze ich das Zimmer von oben bis unten. Zwei Stunden später lehne ich mich gegen die Wand und denke: Was soll's! Ich gehe nach London!

Als ich vom Sozialkaufhaus nach Hause zurückfahre, ist mein Kopf voll mit Bildern von Bärenfellmützen vorm Buckingham Palace und den Parks an der Themse. Ich sehe rote Busse, und Eichhörnchen springen von einer Synapse zur nächsten, während der Plan, nach London zu gehen, langsam Gestalt annimmt.

Doch dann sehe ich vor einer Bäckerei ein Auto mit Nummernschild aus Victoria einparken, und ich denke an Desley und wie glücklich sie in Rocky ist. Habe ich bloß eine verzerrte Wahrnehmung? Jetzt, wo ich mich schon so gut wie entschieden habe, Rocky zu verlassen, frage ich mich, ob ich mir damit nicht doch ins Knie schieße, wenn ich denke, ich wäre zu gut fürs Leben in der Kleinstadt und dass das Gras in England grüner wäre.

Ich halte am Wasserturm und lasse den Blick über die Stadt schweifen. Und da wird mir klar, dass Rocky für Desley ein neues Abenteuer ist, eine Stadt ohne Geschichte, ein Ort voller Möglichkeiten. Doch für mich ist Rocky wie ein Paar Ugg Boots – superbequem, robust und sicher.

Ob die neue Lucy im nächsten Kapitel ihres Lebens wohl Ugg Boots tragen wird?

Nein, sage ich mir, während ich vom Parkplatz fahre. Sie trägt Stilettos.

Zu Hause finde ich Max, wie er mit leerem Blick in den Kühlschrank starrt, und überrede ihn, mit Glenda und mir einen Spaziergang zu machen.

»Dann viel Spaß dabei, wenn du's Mum beichtest«, kommentiert er meinen Entschluss, nach London zu ziehen.

»Kannst du mir nicht dabei helfen?«, frage ich, während wir in flottem Tempo an der Yeppen Lagoon langgehen. »Du bist doch das Lieblingskind. Es wird einfacher, wenn du mich unterstützt.«

»Hmm«, sagt er. »Weißt du noch, wie du mir im Schwimmbad im Rydges Hotel erzählt hast, es gäbe keine Stufen, und ich bin reingesprungen und hab mir fast die Beine gebrochen?«

»Max!«, fange ich an zu protestieren, aber er lässt mich gar nicht erst zu Wort kommen.

»Und wie du mich bei Schwester Carmel verpfiffen hast, weil ich dem Bischof Mangos in den Auspuff gesteckt hab?«

»Ich dachte, das Auto würde explodieren! Und kannst *du* dich vielleicht daran erinnern, wie dieser Rottweiler am Strand auf uns zugestürmt ist und du mich vor dich gezerrt hast, um dich hinter mir zu verstecken?«

Max kichert.

»Und als Mum uns erwischt hat, wie wir die Weihnachtsgeschenke im Kofferraum vom Commodore gefunden haben, hast du mir die Schuld in die Schuhe geschoben!«

Auf einmal wird er ernst. »Das war echt schlimm. Wir waren böse.«

»Ich weiß. Mum war *richtig* sauer.«

Die Aussicht, dass Mum wieder so sauer werden könnte, ernüchtert uns beide.

»Okay«, sagt Max schließlich. »Ich helfe dir.«

Mum und Dad sind nicht gerade begeistert von meinem Plan, obwohl ihr Lieblingskind mir Rückendeckung gibt und ich gestehe, bereits ein Flugticket gekauft zu haben. Sie finden, ich bin unrealistisch und es wäre verrückt, ohne einen Job nach London zu ziehen. Sie argumentieren mit der wackligen britischen Wirtschaft nach dem Brexit und allgemein der weltpolitischen Lage. Mum ruft mir in Erinnerung, wie sehr ich das kalte Wetter in Melbourne gehasst habe. »Wie willst du denn dann mit Londons Dauerregen und der Dunkelheit klarkommen?«

»Ich weiß nicht, warum du immer noch auf der Suche bist«, sagt sie, den Tränen nahe. »Du warst so ein glückliches Kind. Ich hätte nie gedacht, dass ich mir ausgerechnet um dich mal solche Sorgen machen muss.«

Sie hat natürlich nur Angst, weil ihr Traum davon, dass ich bald heirate und Kinder kriege, in immer weitere Ferne rückt. Und wahrscheinlich macht es sie fertig, dass sie mich beim besten Willen einfach nicht mehr versteht.

Ich muss wieder ins Leben zurückfinden, erkläre ich ihr. An meinem Roman könne ich schließlich überall arbeiten, und auch wenn's vielleicht schiefgeht, hätte ich es wenigstens versucht. Aber ich verspreche ihr, weiter für den *HomeHints*-Katalog zu texten und in London sofort auf Jobsuche zu gehen. Außerdem würde ich bei den ersten Anzeichen von politischen Unruhen oder Grippe nach Hause kommen und mir im Vorfeld einen Zeitrahmen setzen.

»Wenn ich nicht erreiche, was ich mir vorgenommen habe, kehre ich zurück«, verspreche ich.

Max macht Witze darüber, dass Mum, Dad und ich für ziemlich unterschiedliche Reisen alle den gleichen roten Samsonite-Koffer packen. »Stellt euch vor, Mum macht in China ihren Koffer auf, und da sind nur Dads Angelköder und sein Bushman-Insektenspray drin!« Doch anders als sonst lacht niemand mit.

Also lege ich Chers »Believe«-Platte auf und frage Mum, ob sie tanzen möchte. Da bricht sie in Tränen aus.

»Ich werde dich vermissen, Lucy!«, schluchzt sie. »Ich habe mich so an dich gewöhnt, das wird schrecklich, wenn du nicht mehr da bist!«

»Ich werde dich auch vermissen, Mum«, sage ich. »Aber ich habe nicht vor, zu verhungern oder zu verwahrlosen, und ermorden lassen werde ich mich auch nicht, versprochen!«

»Darum mache ich mir gar keine Sorgen. Ich will nur nicht, dass du dich in so einen Briten verliebst und auf die Äußeren Hebriden ziehst. Dann kann ich dich und meine Enkel nie sehen! Das ertrage ich einfach nicht.«

»Jetzt hör aber mal auf, Mum. Ich ziehe bestimmt nicht auf die Äußeren Hebriden!«

Da nimmt Mum mich in den Arm.

»Lucy«, sagt sie, »du bringst mich noch ins Grab.«

»Du hast es Rosie wahrscheinlich schon gesagt?«, fragt Dad am nächsten Morgen über den Rand der *Queensland Country Life* hinweg.

»Nein, ich will sie morgen Abend damit überraschen, wenn wir essen gehen«, antworte ich grinsend. Ich freue mich schon auf Rosies Gesichtsausdruck, wenn ich ihr mitteile, dass ich drei Tage nach ihr in Heathrow lande.

»Und du? Bist du jetzt wieder glücklich?«, frage ich Dad. Jetzt, wo ich einen Fluchtweg habe, frage ich mich, ob ich Dad genug Aufmerksamkeit geschenkt habe, während ich bei meinen Eltern gewohnt habe.

»Ach, weißt du«, sagt er und lässt die Zeitung sinken, »ich gebe zu, die Sache mit London hat mich ziemlich überrascht, aber Denise sagt, du tust, was du für das Beste hältst, und wenn das bedeutet … Verdammt! Wer kümmert sich um Glenda, wenn wir alle weg sind?«

Als sie ihren Namen hört, kommt Glenda unter dem Tisch hervor und legt sich neben meinen Stuhl.

»Ach, Süße, ich werde dich vermissen«, sage ich ganz gerührt. »Aber ich verspreche, ich komme wieder. Und Mum und Dad werden sich fast so gut um dich kümmern wie ich.«

Mum kommt im Bikini in die Küche und durchsucht den Wäschekorb nach einem Handtuch. »Ich würde sagen, sie kommt in die Hundepension, bis wir wieder da sind.«

Dad reibt sich das Kinn. »Ich kann sie ab und zu zum *Men's Shed* mitnehmen, wenn du willst. Ein paar von den anderen Männern bringen auch immer ihre Hunde mit, und die ersten zehn Minuten machen die nichts anderes, als sich zu beschnuppern.«

»Das wäre toll, Dad, danke. Vielleicht hilft Glenda dir ja mal samstagvormittags beim Grillen bei *Dan Murphy's*.«

»Ha!«, lacht Mum. »Ich stelle mir gerade vor, wie sie mit der Grillzange hinterm Grill steht!«

»Himmel, ich glaube nicht, dass wir mit Glenda viele Würstchen verkaufen würden«, spottet Dad. »Der *Men's Shed* würde vor die Hunde gehen!«

Im *Wild West Saloon* riecht es zu Rosies und meiner Abschiedsparty am Freitagabend wie immer entsetzlich nach Bundaberg-Rum, Heu und Mist.

Auf der Fahrt zum Saloon habe ich es nicht mehr aushalten können und bin mit meinen Neuigkeiten über London rausgeplatzt, woraufhin Rosie mich so fest umarmt hat, dass ich beinah von der Straße abgekommen und in eine Tankstelle gerast wäre.

Mum und Dad, die meine Entscheidung inzwischen akzeptiert haben, sehen dem Spektakel in der Rodeo-Arena zu, wo Cowboys von bockenden Bullen meterhoch in die Luft geworfen werden, und genießen die ungezügelte Atmosphäre drum herum.

Ich habe es wohl immer für normal gehalten, dass im hinteren Teil des *Wild West Saloon* in einer sandgefüllten

Arena wild gewordene Bullen rumlaufen. Doch als Oscar – just in den Moment, als einer der Cowboys abgeworfen wird und nur knapp dem Huf eines tonnenschweren Brahman-Bullen entgeht – zusammen mit Kate auf uns zukommt und ich seinen Gesichtsausdruck sehe, wird mir bewusst, dass es sich hierbei um keinen gewöhnlichen Pub handelt.

»Sowas gibt es in Sydney wohl nicht«, sage ich, und wir umarmen uns. Ich bin ein bisschen überwältigt, ihn wiederzusehen. Dann umarme ich Kate, und der Duft ihres zarten Parfüms verstärkt nur noch das Schuldgefühl, das ich empfinde, als ich sie frage, wie es ihr geht.

»Von der Tribüne aus sieht man die ganze Arena. Soll ich sie dir zeigen?«, fragt Rosie Kate, als wir mit unserem Small Talk fertig sind.

Ich werfe einen Blick zu Oscar, während Kate und Rosie im Getümmel verschwinden.

Er sieht gut aus, seine Haare sind etwas kürzer, und er ist leicht gebräunt. Wir unterhalten uns und lachen, als hätten wir erst gestern miteinander gesprochen. Die Vorstellung, ihn vielleicht jahrelang nicht wiederzusehen, macht mich traurig, aber ich darf nicht vergessen, dass in London neue Abenteuer auf mich warten.

Er fragt mich nach meinem Roman, und ich erzähle ihm von meinen Fortschritten und dass ich seit Neuestem auch für den *HomeHints*-Katalog texte. Oscar ist begeistert, dass es mit *Diamanten im Staub* so gut vorangeht, und sagt, ich müsse unbedingt dranbleiben und dürfe auf keinen Fall aufgeben. Wir lehnen uns ans Geländer der Rodeo-Arena und sehen zu, wie ein gerade mal ein Meter großes Mädchen mit Sporen und Helm auf dem Rücken eines Kalbs durch die Arena rast. Als Kate und Rosie von der Tribüne zurückkommen, bin ich erleichtert und verfluche mein klopfendes Herz.

Beim Essen sitzt Oscar mir gegenüber, und als Dad sein Glas erhebt und Rosie und mir alles Gute und viel Erfolg für London wünscht, sieht Oscar mich bestürzt an. *Du auch?*, fragt sein Blick? *Aber …*

Aber was?, antworte ich mit meiner Mimik. *Ja, da ist etwas zwischen uns, und vielleicht liebst du mich. Aber du liebst auch Kate. Und ich ziehe nach London, also gibt es wohl keine Zukunft für uns.*

Ich stoße mit Kate an, und als ich mich Oscar zuwende, senkt er den Blick. Es ist alles gesagt.

Wenig später nimmt der Abend einen sehr unglücklichen Verlauf. Ruth, die mit Colleen von *Bottle-O*, *Video Ezy*, *Bits 'n' Pizzas* und *Romancing the Rock* ein paar Tische weiter sitzt und schon ziemlich betrunken ist, hört uns jubeln und kommt nachsehen, was es bei uns zu feiern gibt. Als sie erfährt, dass Rosie und ich nach London gehen, brüllt sie vor Lachen und haut auf den Tisch. »Ha! Das hast du wohl verbockt, Oscar, was?«

Alle sehen sie verwundert an, und da platzt Ruth heraus: »Als ich dich und Lucy auf Mount Archer knutschen gesehen hab, war ich mir ziemlich sicher, dass sie zu dir nach Sydney zieht. Aber er kann wohl nicht besonders gut küssen, was, Lucy?« Dann bemerkt sie Kate und schlägt sich die Hand auf den Mund. »Ach du Scheiße! Wir sehen uns später!«

Kate springt auf und rennt auf die Toilette, Oscar wirft

fast seinen Stuhl um, als er ihr hinterherläuft, und ich wünsche mir nichts sehnlicher, als dass ein tonnenschwerer Brahman-Bulle durch die Absperrung galoppiert und mich unter sich begräbt. Den Blicken der anderen nach zu urteilen, kann ich das Land gar nicht schnell genug verlassen.

20

Als ich das Flugzeug nach London betrete, kämpfe ich gegen die Aufregung an, die ich vor jedem Interkontinentalflug verspüre.

»Glückwunsch, Luce«, sage ich laut und klopfe mir auf den Rücken, »du hast es geschafft.« Die Frau neben mir sieht mich irritiert an.

Kurz vor der Landung in Heathrow zwanzig Stunden später blicke ich aus dem Fenster in die schwarze Dunkelheit. Adrenalin rauscht durch meine Adern, als ich zuerst die Lichter der Stadt und dann den roten Kreis vom London Eye und die Umrisse der Tower Bridge erblicke.

Ein paar Stunden später laufe ich bis über beide Ohren grinsend über die Putney Bridge. Ich bin zurück! Um mich herum rote Doppeldecker-Busse und High-Street-Fashion und das Kreischen der U-Bahn. Endlich kann ich wieder die Magie von Soho genießen, das pulsierende Leben in Angel, die prächtigen Gebäude und die elektrisierende Atmosphäre am Piccadilly Circus. Ich teile mir die Straßen mit Leuten, die wie ich entschieden haben, Zeit in einer der aufregendsten Städte der Welt zu verbringen. Ja, es ist kalt, aber sogar die Kälte ist belebend. Und nirgendwo ist auch nur eine Bullenskulptur zu sehen.

Ich überprüfe auf meinem Handy noch mal die Adresse, dann bleibe ich stehen und blicke hinauf zum obersten Stock eines dreigeschossigen Apartmentkomplexes ganz in der Nähe der Putney High Street. Ich freue mich so darauf, Rosie wiederzusehen, dass ich im Treppenhaus immer zwei Stufen auf einmal nehme.

Die Tür geht auf. Vor mir steht ein athletischer, gewollt verstrubbelt aussehender Schotte in Arsenal-Trikot und schlecht sitzender langer Unterhose, die im Schritt ausgebeult, an den Oberschenkeln schlabbrig und an den Unterschenkeln zu eng ist.

Mein Blick wandert von seinen Beinen wieder nach oben, und er grinst mich frech an. »Du bist bestimmt Lulu.«

»Lucy«, antworte ich.

»Joe«, sagt er. »Willkommen im Putney Palace!«

»Danke.« Ich folge ihm hinein. »Tolle Lage.«

»Nicht schlecht, oder?«

Wir gehen über den Flur mit einem Bücherregal voller ziemlich mitgenommen aussehender Lonely Planets ins Wohnzimmer.

»Ich wohne hier schon zwei Jahre«, sagt Joe laut über den brüllenden Fußballkommentator hinweg. »Scheiße!«, brüllt er dann und knackt mit den Fingern. »Ohne den Schiri wär das echt ein gutes Spiel!«

Nach ein paar Minuten dreht er sich wieder zu mir um und sagt: »Rosie ist leider nicht da. Sie ist mit den anderen in einer Bar in *The Shard.*«

»Ah, okay«, sage ich, als wäre mir völlig klar, wovon er redet. Und auch wenn ich weiß, dass Rosie nicht wirklich die Frau für Details ist, wenn sie den Leuten nicht gerade in den Mund sieht, bin ich trotzdem enttäuscht, dass sie mein Ankunftsdatum offenbar falsch abgespeichert hat.

»Da hat man einen tollen Ausblick«, sagt Joe, als er mit wieder kurz seine Aufmerksamkeit schenkt.

Ich setze meinen Rucksack ab und blicke mich im Wohnzimmer um. Es ist ein typisches WG-Wohnzimmer mit zwei ausgeblichenen Sofas an gegenüberliegenden Wänden und einem kleinen Fernseher auf einem Stapel Zeitschriften neben dem Kamin, über dem an einer Metallschnur Urlaubsfotos hängen. Ich fühle mich nach 2009 zurückversetzt.

Die Schiedsrichterpfeife ertönt, und Joe dreht sich wieder zu mir um.

»'Tschuldigung, ich bin kein guter Gastgeber, was? Arsenal muss dieses Spiel gewinnen. Die haben bisher echt scheiße gespielt.« Er nimmt meinen Rucksack. »Kurze Tour durch die Wohnung, und dann zeige ich dir Rosies Zimmer, okay? Du bist bestimmt kaputt.«

Wir gehen in die Küche. Auf der Mikrowelle stehen diverse Frühstücksflockenpackungen und das Abtropfgestell ist randvoll mit gefährlich übereinandergestapeltem Geschirr. Ein Lautsprecherkabel hängt ziemlich tief über dem Toaster. Dad würde hier Zustände bekommen.

»Bedien dich ruhig an allem, wo ›Joe‹ draufsteht«, sagt Joe und öffnet den Kühlschrank.

Kopfschüttelnd sehe ich auf die diversen, mit unzähligen Namen versehenen Milchpackungen, Biere, Marmeladengläser, Salatboxen und Konservendosen. Nick, Bec, Carl, Tina, Sam, Baillie, Fiona …

»Krass, wie viele Leute wohnen hier denn?«, frage ich.

»Um die acht, plus minus eins. Ist immer schwer zu sagen. Komm mit.«

Wir gehen zu einer Tür am Ende des Flurs, wo Joe sanft anklopft, bevor er das dunkle Zimmer betritt und das Licht anschaltet. Das Zimmer hat eine ganz anständige Größe, dafür dass zwei Betten drinstehen.

Auf dem einen Bett setzt sich abrupt eine Frau auf und reibt sich die Augen. Erschreckt weiche ich zurück.

»Tut mir leid, Hyuna«, sagt Joe, »aber du musst los. Dein Flug geht in vier Stunden.«

»Scheiße!« Sie wirft die Decke zur Seite und springt komplett angezogen – mit Schuhen und allem – aus dem Bett, läuft zu einem an der Wand lehnenden Rucksack und ist weg.

»Ein süßes Mädel«, sagt Joe verschmitzt grinsend. »Aber das ist das Problem mit euch Weltreisenden – irgendwann habt ihr immer ein Flugzeug zu kriegen. Wie auch immer, das hier ist Rosies Zimmer, also auch deins, Lucy. Du bist die neue Hyuna.«

Mein verblüfftes Schweigen wird durch entferntes Brüllen aus dem Fernseher im Wohnzimmer unterbrochen.

»Die Dusche ist gleich gegenüber!«, sagt Joe noch rasch und läuft zurück ins Wohnzimmer.

Ich setze mich auf den Boden vorm Bett und blicke mich um. Rosies rosa Koffer auf dem Schrank und ihre auf der Kommode verteilten diversen Schminksachen trösten mich irgendwie. Auf einmal spüre ich, wie erschöpft ich bin. Am liebsten würde ich mich ins Bett legen, aber da hinzukommen erscheint mir viel zu anstrengend, also lehne ich mich einfach nur gegen den Bettrahmen und schließe die Augen.

Ich wache wieder auf, als Joe in der Tür steht, laut »Wir haben gewonnen! Gute Nacht!« brüllt und schon wieder verschwunden ist, bevor ich auch nur zur Antwort ansetzen kann.

Ganz benommen vor Müdigkeit taumele ich in die Dusche, dann zurück ins Zimmer, wo ich mich aufs Bett fallen lasse, das Hyuna gerade erst verlassen hat.

Fünf Stunden später weckt mich der Klang einer vertrauten Stimme. »Scheiße, ich glaub's nicht!«, ruft Rosie. »Du bist hier!«

Eine Woche später habe ich meine Schreibroutine wiederaufgenommen und bin gerade auf dem Weg zum Putney Exchange, um einzukaufen, als ich an einer Buchhandlung mit dem Namen *Scribe* vorbeikomme, in deren Schaufenster ein Jobangebot für eine Voll- oder Teilzeitkraft hängt. Mehrere Augenblicke starre ich einfach nur darauf, bis ich mir überlege, dass es toll sein könnte, in einer Buchhandlung zu arbeiten. Als ich schließlich hineingehe, bestärkt die schöne Atmosphäre im Laden mich noch in meiner Entscheidung.

Vielleicht liegt es daran, dass die Kiwis und wir Australier uns immer gleich verbrüdern, jedenfalls scheint Penny, eine Neuseeländerin, mich gleich zu mögen, als ich sie auf die Stellenanzeige anspreche. Sie fragt mich, ob ich Kinderbücher mag, und ich nicke. Genauso gut hätte sie mich fragen können, ob ich Würstchen im Blätterteig mag. Penny bietet mir den Vollzeitjob an, doch da ich auch an meinem Roman weiterschreiben will, wären mir drei oder vier Tage die Woche lieber. Wir einigen uns auf dreieinhalb, und ich kann gleich am nächsten Tag in der Kinderbuchabteilung anfangen.

Von meiner allerersten Schicht an bin ich total begeistert von meiner Arbeit, was hauptsächlich daran liegt, dass ich von Penny begeistert bin, die einen tollen Humor hat und unglaublich bestärkend ist. Als ich ihr von den ganzen Büchern erzähle, die ich Jack und Isla immer so gerne vorgelesen habe, schlägt sie mir vor, freitagvormittags eine Vorlesestunde für Kinder anzubieten. Schon bald hat sich meine *Storytime* in Putney rumgesprochen, und manchmal, wenn ich die ganzen australischen Kindermädchen mit ihren schnieken britischen Schützlingen weit vor elf Uhr in den Laden strömen sehe, frage ich mich, ob es nicht doch mein breiter Akzent ist, der sie anzieht. Während ich lese, blicke ich oft zu den Kindern auf dem Teppich, die mich mit großen Augen ansehen und ganz offensichtlich kein Wort verstehen. Die australischen Kindermädchen allerdings lachen immer.

Mit den wöchentlichen Geldeingängen von *Scribe* kann ich an meinen freien Tagen schreiben, ohne mir Gedanken wegen der Miete oder eines gelegentlichen Biers im Pub zu machen. Und da Rosie gerade mit alten Freunden für ein paar Wochen in Frankreich unterwegs ist, schreibe ich jede freie Minute an meinem Roman.

Ich bin so glücklich mit meinen Fortschritten und dem Leben allgemein, dass ich auf einmal unbedingt mit Mum und Dad sprechen will, um ihnen zu erzählen, wie gut es mir geht. Ich denke oft an sie, besonders freitagnachmittags, wenn in der Buchhandlung die Böden gesaugt werden und ich an Roomba denken muss. Mum müsste inzwischen aus der Mongolei zurück sein und Dad auch aus Kakadu.

Später am Abend schreibe ich Mum eine Nachricht, dass ich sie anrufen werde, und hoffe, dass Max ihr wie versprochen gezeigt hat, wie Skype funktioniert.

»Hallo? Hallo?«, ruft sie, als sie den Anruf annimmt, und erscheint kopfüber auf meinem Bildschirm. »Bist du das, Lucy?«

»Ja, ich bin's, Mum!« Wer sollte es denn sonst sein?

»Lucy!«, sagt sie. »Sieh dich an. Da drüben bei der Queen.«

»Mum, kannst du vielleicht die Kamera auf deinem Computer umdrehen? Dann sehe ich dich richtig rum.«

»Ich fasse die Kamera nicht an! Dein Vater und ich haben den ganzen Vormittag gebraucht, sie anzubringen. Wir haben sie jetzt einfach angeklebt.«

»Hallo, Lucy!«, ruft Dad in die Kamera, und sein Gesicht ist so nah am Computer, dass ich die Mitesser auf seiner umgedrehten Nase erkennen kann.

»Hi, Dad! Wie war Kakadu?«

»Einfach fantastisch. Ich hab ein paar richtig große Barramundi gefangen.« Er macht einen Schritt zurück. »Dir scheint es ja auch gut zu gehen, so wie du strahlst. Glenda und ich gehen jetzt zum Rindermarkt. Komm, Glenda!«, ruft er.

»O Dad, warte, ich will Glenda noch kurz sehen!«, rufe ich, als sie anfängt zu bellen.

»Da ist sie«, sagt er, nimmt sie hoch und hält ihren Kopf so dicht vor die Kamera, dass ich nur ihre hechelnde Zunge sehe. »Auf geht's!«, ruft er, setzt Glenda wieder ab und geht aus dem Bild.

»Tschüss, Dad! Okay, erzähl mir von der Mongolei, Mum.«

»Ach!«, sagt sie. »Es war anstrengend. Ich bin jeden Morgen um halb sechs aufgestanden und hab bis acht meditiert. Es hieß die ganze Zeit, dass ich meine Gedanken auf nichts lenken soll, aber das ist ganz schön schwer, wenn du die Nacht mit sechs anderen Menschen in einem Schlafzug verbracht und auf einem harten Holzbrett gelegen hast! Lucy, du hast ja keine Vorstellung … Es gab noch nicht mal frische Laken. Die wurden einfach ausgeschüttelt und wieder aufgezogen. Und das Hotel in Peking! Da hab ich aber Rabatz gemacht! Erst haben die Fenster nicht ordentlich geschlossen, und es hat in Strömen reingeregnet, und dann habe ich den Wasserhahn im Bad angemacht und noch mal nach dem Fenster im Schlafzimmer geguckt, und als ich wieder ins Bad komme, steht das unter Wasser, weil der Abfluss unterm Becken nicht angeschlossen war!«

»Oje, Mum, das klingt ja nach einem Horrortrip!«

»Glaub mir, am Ende hätte ich Master Ray gern zum Teufel gejagt. Aber jetzt bin ich wirklich geheilt von Qi-Gong. Ich brauche keine Nabelschau in einer Jurte mehr, vielen Dank. Aber jetzt erzähl, was es bei dir Neues gibt. Muntere mich ein bisschen auf.«

Ich berichte ihr von Penny und der Buchhandlung, wie sehr ich es genieße, in der Kinderbuchabteilung zu arbeiten, und meiner tollen Kollegin Margie. Margie ist so alt wie ich und Südafrikanerin. Sie flucht auf Afrikaans, wenn Bestellungen sich verzögern, und träumt davon, irgendwann ihre eigene Buchhandlung in Kapstadt zu eröffnen, wo sie dann freitags auch eine Vorlesestunde anbieten will.

Ich erzähle Mum überschwänglich von Putney und den Parks und den Eichhörnchen, und sie lacht, als ich sage, dass Rosie durch Europa tourt, als wäre sie auf Contiki-Reise.

Später erzählt sie mir, wie begeistert sie von meiner neuesten Überschrift für den *HomeHints*-Katalog ist: *Keine schale Idee* für eine Bananenbox.

Als wir aufgehört haben zu lachen, bringt sie mich auf den neuesten Stand, was Rockys Klatsch und Tratsch angeht. Neulich hat sie Todd Doherty mit Cherie bei *Bits 'n' Pizzas* zusammen Mittag essen gesehen, was vielleicht ein Zeichen für eine Versöhnung ist; außerdem könne man keine zwei Meter fahren, ohne einen Flyer von Ruth in ihrem Bikini an einem Laternenmast zu sehen, mit dem sie für ihre jährliche Schaum-und-Schlager-Party in der Waschanlage wirbt.

Im Hintergrund höre ich die Kookaburras gackern, aber ich verdränge das aufkommende Heimweh sofort und versuche, daran zu denken, dass das aufregende Leben in London das Geräusch lachender Vögel auf jeden Fall aufwiegt.

An unseren gemeinsamen Arbeitstagen freue ich mich

immer, mich mit Margie unterhalten zu können. Zwischen zwei Kunden erzählt sie mir, wie sehr sie *braai* vermisst, was Afrikaans für »Grillen« ist, und wir vereinbaren, bevor der Sommer zu Ende ist, auf jeden Fall noch zusammen in den Kensington Gardens grillen zu gehen.

Über die Zeit lernen Margie und ich uns immer besser kennen. Sie vertraut mir an, dass sie rettungslos in einen attraktiven schwarzen Mann namens Dennis verliebt ist, der sie aber überhaupt nicht wahrzunehmen scheint, worauf ich sage, dass meine ganze Liebe meinem Leben in London gilt und Dennis ziemlich auf den Kopf gefallen sein muss, sie nicht zu bemerken.

Da *Scribe* eine renommierte Buchhandlung im wohlhabenden Putney ist, gibt es oft Lesungen mit großen Autorinnen und Autoren. Manchmal, wenn ich gerade Bücher ins Regal einsortiert habe und mich umdrehe, sehe ich Leute wie Julian Barnes oder Michael Morpurgo in den Laden spazieren. Mit solchen inspirierenden Menschen und ihren wundervollen Büchern sowie ihren leidenschaftlichen Leserinnen und Lesern in Kontakt zu sein, spornt mich an, meinen eigenen Roman zu Ende zu schreiben, sodass ich nach drei Monaten in London den ersten Entwurf von *Diamanten im Staub* fertig habe.

»Krasser Scheiß!«, kreischt Rosie, als ich ihr in der U-Bahn auf dem Weg zum Radiohead-Konzert meine Neuigkeiten erzähle. »Ich bin stolz auf dich, Luce. Du hast es geschafft!«

»Ja.« Ich muss grinsen. »Ich hab's geschafft.«

»Herzukommen war die beste Entscheidung überhaupt, oder?«

»Auf jeden Fall«, sage ich. »Ich wollte Radiohead schon immer mal sehen!«

»Nein, ich meine, wieder in London zu leben. Sieh uns doch an, wie gut es uns hier geht! Du hast deinen ersten Entwurf fertig, und ich kann ständig nach Paris fahren. Besser geht's doch nicht, Luce!« Dann verzieht sie das Gesicht. »Ich muss nur bald mal wieder arbeiten, um mir den ganzen Spaß weiter leisten zu können.«

»Hast du was von der Agentur gehört?«

»Ja, die haben sich gemeldet. Aber die wollen alle jemanden in Vollzeit! Als wenn dein Dad mit denen geredet hätte! Apropos, wie geht es eigentlich deinen Eltern?«

»Die sind exzentrisch wie immer.« Ich schüttele grinsend den Kopf. »Ich hab heute Nachmittag mit ihnen geskypt, um ihnen zu erzählen, dass mein Buch fertig ist, aber die Verbindung war nicht gut. Mum meinte zu Dad, dass er den Toaster ausschalten soll, damit der Empfang besser wird!«

Rosie lacht. »Die beiden sind echt einmalig, Luce. Ich vermisse es, mit Denise Tee zu trinken und mich mit Brian zu fetzen. Wie geht's Glenda?«

»Sie und Dad sind unzertrennlich! Wahrscheinlich flechten sie sich demnächst gegenseitig Freundschaftsbänder.«

»Hat Oscar sich mal gemeldet?«, fragt Rosie, und ich zucke innerlich zusammen. Sie hat ihn schon seit Ewigkeiten nicht mehr erwähnt.

»Nein.«

»Ben hat mir heute Morgen über Facebook geschrieben. Er ist nach dem Jakobsweg noch ein bisschen in Spanien rumgereist und kommt in einem Monat oder so für ein paar Wochen nach London.«

»Ach, und wie war's auf dem Jakobsweg?«

»Super, glaube ich. Er hat geschrieben, es war gut für die Seele und schlecht für die Sohle.«

Ich lache laut auf. »Ben ist echt witzig.«

»Ja.« Sie lächelt. »Es wird bestimmt lustig mit ihm.«

In der nächsten Woche bringe ich den Mut auf, Penny zu fragen, ob sie meinen Romanentwurf lesen würde. Noch am selben Abend schreibt sie mir, dass die Geschichte um die Fosters sie total in den Bann gezogen habe und sie finde, ich habe Talent. Ich mache einen Screenshot von ihrer Nachricht und speichere es als neues Hintergrundbild.

Rosie ist den nächsten Monat ständig auf irgendwelchen Kurztrips in Europa unterwegs, und obwohl ich ein bisschen neidisch bin, als sie bei ihrer Rückkehr vom Schnorcheln auf Mykonos schwärmt, macht es mir Spaß, mein Manuskript zu überarbeiten. Penny hat mir richtig gutes Feedback gegeben und mit ihren Änderungsvorschlägen geholfen, meine Edelsteinsucher in die richtige Richtung zu lenken.

Meine Vorlesestunde ist weiterhin ein voller Erfolg. Inzwischen ist *Storytime* so beliebt, dass ich zwei Stunden hintereinander anbiete. Nach einem außergewöhnlich hektischen Freitag, der durch das Erscheinen von Rick Riordans neuestem Buch ganz besonders verrückt war, beschließen Rosie und ich, in den Pub und hinterher noch auf der Oxford Street shoppen zu gehen.

»Ich sag dir, wenn ich wieder anfange zu arbeiten, muss ich mir keine Sorgen machen, nicht genug zu tun zu haben«, sagt Rosie mit Blick auf die Münder mancher Passanten.

»Du musst mal zu meiner Vorlesestunde kommen, solange du noch nicht arbeitest. Du würdest mich wahrscheinlich als Einzige verstehen!«

»Die Buchhandlung hat es dir echt angetan, was?«

»Und wie!«, sage ich glücklich. »Es ist total süß, wenn die Kinder mir an den Lippen hängen. Und Penny …«

Rosie blickt mich erwartungsvoll an.

»Sie liebt mich! Und ich liebe sie!«

Rosie kichert.

»Manchmal muss ich mich zusammenreißen, ihr nicht zu sagen, wie sehr ich sie liebe«, erkläre ich. »Damit ich nicht unprofessionell rüberkomme.«

»Ist sie noch zu haben?«, fragt Rosie.

»Sie ist schon Oma, Rosie! Seit vierzig Jahren glücklich verheiratet. Aber ich stelle mir vor, dass es so vielleicht sein würde, wenn ich irgendwann den Richtigen treffe. Er würde mich mögen und ich ihn, und es wäre alles total unkompliziert.«

»Du verrückte Nudel!«, lacht Rosie.

Vor uns steht eine riesige Menschenmenge vor dem *Topshop*. »Was ist denn da los? Sieht nach 'nem riesigen Sale aus.«

»Komm, wir gucken mal«, sagt Rosie, und wir reihen uns in die Schlange von Teenies mit Chokern und bauchfreien Tops ein. Wir fahren die Rolltreppe ins Untergeschoss runter, wo zwischen Regalen voller Vintage-Tops und Handtaschen ein Konzert von Little Mix im vollen Gange ist.

»Wie cool ist das denn?!«, ruft Rosie, während wir auf die Bühne inmitten der kreischenden Fans blicken.

»Echt krass! Kannst du dir vorstellen, dass Little Mix sowas im *Paradise Plaza* machen würden?«

»Ich weiß noch nicht mal, wer Little Mix sind!«, antwortet Rosie.

Wir drängen uns an Schuhregalen und Accessoires vorbei und mischen uns unter eine Gruppe Mädchen, die ein paar Meter vor der Bühne tanzen und sich dabei mit Blütenkranz-Snapchat-Filtern fotografieren.

»Perrie!«, schreit Rosie wie die Mädchen um uns herum. »Wir lieben dich, Perrie!«

Ich sehe sie an und grinse. Und während wir zu Liedern mitsingen, die wir noch nie gehört haben, und mit den Zwanzigjährigen im *Topshop* auf und ab hüpfen, denke ich, dass ich mich mal bei Cher melden müsste, um ihr zu sagen, dass man die Zeit sehr wohl zurückdrehen kann.

21

Ohne mich bewusst dafür entschieden zu haben, scheine ich eine zwanglose Beziehung mit Joe angefangen zu haben.

Es ging eigentlich ganz harmlos los. Vor einem Monat, als Rosie auf ihrem, wie sie schwor, letzten Kurztrip nach Europa war, bevor sie sich ernsthaft einen Job suchen wollte, war ich mit Margie und Sally, einem australischen Kindermädchen aus Bundaberg, im *Jolly Gardeners*. Sally war am Ende so betrunken, dass ich ihr für die Nacht Rosies Bett anbot. Leider schnarchte sie wie ein Güterzug, sodass ich aufs Sofa umzog. Kurze Zeit später kam Joe zufällig ins Wohnzimmer und meinte, ich könne sein Bett haben, er würde auf dem Boden schlafen. Nachdem er eine halbe Stunde dort gelegen hatte, nahm er meine Einladung eines Upgrades auf die Matratze an. Seitdem haben wir immer mal wieder das Bett geteilt und die Dusche und einmal sogar den Küchentisch, als ausnahmsweise mal niemand sonst zu Hause war.

Als Rosie aus Prag zurückkam, fand ich es zunächst schwer, ihre Reaktion auf meine Beziehung mit Joe einzuschätzen. Zuerst schien es ihr ziemlich egal zu sein, doch dann sagte sie eines Morgens beim gemeinsamen Tee, dass sie sich Sorgen mache, Joe könnte mich verletzen.

Sie befürchtete, nicht allein damit fertig zu werden, sollte mir wieder das Herz gebrochen werden. Ich versicherte ihr, dass alles in Ordnung ist und ich einfach mal eine zwanglose Beziehung ohne Druck und Erwartungen genieße, aber sie kaufte es mir nicht ab. Sie meinte, sie kenne mich zu gut, um glauben zu können, dass ich mich emotional nicht reinhängen würde. Ich wäre kein Typ für Affären und könnte mein Herz nicht abschalten.

Margie dagegen fand, ich sollte mich während meiner Zeit in London unbedingt einer aufregenden, befreienden Romanze hingeben, und wenn nur aus dem Grund, dass Sex gut für die Gelenke sei.

Joe bringt mich zum Lachen. Er verrät mir solche Geheimnisse wie wo genau ich mich auf den Bahnsteig stellen muss, um den am wenigsten vollen U-Bahn-Wagen zu erwischen, und zeigt mir die besonderen Ecken von Putney, wie den netten Pub aus der Zeit Edwards VII., *The Cat's Back*, in dem man auch nach Sperrstunde noch trinken kann. Manchmal frage ich mich, ob Joe vielleicht mehr von mir will als ich von ihm, aber ich genieße seine Gesellschaft, und Margie meint, das sei vielleicht genug.

Rosie hat endlich ein Jobangebot angenommen. Ich habe mich halb totgelacht, als sie mir erzählte, dass es eine Vollzeitstelle ist. Wenn ich nicht neben Joe aufwache, dann wecken mich die Geräusche von Rosies Deospray und ihrem Föhn. Sie findet es unfair, dass ich erst acht Minuten, bevor die Buchhandlung öffnet, losmuss, und verflucht mich regelmäßig jeden Morgen – heute ist keine Ausnahme.

»Kannst du ein bisschen leiser sein, Rosie? Ich muss erst in zwei Stunden aufstehen.«

»Na toll«, sagt sie und zieht sich ihre Stiefel an. »Du kannst mich mal.«

Sie wirft mit ihrer Haarbürste nach mir, und ich verstecke mich unter der Bettdecke.

»Vergiss heute Abend nicht«, sagt sie auf halbem Weg zur Tür hinaus.

»Was? Ach ja. Wo treffen wir uns noch mal?«

»Im *Spotted Horse*. Um halb sieben.«

Als ich um sechs ins *Spotted Horse* komme, sitzt Ben bereits an der Bar und trinkt ein Snakebite. Er ist braun gebrannt, trägt einen Bart und grinst mich auf seine charmante Art an. Dann springt er auf und drückt mich. An diesem kalten Londoner Abend strahlt er eine unglaubliche Wärme aus, und ich freue mich unglaublich, ihn zu sehen.

»Du siehst gut aus, Ben!«

»Du auch! London tut dir gut, was?«

»Ja, glaub schon.« Ich ziehe meine Jacke aus. »Sind jetzt ganze vier Monate. Nur die Haare verlieren bei dem Wetter mit der Zeit etwas an Schwung. Aber wie geht's dir? Wie war's auf dem Jakobsweg?«

»Einfach toll. Es ist schwer zu beschreiben, aber ich kann die Erfahrung nur empfehlen. Manchmal war es hart, und ich habe mir nichts sehnlicher gewünscht, als dass es vorbei ist. Und am nächsten Tag hat dann alles wieder Sinn ergeben, und ich wollte überhaupt nicht mehr aufhören zu laufen.« Er lacht. »Aber die Stiefel vermisse ich echt nicht. Die Blasen hatte ich noch Ewigkeiten.«

Er blickt über meine Schulter, und ich grinse, als sein Gesicht aufleuchtet wie eine Reklametafel am Times Square. »Hallo! Da ist ja unsere Chaotin!«

Rosie kommt auf uns zu, und Ben begrüßt sie überschwänglich und mit derselben herzlichen Umarmung wie mich. Sie erwidert sein breites Lächeln, und ihre Augen funkeln frech.

»Du siehst aus wie ein Holzfäller!«, neckt sie ihn.

»Teilzeit-Holzfäller!«, lacht er.

Sie verdreht die Augen. »Ach, fang bloß nicht damit an, Ben. Die glorreichen Tage sind vorbei.«

»Was soll das heißen? Sag nicht, du …?«

»Japp. Ich arbeite jetzt Vollzeit. Hätte ich auch nie für möglich gehalten, aber so ist es. Und es ist genau so, wie ich es mir vorgestellt habe. Absolut scheiße!« Sie grinst und stößt mich mit dem Ellbogen an. »Lucy dagegen hat den Spaß ihres Lebens beim Bilderbüchervorlesen und kommt innerhalb von zwei Sekunden zur Arbeit.«

»Cider?«, frage ich.

»Gern«, antwortet Rosie. »Ach, und sie hat ihren Roman fertig! Hat Penny schon was vom Verlag gehört, Lucy?«

Penny hat mal wieder bewiesen, dass sie ein Engel auf Erden ist, und mein Manuskript an eine befreundete Verlegerin geschickt.

»Noch nicht, aber sie bleibt dran. Penny lässt mich nicht hängen. Sie liebt mich, und …«

»Ich weiß, ich weiß«, sagt Rosie und gibt mir einen kleinen Schubs. »Und du liebst sie.«

»Glückwunsch, Luce!«, sagt Ben, als ich mit den Getränken wiederkomme. »Du bist echt ein richtiger Bücherwurm.«

»Ha! Gibt es auch attraktive Bücherwürmer?«

»Außer dir kenne ich keinen. Aber seht euch das an: Hier gibt's einen ›Chocolate Brookie‹! Ha! Was das wohl ist?«

»Egal. Es klingt lecker, und ich bestelle einen«, sagt Rosie, als wir mit unseren Gläsern zu einem Tisch am Fenster gehen.

Wir bestellen Fish and Chips, Rindfleischpastete und Bratwürstchen in Honig-Senf-Marinade, und während wir uns gegenseitig auf den neusten Stand bringen, essen wir von jedem Teller etwas. Zum Schluss nehmen wir alle einen Löffel und teilen uns den Chocolate Brookie, was eine ziemlich leckere Mischung aus einem Brownie und einem Cookie ist, und ich bin absolut glücklich, den Abend mit meiner besten Freundin und einem Mann zu verbringen, der immer einen lustigen Spruch auf den Lippen hat.

Als wir Ben fragen, was er als Nächstes vorhat, sagt er, dass er es noch nicht so genau weiß.

»Ich möchte wild sein«, sagt Rosie auf einmal und legt ihren Löffel weg. »Ich will an verrückten Orten leben und Regeln brechen und Leuten, die es verdienen, sagen, dass sie mich mal können. Ich will machen, worauf ich Bock hab und mich von allem lossagen und schlafen, mit wem ich will, und arbeiten, wann ich will.« Sie legt einen Bierdeckel auf die Tischkante, schnippt ihn in die Luft und fängt ihn wieder. »Das will ich.«

Ben sieht sie fasziniert an und sagt: »Ja, vielleicht will ich das auch.«

»Ich dachte immer, du und Oscar, ihr wärt füreinander bestimmt«, sagt Ben, als wir sturzbetrunken nach Hause torkeln. »Ich hab ihn noch nie so glücklich erlebt, wie wenn er mit dir zusammen war, und so geistesabwesend, wenn du nicht da warst. Er hat ständig aus dem Fenster zu eurem Haus rübergeguckt.«

»Und er hat 'ne Freundin«, sage ich.

»Nee, hat er nicht. Er und Kate sind schon seit Ewigkeiten nicht mehr zusammen.«

Ich denke an die Szene im *Wild West Saloon* und bekomme sofort ein schlechtes Gewissen. Das letzte Mal, als ich Kate gesehen habe, saß sie, das Gesicht in den Händen, auf der Bordsteinkante vorm Pub. Oscar saß neben ihr, und die beiden haben kein Wort miteinander geredet.

»Ach, Ben«, sage ich leise. »Das ist jetzt schon so lange her.«

»Außerdem schläft sie mit Joe, unserem schottischen Mitbewohner«, sagt Rosie. »Er ist Maschinenbauingenieur. Und sieht auch noch total gut aus.«

»Mhm«, bestätige ich. Bens Bemerkung hat mich ganz schön aus der Bahn geworfen, als ob eine Welle, die ich nicht habe kommen sehen, vollkommen unerwartet von hinten über mich hereingebrochen wäre.

»Was gibt's Neues von Brian und Denise?«, fragt Rosie, die offenbar spürt, dass ich Hilfe brauche.

Ich greife dankbar nach dem Rettungsring. »Die beiden drehen jetzt total durch. Dad hat seit Kurzem Arthritis in den Fingern, und Mum hat gelesen, die beste Medizin wäre Marihuana, deswegen streuen sie sich jetzt jeden Morgen aus Amerika importierte Hanfsamen übers Müsli.« Ich lache. »Ich glaub, die beiden sind den halben Tag high.«

Rosie lacht auch. »Kannst du dir Denise auf Dope vorstellen? Unglaublich!«

»Oje, das stelle ich mir lieber nicht vor«, antworte ich.

»Wo ist dein Freund denn heute Abend, Luce?«, fragt Ben nach einer Weile.

»Bei 'nem Arsenal-Spiel. Er ist verrückt nach Fußball.«

Ich habe ein schlechtes Gewissen, Joe nicht von unserem Treffen erzählt zu haben. Unterbewusst wollte ich wohl nicht, dass er und Ben sich begegnen. Obwohl es so aussieht, als ließe es sich jetzt nicht mehr vermeiden, da wir, beim Putney Palace angekommen, alle drei die Treppe hinauftorkeln. In der Wohnung gehe ich direkt zu Joes Zimmer und bin dermaßen erleichtert, als er nicht da ist, dass ich mich frage, ob wir uns nicht trennen sollten, sobald er nach Hause kommt.

Da ich den Gedanken in meinem betrunkenen Zustand nicht weiterspinnen will, setze ich mich zu ein paar Deutschen aufs Sofa und gucke eine Wiederholung der *Graham Norton Show*.

Über den Applaus und die Werbepausen hinweg höre ich Rosie und Ben in der Küche mit dem Geschirr klappern. Als die Deutschen den Fernseher ausschalten, sagt Rosie gerade: »Aber Ben, wir sind verschieden wie Tag und Nacht!«

»Ich weiß!«, antwortet Ben. »Aber für dich würde ich die Nacht zum Tag machen.«

22

Joes Arm um meine Taille fühlt sich schwer an, und als ich ihn anhebe und aus dem Bett schlüpfe, bewegt Joe sich kurz. Ich gehe über die kalten Fliesen im Badezimmer und halte mich am Waschbecken fest. Als ich meine dunklen Augenringe im Spiegel sehe, senke ich schnell den Blick. Und dann stehe ich eine ganze Weile nur da und starre auf den Sprung im Porzellan.

»Luce«, sagt Joe leise und klopft an die Tür. Als ich nicht antworte, öffnet er sie sanft. »Alles okay?« Er kommt zu mir und schlingt mir die Arme um die Schultern. »Was ist los?«, fragt er und küsst mich in den Nacken.

Ich drehe mich zu ihm um. »Nichts. Ich hab nur zu viel getrunken.«

»Ah.« Er lächelt verständnisvoll. »Soll ich dich zurück ins Bett tragen? Ich wollte dich schon immer ins Bett tragen. Komm …«

»Nein danke«, sage ich leise lachend und gehe zur Tür. »Ich glaub, ich mach einen Spaziergang nach Notting Hill. Frische Luft wird mir guttun.«

Ich mochte es schon immer, über die Märkte in Notting

Hill zu schlendern, und mit den Fetzen von blauem Himmel zwischen den grauen Wolken verspricht der Tag, schön zu werden. Ich fühle mich gleich besser.

Ein paar Straßen von den Menschenmassen an der Portobello Road entfernt, stolpere ich über ein hübsches Café mit überquellenden Blumenkästen vor weiß getünchten Wänden. Ich bestelle einen Kaffee und ein Croissant und setze mich an einen Tisch neben der Tür. Tupfen von Sonnenlicht sprenkeln den Raum, und während ich meine Jacke ausziehe, muss ich an Rosie und Ben denken.

So wie ich Rosie kenne, wird es bei ihr heute Morgen keine halben Sachen geben. Entweder zieht sie Ben näher an sich, oder sie schickt ihn in die Wüste, und ich habe keine Ahnung, wie sie sich entscheiden wird.

Die beiden passen auf jeden Fall gut zueinander. Sie sind beide liebenswert verrückt und könnten beide, mit einem Lächeln und einem Augenzwinkern, ungestraft einen Mord begehen.

Eine halbe Stunde später schlendere ich gerade eine leicht abfallende Straße mit Antikläden entlang, als mein Handy den Eingang einer E-Mail verkündet. Mein Herz schlägt schneller, als ich sehe, dass sie von Jacqui Dundas ist, der Verlegerin, der Penny mein Manuskript geschickt hat. Doch meine Hoffnungen sind schnell zerstört. Jacqui schreibt, mein Roman habe zwar großes Potenzial, doch der Markt sei extrem gesättigt und sie habe gerade erst zwei historische Romane angenommen. Daher müsse sie mir leider absagen, aber sie wünsche mir alles Gute für meinen Roman und dass ich eine geeignete Agentur oder einen Verlag finde.

»Alles Gute« – drei Wörter, die so nett klingen und doch eine derart vernichtende Endgültigkeit an sich haben. Ich habe von Autorinnen und Autoren gehört, die mit ihren unzähligen Absageschreiben ein Zimmer hätten tapezieren können, trotzdem tut schon diese eine Absage weh.

Ich bin verkatert, niedergeschmettert von Jacquis Antwort und immer noch schrecklich verwirrt, weil Ben Oscar erwähnt hat, und so gehe ich statt nach Hause, wo ich allen begegnen würde, ins Kino am Notting Hill Gate und sehe *Ghostbusters*.

Als ich ein paar Stunden später in Londons Version eines sonnigen Nachmittags hinaustrete, habe ich mehrere entgangene Anrufe von Rosie. Ich rufe sie zurück, und wir verabreden uns zu einem Spaziergang im Hyde Park.

Ich bin vor Rosie da und setze mich auf eine Bank am See, wo ich geistesabwesend den Leuten in den Ruderbooten beim Herumalbern zusehe.

»Also damit hab ich nicht gerechnet«, sagt Rosie und setzt sich neben mich.

Ich weiß genau, was sie meint, und kriege einen Lachanfall. Als ich wieder atmen kann, frage ich: »Und wie geht es jetzt mit euch weiter?«

Sie verschränkt die Arme. »Ausnahmsweise mal kann ich es absolut nicht sagen.«

»Echt nicht?«

»Ja, es ist total seltsam. Normalerweise verstehe ich sowas ja. Aber Ben verstehe ich nicht. Oder vielmehr meine Gefühle ihm gegenüber.«

»Willst du ihn denn wiedersehen?«

»Ich glaub schon. Ich meine, mit ihm kann man richtig Spaß haben.«

»Ja, er ist ein toller Kerl. Ich hab heute Morgen über euch nachgedacht. Ihr wärt perfekt zusammen!«

»Ich bin auch schon allein perfekt.«

Wir spazieren einen breiten Weg mit Platanen entlang und grinsen, als drei kleine Mädchen in Strumpfhosen und pastellfarbenen Mänteln Arm in Arm an uns vorbeihopsen und dem hinter ihnen herlaufenden Großvater zurufen, er solle sich beeilen. In der Ferne sehen wir zwischen den Eichen immer wieder Londons rote Busse und schwarze Taxis vorbeifahren.

Mit einem gewissen Abscheu erzählt Rosie mir von der Teambuilding-Maßnahme, an der sie am nächsten Tag in der *Wandsworth-Dental*-Praxis teilnehmen muss, und dass sie viel lieber bohren und Löcher füllen würde, als eine menschliche Pyramide mit übergewichtigen ehemaligen Pfadfindern zu bilden, die sich jetzt »Change Management Consultants« nennen.

Als ich nicht lache, wie ich es normalerweise tun würde, sieht sie mich an. »Was ist los?«

»Nichts.«

»Warum bist du dann so ernst?«

»Ach, weil ich eigentlich Stilettos statt Ugg Boots tragen sollte.«

»Wovon redest du da? Bist du bekifft? Hat Denise dich jetzt auch mit dem Hasch gekriegt?«

»Nein.« Ich lache und blinzle die Tränen weg. »Die Verlegerfreundin von Penny hat mir heute Morgen geschrieben, dass sie meinen Roman nicht veröffentlichen wird.«

»Aber das ist doch okay, Luce«, sagt Rosie und tätschelt mir den Rücken. »Man hört doch ständig von Leuten, die Tausende Absagen erhalten haben. Denk doch nur an J. K. Rowling!«

»Ja, ich weiß. Aber ich hab das Gefühl, ich kann Penny überhaupt nicht mehr unter die Augen treten. Ich glaube, ich geb die Fosters auf.«

»Würden die Fosters dich aufgeben?«

»Nein«, gebe ich zu. »Sie sind Edelsteinsucher. Sie geben nie auf.«

Schweigend gehen wir weiter.

»Okay«, sagt Rosie schließlich und hakt sich bei mir unter. »Schauen wir uns das noch mal an. Warum kannst du Penny nicht unter die Augen treten?«

»Weil ich sie enttäuscht habe. Sie hat ihren Kopf für mich hingehalten, und ihrer Freundin gefällt mein Buch nicht.«

»Ich wette, Penny sieht das nicht so. Sie hält es garantiert für ganz normal, nicht gleich beim ersten Versuch Erfolg zu haben. Sie hält dich doch für talentiert, oder?«

»Ja.«

»Dann mach dir wegen Penny mal keine Sorgen«, sagt Rosie und nimmt mich in den Arm. »Sie wird dich sicher immer noch lieben.« Rosie sieht mich aufmerksam an. »Du bist wahrscheinlich ein bisschen durcheinander von dem ganzen Gerede über Oscar gestern, oder? Also, du brauchst keine Angst zu haben, dass du Ben jetzt ständig sehen musst. Ich hab mir gerade überlegt, dass ich nichts mehr mit ihm zu tun haben will.«

Ich schweige, denn sie hat sich garantiert nichts Derartiges überlegt, sondern probiert nur aus, wie es sich anfühlt, das zu sagen.

»Weißt du, was wir brauchen?«, sagt sie auf einmal. »Eine Shoppingtherapie.«

»Unbedingt!«, antworte ich und fühle mich auf der Stelle besser.

Wir nehmen die U-Bahn vom Hyde Park nach Piccadilly Circus und gehen zu *Anthropologie* auf der Regent Street, wo ich zwischen den Ständern mit ausgefallenen Baumwollshirts und Boho-Chic-Haushaltswaren meine Sorgen vorerst vergesse.

»Meinst du, Penny würde zu meiner Hochzeitsfeier kommen?«, frage ich Rosie später am Abend bei *Itsu* über einer dampfenden Schüssel Hühner-Kokos-Nudelsuppe.

»Luce.« Rosie legt ihre Stäbchen weg. »Wenn du Penny zu deiner Brautjungfer machst, werde ich dir das nie verzeihen.«

»Sie ist dreiundsechzig!«, lache ich.

»Wen willst du überhaupt heiraten?«, fragt sie.

In dem Moment piept mein Handy, und ich lese Joes ominöse Nachricht: *Wir müssen reden*.

Als ich nach Hause komme, führt Joe mich in sein Zimmer, und wir setzen uns nebeneinander aufs Bett. Ich sehe ihn an, fühle die Befangenheit zwischen uns und weiß nicht, was ich dagegen tun soll – weiß nicht, ob ich etwas dagegen tun *will*.

Er erzählt mir, er habe die ganze Zeit über heute Morgen und wie distanziert ich war nachdenken müssen und dass er sich fragt, warum ich ihm aus dem Weg gehen würde.

Er wirkt so verzweifelt, dass ich die Arme um ihn schlinge und mich entschuldige. Ich versichere ihm, meine seltsame Stimmung am Morgen hätte nur mit der extremen Müdigkeit und dem schrecklichen Kater zu tun gehabt.

Er legt mir sanft die Hände auf die Schultern und betrachtet mich mit einer Armeslänge Abstand.

»Luce, als du heute Morgen weg warst, wurde mir auf einmal klar, wie wichtig du mir bist. Es kam irgendwie so aus dem Hinterhalt. Ich weiß, wir haben gesagt, wir wollen nur was Lockeres, aber ich habe gemerkt, dass ich mehr will.«

Ich sehe ihn an und frage mich, was ich darauf antworten soll.

»Ich will eine langfristige Beziehung mit dir, Luce. Aber ich weiß nicht, ob es dir genauso geht?« Er sucht meinen Blick.

Ich hab ihn noch nie so nervös erlebt, und bei der Vorstellung, diesen wunderbaren Mann zu verletzen, zieht sich mir der Magen zusammen. Und warum das Ganze? Weil ich vielleicht noch an jemandem hänge, der Tausende von Kilometern entfernt lebt und mit dem ich noch nicht mal mehr Kontakt habe?

Ich höre mich zu Joe sagen, dass ich nicht vorhabe, mich von ihm zu trennen oder irgendwie auf die Bremse zu treten. Er lächelt mich so erleichtert an, dass ich nicht anders kann, als auch zu lächeln.

Den Rest des Abends verbringen wir zusammen im Bett, und als ich mich an ihn kuschele und wir uns bei einer Folge *Catastrophe* vor Lachen wegschmeißen, denke ich, dass ich ein ganz schönes Brett vorm Kopf gehabt haben muss, tatsächlich darüber nachgedacht zu haben, diese einfache, unkomplizierte Liebe aufzugeben.

Am nächsten Morgen erzähle ich Penny von der E-Mail der Verlegerin. Sie lächelt mich verständnisvoll an.

»Gib *Diamanten im Staub* nicht auf, Lucy«, sagt sie, als hätte sie mein Gespräch mit Rosie belauscht. »Vergiss nicht: Wenn es leicht wäre, einen Verlag zu finden, würden alle Bücher schreiben. Und verschiedene Verlage suchen verschiedene Bücher.« Sie nimmt einen Stapel *Für Hund und Katz ist auch noch Platz*, geht los und dreht sich noch mal zu mir um. »Zeig ihr, dass sie falschgelegen hat. Lass deinen Roman so funkeln und glänzen, dass er danach schreit, veröffentlicht zu werden.«

Ich könnte vor Stolz fast platzen, und ich schwöre mir, an meinem Kindheitstraum festzuhalten.

Die Nachmittagsschicht habe ich mit Margie zusammen. Ich erzähle ihr von Joes plötzlichem Bedürfnis nach einer langfristigen Beziehung und dass ich trotz meiner Versicherungen ihm gegenüber tief in mir drinnen unsicher bin.

Margie erzählt, sie hätte sich in Kapstadt mal in einer ganz ähnlichen Situation befunden, woraufhin ihre Mum die ersten Zeilen von Elton Johns »I Guess That's Why They Call It The Blues« zitiert habe.

Ich lächle und sage, dass unsere Mütter sich bestimmt blendend verstehen würden.

Als hätte mein Gespräch mit Margie meine Mum auf den Plan gerufen, meldet sie sich am Abend bei mir.

»Hallo?«, ruft sie, als ich ihren Skype-Anruf annehme. »Hallo? Ich versuche, das hier lauter zu stellen, Schatz. Ach, ich krieg's nicht hin. Wir müssen einfach lauter reden.«

»Hallo, Mum!«, sage ich und grinse, als Glenda Mum auf den Schoß springt und ihr komplettes Gesicht verdeckt. »Hallo, Glenda!«, rufe ich und stutze. »Sie ist eine ganz schön fette Tonne geworden, Mum!«

»Das musst du mir nicht sagen!«, erwidert sie. »Dein Vater hält jeden zweiten Tag bei *Bernie's Pie Van* und teilt sich was mit ihr. Ich hab ihm gesagt, er soll's lassen. Was meinst du, wie schwer sie gerade auf meinem Schoß ist! Ich kann abends noch nicht mal mehr *Grand Designs* gucken. Sie springt einfach auf mich drauf, und ich kann mich kaum noch bewegen. Komm, Glenda, runter mit dir … Nimm wenigstens den Kopf zur Seite. Ah, na also. Du siehst ein bisschen blass aus, Lucy.«

»Das liegt daran, dass ich in England wohne. London ist nicht unbedingt Townsville!«

»Isst du denn genug rotes Fleisch?«

»Glaub schon.«

Dad erscheint im Bild. »Du kannst ruhig mal ein ordentliches Kotelett essen, Luce.«

»Dad, was hast du Glenda zu essen gegeben?«, frage ich. »Sie sieht aus, als müsstet ihr sie bei Weight Watchers anmelden.«

»Tut mir leid«, sagt Dad leicht beschämt. »Wir kommen immer bei Bernie vorbei, kurz bevor er schließt, und er besteht immer darauf, uns übrig gebliebene Pasteten zu geben. Letztes Mal, als ich einfach vorbeifahren wollte, ohne anzuhalten, hat er mich extra rübergewunken.«

»Kannst du nicht einfach einen anderen Weg fahren?«, schlage ich vor. »Oder die Pasteten für den *Men's Shed* einfrieren?«

»Ja, okay«, sagt er, verlässt das Zimmer und ruft nach Glenda, die leicht schwerfällig von Mums Schoß springt.

Nachdem ich die Haustür ins Schloss fallen gehört habe, frage ich Mum, wie es Dad geht. Sie sagt, es gehe ihm gut und dass er in letzter Zeit mehr Zeit auf der Farm verbringe, weswegen er auch so oft bei Bernie vorbeikommt. Mum bemitleidet mich, als ich ihr erzähle, dass es in London um halb vier nachmittags schon dunkel wird, wird aber ganz neidisch, als ich ihr von dem 50-Prozent-auf-Cashmere-Sale bei *The Library* in Chelsea erzähle – bis ich den Schal erwähne, den ich für sie gekauft habe.

»Ich bin auch bei *The Ivy* auf der King's Road vorbeigekommen – das war eins der Restaurants auf der Liste der ›Top 10 High Teas‹ in dem Artikel, den du mir geschickt hast.«

»Ach, wie schön. Dann geh da doch mal mit einem netten jungen Mann hin und bestell Tee und Scones«, lacht sie. »Oder meinetwegen auch mit Rosie!«

Ich habe ein leicht schlechtes Gewissen, ihr immer

noch nicht von Joe erzählt zu haben, und beschließe, ihn zu erwähnen, sobald sie zu reden aufhört, doch als es so weit ist, bleiben mir die Worte im Hals stecken. Stattdessen frage ich sie nach Ruths Schaum-und-Schlager-Party und ob Ruth ihren Wet-T-Shirt-Wettbewerb wieder ins Leben gerufen hat.

Ich habe gar nicht vor, Mum etwas zu verheimlichen, doch aus irgendeinem Grund fürchte ich, dass es, wenn ich Joe erst mal erwähne, kein Zurück mehr gibt. Er wird Teil jeder zukünftigen Unterhaltung sein, und dafür fühle ich mich einfach noch nicht bereit.

»Oscar war hier und hat nach dir gefragt«, sagt Mum auf einmal.

»Ach, echt?«, frage ich ganz gelassen, obwohl mein Puls alles andere als entspannt ist.

»Er hat nach deiner Nummer in London gefragt. Soll ich sie ihm geben?«

»Nein«, antworte ich und lenke das Gespräch für die letzten Minuten wieder auf das unverfängliche Thema Glenda und wie sehr wir sie lieben.

Rosie kommt vollkommen entrüstet von ihrem Teambuilding-Tag nach Hause. Ich kann mich vor Lachen kaum halten, als sie mir von ihrer Sitzung zum »Feedback geben« erzählt. Es gibt wohl eine neue Vorschrift bei *Wandsworth Dental*, nach der man erst die Erlaubnis der Kollegen einholen muss, bevor man ihnen Feedback gibt, wie: »Entschuldige, Kelly, darf ich dir ein Feedback geben?«

Daraufhin kann Kelly das Angebot annehmen oder ablehnen, je nach seelischer Verfassung.

Nach der Sitzung hat eine Zahnarzthelferin Rosie gefragt, ob sie ihr ein Feedback geben darf, und Rosie hat Nein gesagt und dass sie die Schnauze voll habe, was Feedbackgeben angehe. Die Kollegin könne es in zwei Wochen ja noch mal probieren.

Ich wasche noch das Geschirr vom Abendessen ab und folge Rosie dann auf unser Zimmer. Als ich reinkomme, sitzt Rosie strahlend auf dem Bett und hält eine kleine Karte in der Hand. Auf ihrer Kommode steht eine Vase mit lila Orchideen.

»Wow, sind die schön«, sage ich.

Sie zeigt mir die Karte.

Ich wäre sogar glücklich, wenn ich dich nur Teilzeit sehen könnte! B x

Ich lächle und lasse sie mit ihren Gedanken allein.

23

Während der nächsten zwei Monate verdränge ich erfolgreich alle Gedanken an Oscar, indem ich mir ab und zu Einstein in Erinnerung rufe, der Wahnsinn so definiert, immer wieder das Gleiche zu tun und dabei auf ein anderes Ergebnis zu hoffen.

So verfallen Joe und ich in einen glücklichen Trott. Ich finde seinen schottischen Slang ziemlich liebenswert, und er wiederum findet meine mit australischen Ausdrücken gespickten Neckereien mit Rosie höchst unterhaltsam.

»Sie würde noch nicht mal schreien, wenn sie ein Hai beißt?«, wiederholt er ungläubig, als ich von einer Kollegin bei *Scribe* erzähle, die besonders zugeknöpft ist.

Ich weise ihn im Gegenzug auf die ganzen britischen Eigenarten hin, die er für selbstverständlich hält.

»Hör dir das an«, sage ich, als wir einen Abend zusammen kochen, und lese ihm vom Deckel der Nudelsoße vor: »›Nicht benutzen, wenn der Deckel geknickt ist.‹ Und wenn der Deckel einfach einen schlechten Tag hat? Verdient er keine zweite Chance?«

Worauf er antwortet: »Du Dussel!«

Dass jemand noch so redet! Grandios!

Joe gewöhnt es sich außerdem an, bei *Scribe* vorbeizukommen, wenn ich Feierabend habe, um mit mir zusammen nach Hause zu spazieren. Und ich erwische mich dabei, dass ich mich darauf freue, in den dunklen Nachmittag hinauszugehen und zu wissen, dass er draußen auf mich wartet.

An einem langem Wochenende überrascht mich Joe mit einem Besuch bei seinen Eltern in Fraserburgh, einem idyllischen Fischerdorf in Schottlands äußerstem Nordosten. Ich habe Mum immer noch nicht von Joe erzählt, und als ich mit ihm auf den weiten grünen Wiesen mit lauter Schafen stehe und auf die zerklüfteten Klippen blicke, die Hunderte von Metern ins Meer abfallen, wird mir auf einmal klar, dass ich gefährlich nah an den Äußeren Hebriden bin.

»Worüber lachst du?«, fragt Joe und zieht mich näher an sich.

»Ach, nichts«, antworte ich und küsse ihn, um weiteren Fragen zu entgehen.

Auf dem Weg zurück zu seinen Eltern zeigt Joe mir die Orte seiner Kindheit und Jugend. Wir kommen am Fußballfeld vorbei, wo er 1992 das entscheidende Tor zum Sieg im Finale in der Scottish Junior North Premier League geschossen hat, und dann blicken wir auf einen Küstenstreifen hinab, wo er, wie er mir lachend erzählt, die Mädchen aus dem Ort mit seinen Kitesurfing-Künsten zu beeindrucken versucht hat, aber fulminant gescheitert ist. Als ich sage, dass ich ihm auch irgendwann mal Rocky zeigen muss, antwortet er, er würde sehr gern sehen, wo ich herkomme, und dass er, sollte ich irgendwann nach Australien zurückgehen wollen, mir folgen würde wie ein Schoßhund.

»Fraserburgh war früher mal der größte Weißfischlieferant für Großbritannien, aber jetzt lebt das Dorf vom Tourismus«, erklärt Joes Dad mir mit einem so starken schottischen Akzent, dass ich überlege, in einen Kurs in Lippenlesen zu investieren.

»Soll ich mal die Finger rüberwandern lassen?«, fragt er mit einem Funkeln in den Augen, und ich sehe ihn sprachlos an, bis er mir einen Teller mit Shortbread-Keksen hinhält.

»Die nennen wir hier in Schottland Finger«, grinst Joe.

»Ha«, antworte ich und greife zu. »Und ich dachte schon, ich müsste deinem Vater mal eins auf den Keks geben!«

Joes Eltern lachen schallend, obwohl Joe mir später erzählt, sie hätten auch ziemliche Schwierigkeiten mit meinem Akzent gehabt.

Nach unzähligen Tassen Tee und Shortbread-Fingern erkenne ich Joe im Lächeln seiner Mutter und in den Augen seines Vaters. Ich habe das Gefühl, ich kann diesen Mann jetzt besser einordnen, wo ich seine Familie kennengelernt habe.

»Wenn ich weiterhin so viele Cupcakes und frische Butter esse, gehe ich auf wie ein Hefekuchen«, sage ich ihm. Und so verbringen wir den Rest der Zeit viel mit Ausflügen und Spaziergängen.

Wir besuchen die an der felsigen Küste gelegene unheimliche Ruine des Slains Castle, die wohl Inspiration für Bram Stokers *Dracula* war, und machen eine Schifffahrt auf dem Loch Ness. Ich probiere Haggis und mache Fotos von Robben, die der kalten Nordsee entflohen sind und auf den Steinen vor Fraserburgh sonnenbaden. Ich bin so fasziniert von diesen Bildern und Geräuschen, die so ganz anders sind als das, was ich aus Queensland kenne, dass es mir noch nicht mal etwas ausmacht, als eine riesige Möwe uns unsere Tüte Pommes klaut und den Inhalt auf dem Boden verteilt.

»Wie kannst du darüber lachen, Luce!«, ruft Joe, springt auf und versucht fluchend, die Möwen zu verscheuchen.

»Keine Sorge«, sage ich immer noch lachend, packe ihn hinten am Bund seiner Jeans und ziehe ihn neben mich auf die Bank zurück. »Wenn wir zu Hause sind, gibt es genug Shortbread!«

»Hmm«, murmelt er und küsst mich. »Vielleicht reichst du mir auch.«

24

Zurück in London zieht Rosie mich sofort in unser Zimmer und erzählt, dass sie und Ben über das lange Wochenende kaum eine Minute getrennt verbracht haben.

»Das ist toll, Rosie!«, sage ich, und als ich ihre besorgte Miene sehe, frage ich: »Oder nicht?«

»Doch.«

»Warum guckst du dann so?«

»Na ja, er trägt zum Schlafen ein Muskelshirt, auf dem steht: ›I've got 99 problems but a bench ain't one‹, und darunter ist ein Bild von einer Hantelbank.«

»Das ist doch witzig!«, sage ich.

»Er lässt den Tee nicht ziehen.«

»Vielleicht ist der Tee ja eher ein sesshafter Typ.«

»Er weiß nicht, was er als Nächstes tun soll.«

»Das weiß ich die meiste Zeit auch nicht, und trotzdem liebst du mich, oder nicht?«

»Ach, Luce«, sagt sie und vergräbt das Gesicht im Kissen. »Ich mag ihn wirklich. Scheiße! Er macht mich einfach glücklich, genau wie dieses Aufräumbuch von dieser Japanerin.«

»Marie Kondo«, antworte ich, den Bestseller kenne ich auch ziemlich gut.

»Ich wollte ihn ja gar nicht so sehr mögen, aber dann waren da seine verdammten Schuhe!«

»Was, trägt er tolle Schuhe? Ach, das stand auf deiner Top-Five-Liste, oder? Irgendwas von wegen, dass dein Traummann ordentliche Schuhe tragen muss?«

»Ja, aber das meine ich nicht. Als du weg warst, hat er hier geschlafen, und ich bin am nächsten Morgen Milch holen gegangen. Und auf dem Rückweg war ich mir unsicher, ob ich wollte, dass er noch da ist, wenn ich wiederkomme, oder dass er weg ist. Und dann kam ich nach Hause und hab seine Schuhe vor der Tür gesehen, und mein Herz hat so einen kleinen Sprung gemacht. Mir ist klar geworden, dass ich wollte, dass er drinnen auf mich wartet.«

Sie blickt mich so verzweifelt an, dass ich nicht anders kann, als zu lachen.

»Er hat sogar 'ne gute Uber-Bewertung!«

»Was hat sein Fahrstil denn damit zu tun?«

»Hast du noch nichts von der Uber-Theorie gehört?«

»Nein.«

»Wenn du jemand Neues kennenlernst, checkst du erst mal seine Uber-Bewertung, und wenn der Durchschnitt unter 3,5 ist, fängst du an zu grübeln. Warum hat er so schlechte Bewertungen? Ist er vielleicht ein Arschloch, wenn er nicht mit dir zusammen ist? Ist es nur eine Frage der Zeit, bis du es mitbekommst?«

»Und wie ist Bens Uber-Bewertung?«

»Verdammte fünf Sterne!«

Ich muss lachen.

»Scheiße, Luce. Ich mag ihn *echt*.«

»Aber das ist doch gut, oder nicht?«

»Nein, ist es nicht! Ich fühle mich total überfordert! Ich hab noch nie jemanden so sehr gemocht.«

»Er mag dich garantiert genauso, Rosie.«

»Ich weiß, dass er mich mag«, klagt sie. »Er sagt es mir ja die ganze Zeit – und das macht mich auch total fertig!«

Später am Abend formulieren Rosie und ich, angeregt durch eine Flasche Wein, einen Ben-Schlachtplan, der darin besteht, dass sie ihn weiter trifft, ohne durchzudrehen.

Ziemlich beschwipst schleiche ich mich schließlich in Joes Zimmer, bis mir wieder einfällt, dass er mit einem Freund ausgegangen ist. Als ich mich hinlege, sehe ich einen Zettel mit der Zeichnung einer riesigen Möwe auf meinem Kissen liegen. Darunter hat er geschrieben: *Ich liebe dich, Luce*.

»Ich liebe dich auch«, flüstere ich, als er sich Stunden später an mich kuschelt.

Über den nächsten Monat beobachte ich, wie Rosie und Ben sich komplett und bis über beide Ohren ineinander verlieben. Sie sind so offensichtlich im Liebesrausch, dass man glauben könnte, bevor die beiden zusammengekommen sind, hätte es kein Feuer gegeben und dass »allein die Vorstellung einer Trennung unerträglich ist«, wie es in *Corellis Mandoline* so schön heißt.

Und ich bin auch ganz beschwingt, dank Rosies großartiger Idee.

»Heute Morgen in der U-Bahn dachte ich, du solltest *Diamanten im Staub* an ein paar australische Verlage schicken«, sagt sie eines Abends. »Die kennen das Setting und verstehen deinen Humor – das sind schließlich Australier!«

Erstaunt sehe ich sie an. »Warum bin ich da nicht schon selbst draufgekommen?«

Ich nehme mir eine Woche frei, um mein Manuskript noch mal zu überarbeiten, und recherchiere australische Agenturen und Verlage. Viele bieten an, dass man ihnen per E-Mail eine Zusammenfassung und die ersten drei Kapitel schicken kann. Ich befolge die Richtlinien zum Einreichen von Manuskripten und klicke auf »Senden«, bevor ich es mir noch mal anders überlegen kann. Trotz der verschwindend geringen Chancen hoffe ich, dass mir jemand antwortet, ohne die Mail mit »alles Gute« zu schließen.

Danach lege ich meinen Roman erst mal zur Seite und versuche zu entspannen, wenn ich nicht gerade bei *Scribe* bin.

Joe hat die nächsten Wochen bei der Arbeit viel zu tun – es geht um einen Antrag für Heathrows dritte Start- und Landebahn –, sodass ich ziemlich viel Zeit mit Ben und Rosie verbringe. Ben wohnt zur Untermiete im Zimmer eines Freundes, der auf Safari in Afrika ist. Die Wohnung liegt auf einer Einkaufsstraße zwischen Regent's Canal und London Fields im Hipster-Hackney, und der Mitbewohner, ein Typ aus der Finanzbranche, scheint nie da zu sein. Sie haben eine funktionierende Waschmaschine, eine warme Dusche mit genug Wasserdruck, ein lichtdurchflutetes Wohnzimmer und einen Ausblick aufs *Off Broadway*, eine unserer Lieblingsbars auf der gegenüberliegenden Straßenecke. Wenn man aus der Tür tritt, ist man mitten drin im East End mit seinen hübschen Cafés, Gourmet-Food-Märkten und Indie-Music-Läden.

Weder Rosie noch Ben erwähnen Oscar mir gegenüber, vermutlich habe ich das Rosie zu verdanken. An einem meiner freien Tage gehen Ben und ich zusammen Kaffee trinken, und er fragt mich nach Joe und wie es mit uns läuft. Ich antworte, dass es gut läuft, und sage mir selbst, dass Liebe manchmal eben auf kleiner Flamme kocht und die schwindelerregende Verliebtheit von Rosie und Ben am Anfang ja ganz normal ist.

Ich sage mir, es ist nicht schlimm, dass Joe und ich diese schwindelerregende Verliebtheit niemals hatten. Vielleicht ist die gar nicht unbedingt nötig. Vielleicht ist was wir haben genug. Es gibt bestimmt unzählige Paare auf der Welt, denen es ähnlich geht und die trotzdem glücklich sind.

Obwohl Rosie und ich unter einem Dach wohnen, ist es eine gefühlte Ewigkeit her, seit wir uns zum letzten Mal allein unterhalten haben, und so gehen wir einen Abend zusammen Schlittschuhlaufen unter der glitzernden Weihnachtsbeleuchtung am Somerset House.

»Mit Joe alles gut?«, fragt sie, während wir übers Eis gleiten.

»Ja«, sage ich und konzentriere mich aufs Laufen. »Ich wette, deine Mum kann es gar nicht erwarten, Ben kennenzulernen.«

»Ich glaube, sie mag ihn jetzt schon mehr als mich. Immer wenn sie anruft, nimmt er das Handy und unterhält sich erst mal ausführlich mit ihr.« Sie grinst, wie sie es immer tut, wenn sie von Ben redet. »Was sagt Denise eigentlich zu Joe?«

»Ich hab ihr noch nicht von ihm erzählt«, antworte ich, während wir auf den riesigen geschmückten Weihnachtsbaum in der Mitte der Eisbahn zulaufen. »Sie würde nicht aufhören, ständig nach ihm zu fragen.«

»Luce, magst du den Typ überhaupt?«, fragt Rosie plötzlich, als wir vor dem Baum stehen bleiben. »Denn wenn nicht, musst du's ihm sagen. Er liebt dich über alles!«

»Ich liebe ihn ja auch. Wirklich. Aber es ist eben anders als bei dir und Ben. Es fühlt sich nicht so an, als wären wir füreinander geboren oder als würde die Welt stehen bleiben, wenn wir nicht zusammen wären.«

»Darf ich dir Feedback geben?«, fragt sie.

Ich nicke.

»Ich denke nicht, dass die Welt stehen bleiben würde, sollten Ben und ich uns trennen. Ich wäre todunglücklich, klar, aber dann würde jemand anders kommen. Ich glaube nicht an diesen ganzen Seelenverwandtschaftquatsch. Ich finde, wenn man Spaß miteinander hat, ist das ein gutes Zeichen.« Sie lächelt. »Und Ben und ich haben ziemlich viel Spaß.«

»Du glaubst also, ich denke zu viel darüber nach?«

»Na ja, du musst selbst wissen, wie es dir mit Joe geht. Es hat keinen Zweck, in einer Beziehung zu bleiben, wenn du die Hälfte der Zeit überlegst, wie du da wieder rauskommst. Aber ich habe gesehen, wie er dich zum Lachen bringt, und außerdem ist er echt nett.«

»Rosie«, sage ich, als wir wieder loslaufen, »darf ich dir ein Feedback zu deinem Feedback geben?«

»Ja.«

»Es war gut.«

»Du riechst nach Vegemite!«, sagt Joe, als er mir am Frühstückstisch einen Kuss gibt. »Langsam erkenne ich den Geruch.«

Ich lächle und drehe ihm den Laptop zu. Ich bin gerade dabei, eine Reise nach Spanien zu organisieren – unser gemeinsames gegenseitiges Weihnachtsgeschenk. Joe war bisher nur auf Sauftour da und will das Land mit mir noch mal anders erleben. Ich selbst kenne nur Barcelona und kann es gar nicht erwarten, dem ständigen Nieselregen und der Dunkelheit in London zu entfliehen.

Das Planen eines Urlaubs macht mir fast so viel Spaß wie das Reisen selbst, und Joe und ich verbringen den Rest des Tages damit, nach Flügen zu suchen und uns unbezahlbare Unterkünfte anzugucken. Da wir beide auf gutes Essen, Sonne und Strand aus sind, entscheiden wir uns für San Sebastián, Spaniens kulinarische Hauptstadt, an der baskischen Küste.

Wir klicken auf Bilder von Theken, die von einem bis

zum anderen Ende mit Pinchos vollstehen, und reservieren schließlich ein schönes Zimmer in einer Pension, die in einer der labyrinthischen Gassen der Altstadt liegt.

Da Bens Freund am nächsten Tag aus Afrika zurückkommt, ist Ben inzwischen so gut wie bei Rosie eingezogen und ich wiederum bei Joe. Wir ziehen als in Daunenjacken verpacktes Quartett durch London, und meine Sehnsucht, das Zirpen der Grillen und das Rauschen des Meeres zu hören, lässt mit jedem Skype-Anruf zu Hause nach. Doch eines Abends, als Joe bei einem Arsenal-Spiel ist und ich gerade eine Folge *Outlander* gucke, klopft Rosie an Joes Tür und bringt meine Welt völlig durcheinander.

»Luce«, sagt sie, ihr Gesicht hat all seine Farbe verloren. »Oscar ist im Wohnzimmer.«

Ich starre sie an wie ein Reh im Scheinwerferlicht. Sie setzt sich zu mir aufs Bett.

»Pass auf: Ich schicke Ben und Oscar zum *Nag's Head* und sag ihnen, wir kommen später nach. Dann können wir uns was überlegen und …«

»Scheiße, Rosie«, sage ich schockiert. »Was macht er hier?«

»Er hat sich wohl 'ne Zeit lang freigenommen. Jemand hilft bei *Bev's Buffet* aus, mehr weiß ich nicht.«

Ausdruckslos sehe ich sie an. Ich verstehe kein Wort. Alles, woran ich denken kann, ist, dass Oscar nur ein paar Meter entfernt im Wohnzimmer ist.

»Ich hatte keine Ahnung, dass er kommen würde, Luce«, sagt sie und nimmt meine Hand. »Du musst heute Abend nicht mitkommen. Es gibt absolut keinen Druck.«

»Hmm.«

»Wie wär's, wenn ich sage, wir kommen vielleicht später nach?«, fragt sie und steht auf.

Ich nicke, und sie schließt die Tür hinter sich. Geistesabwesend blicke ich ihr hinterher. Dann höre ich Oscars Stimme aus dem Wohnzimmer, und auf einmal weiß ich ganz genau: Ich werde da sein.

Eine halbe Stunde später bin ich geduscht und frisch geföhnt. Ich ziehe das neue schwarze Kleid von *Zara* an und den Mantel, den Mum mir vor meiner Abreise geschenkt hat. Als Rosie und ich in die Bahn nach Covent Garden steigen, nehme ich mir vor, meine Aufregung runterzuspielen, indem ich mich Oscar gegenüber höflich und zurückhaltend gebe.

Der Abend beginnt im *Nag's Head* noch recht gesittet. Sobald ich den Pub betrete, fällt mir auf, wie unglaublich gut Oscar aussieht, aber dann ermahne ich mich sofort, cool zu bleiben. Als ich ihn zur Begrüßung umarme, hoffe ich, meine Botschaft kommt bei ihm an: *Es ist toll, dich zu sehen, aber glaub nicht, du kannst einfach hier angeflogen kommen und mein Leben wieder auf den Kopf stellen.*

Doch in Wirklichkeit schreit mein Herz: *Ich liebe dich immer noch, Oscar! O Gott, ich liebe dich so sehr wie die Briten Marmeladen- und Speck-Sandwichs lieben. Ich will dich in der Tasche herumtragen wie einen gefalteten U-Bahn-Plan. Bitte bleib bei mir, bis wir so alt sind, dass wir uns nicht mehr hören können. Bitte lass mich nie mehr allein!*

Oscar drückt mich derweil an sich und sagt: »Du siehst toll aus, Luce! Schön, dass du gekommen bist!«

Ich lächle und ziehe den Mantel aus, dann nehme ich ein Glas Sauvignon Blanc von Ben entgegen. Während die anderen sich angeregt unterhalten, gebe ich mich distanziert, was mir nichts weiter als verwirrte Blicke von Rosie beschert. Bei der ersten Gelegenheit schleppt sie mich zur Toilette.

»Ich weiß, du stehst ein bisschen neben dir, aber du verhältst dich echt ganz schön seltsam!«, sagt sie im Waschraum zu mir.

»Was meinst du?«, frage ich.

»Oh, nur die ganze Eisköniginnennummer, die du gerade abziehst. Du bist verdammt langweilig! Wenn du nicht aufpasst, verwandelst du dich noch in eine richtige Eiskönigin, wenn du deinen Mantel nicht wieder anziehst!«

»Ist es so schlimm?«

»Weißt du, wenn du nicht meine beste Freundin wärst, hätte ich mich schon längst mit Ben an einen Tisch verzogen!«

Zur offensichtlichen Erleichterung aller werde ich wieder normal, und schon bald lachen wir über Bens Geschichten vom Jakobsweg und was für Probleme er hatte, mit einem Priester Schritt zu halten. Als ich das nächste Mal vom Barhocker springe, verliere ich das Gleichgewicht, und statt mich am Tisch abzustützen, landet meine Hand auf Oscars Oberschenkel und verweilt dort ein kleines bisschen länger, als wenn ich in meine Tante hineingestolpert wäre. Ich sehe ihn an und habe das Gefühl, mein Verlangen ist ihm nicht entgangen.

Eine Stunde später hält Rosie mir auf der Toilette die nächste Standpauke. »Luce, reiß dich mal zusammen! Du schmeißt dich ja regelrecht an ihn ran!«

»Verdammt. Ich muss mit dem Wein aufhören, Rosie. Das rächt sich morgen.«

»Was meinst du, wie sich das rächt, wenn du mit Oscar nach Hause gehst? So wie du ihn ansiehst, wünschst du dir ja wohl nichts sehnlicher!«, sagt Rosie.

»O Gott, wirklich?« Entsetzt schlage ich mir die Hände vors Gesicht.

»Allerdings. Wir gehen jetzt einfach alle raus, ja? Frische Luft wird dir guttun. Die Weihnachtsbeleuchtung in Covent Garden ist an, wollen wir …?«

»Ja, wollen wir«, antworte ich.

Als wir über die Covent-Garden-Piazza spazieren, bin ich so von Glück erfüllt, dass ich bestimmt mit den roten und goldenen Lichtern an dem riesigen Weihnachtsbaum um die Wette strahle. Ich fand die Weihnachtszeit schon immer besonders schön, und als Oscar sich bei mir unterhakt und wir die Köpfe in den Nacken legen und die Dekoration bewundern, habe ich das Gefühl, dass es nirgendwo auf der Welt einen perfekteren Moment geben kann.

Wir schlendern über den Apple Market, der von einem Ende bis zum anderen voller Mistelzweige hängt.

»Schau dir die beiden an!«, sagt Oscar, und wir beobachten, wie Ben versucht, Rosie unter jedem der vierzig

Mistelzweige zu küssen. »Ich hab noch nie erlebt, dass er so in jemanden verknallt war.«

»Tja, das ist eben Rosie«, sage ich, als Ben meiner besten Freundin den nächsten Kuss gibt.

Ich umgehe den Mistelzweig-Spießrutenlauf, indem ich Oscar in ein intensives Gespräch über die Expansion von *Bev's Buffet* in Brisbane verwickle und ihn frage, wie er es geschafft hat, sich in der betriebsamen Vorweihnachtszeit freizunehmen. Er erzählt, er hat jemanden mit MBA angestellt, der ihn unterstützt, weil er sich gestresst gefühlt hat und eine Pause brauchte. Als ich weiter nachfragen will, lenkt er das Thema auf *Diamanten im Staub*, und ich erzähle, dass ich den Roman beendet und auch schon an einige australische Verlage geschickt habe.

»Hast du vor, noch einen zweiten Teil zu schreiben?«, fragt er.

Ich lache. »Nein, es hat wohl keinen Zweck, über einen zweiten Teil nachzudenken, wenn ich noch nicht mal einen Verlag für den ersten finde.«

Wir sind so in unsere Unterhaltung vertieft, dass wir Ben und Rosie eine Weile aus den Augen verlieren und ich schon leicht in Panik verfalle, bis Rosie schreibt, dass sie beim Ausgang des Apple Market auf uns warten. Als wir sie wiedergefunden haben, schließen wir uns gemeinsam der fröhlichen Menschenmenge auf dem Weg zum Glühweinfest an.

»Großartig!«, ruft Ben, als wir uns der Eintrittsschlange nähern. »Ich lad euch ein!«

»Du hast überhaupt kein Geld mehr, Ben!«, bemerkt Rosie. »Hast du mir gerade noch erzählt.«

»Verdammt, du hast recht«, antwortet er. »Na, dann muss ich wohl singen.« Er nimmt seine Mütze ab, legt sie auf den Boden und stimmt ein fehlerhaftes Weihnachtslied nach dem anderen an. Auf sein wildes Durcheinander von australischen und britischen Liedern reagieren die Leute mit Grinsen, mitleidigen Blicken oder auch kleinen Münzen. Am Ende lässt ihn einer der Typen am Einlass umsonst rein, nur damit er endlich aufhört.

Drinnen landen wir schließlich am Stand eines netten Iren namens Kevin, der großzügig Glühwein aus riesigen Stahltöpfen ausschenkt und uns herausfordert, jede einzelne seiner zwölf Sorten zu probieren.

Nach dem siebten Becher haben wir alle rosige Wangen und sind ziemlich gut gelaunt, und Oscar fragt mich, ob ich mit ihm zum Stand mit dem Schweinebraten gehen mag. Ich sage Ja, und wir nehmen uns noch einen Glühwein für den Weg mit. Wir schlängeln uns zu den Essensständen durch und lachen über die Nebelwolken vor unseren Mündern, während wir uns über gerade gelesene Bücher, neu entdeckte Bands und spannende Podcasts unterhalten, die wir dem anderen unbedingt empfehlen wollen.

Wir haben so viele Gemeinsamkeiten, dass ich daran denken muss, wie Dr. Karl mal auf *Triple J* erzählt hat, das Gehirn sei unser größtes Sexualorgan. Deswegen stört es mich wohl auch nicht im Geringsten, dass die Schlange am Schweinebratenstand unendlich lang ist.

»Ich liebe dein Lachen«, sagt Oscar. »Es klingt, als wüsstest du gar nicht, was du mit deinem Lachen anstellst.«

Ich grinse breit. Sowas hat noch keiner zu mir gesagt.

Dann zieht Oscar einen zerknitterten Zettel aus der Hosentasche und sagt: »Luce, ich hab mir eigentlich eine romantischere Situation hierfür vorgestellt als die Schlange vor einem Schweinebratenstand, aber ich möchte dir sagen, dass ich fleißig, ehrlich und sportlich bin, ordentliche Hosen und Schuhe trage und gepflegte Zähne habe.«

»Oscar, das ist Rosies Top-Five-Liste!«, rufe ich und krümme mich vor Lachen. »Das hättest du doch spätestens bei den Zähnen merken müssen!«

»Echt?« Er grinst. »Ehrlich gesagt fand ich, *nichts* davon klingt nach dir!« Dann umarmt er mich und hebt mich hoch. »Okay, was sind deine Top Five?«

Zu meiner Schande muss ich gestehen, dass ich erst, als sich eine Horde von Arsenal-Fans durch die Menge schlängelt, an Joe denke und wie viel er mir bedeutet und wie wundervoll er zu mir ist. An seine Mum und seinen Dad und die Möwen und die sonnenbadenden Robben …

»Ich habe einen Freund, Oscar.« Ich mache einen Schritt zurück, als er mich wieder absetzt. »Wir fliegen nächste Woche nach Spanien.«

»Ich weiß, Ben hat es mir erzählt«, sagt er leise. »Liebst du ihn?«

»Ich weiß nicht«, antworte ich, auf einmal unsicher. »Manchmal denke ich schon.«

»Aber manchmal auch nicht?«

Ehe ich antworten kann, sagt er: »Entschuldige, ist mir so rausgerutscht. Luce, ich weiß, dass wir einen schwierigen Start hatten. Aber als Ben erzählt hat, Rosie meint, du würdest vielleicht noch etwas für mich empfinden, war mir klar, dass ich dich sehen muss. Ich hab dich nicht mehr aus dem Kopf gekriegt, seit du weg bist, und als du heute Abend in den Pub gekommen bist, war ich wieder total hin und weg.«

Ich meide seinen Blick. Ich fühle mich erbärmlich und weiß nicht, was ich sagen soll.

»Willst du mit mir zusammen sein, Luce?«, fragt er.

»Ich weiß es nicht«, antworte ich. »Das Timing stimmt einfach nicht, Oscar.«

»Das Timing stimmt nie. Aber wenn man etwas unbedingt will, dann muss man es zulassen. Willst du mit mir zusammen sein?«

»Oscar, du lebst in Sydney und ich in London, und Joe lebt auch in London.«

»Wir könnten beide in Sydney leben«, sagt er mit gequältem Gesichtsausdruck.

Ich schweige. Ich bin völlig überrumpelt von seinen Worten.

»Was willst du denn?«, fragt er hilflos und sucht meinen Blick. »Sag mir doch, was du willst.«

Ich schinde Zeit, indem ich meinen Glühwein schwenke, dann sage ich: »Mein Leben ist jetzt hier in London. Ich hab Penny und die Buchhandlung und ...« Auf einmal ist mein Kopf ein einziges Durcheinander aus Wörtern, und obwohl ich versuche, mich auf Oscar zu konzentrieren, hat er und alles um ihn herum angefangen, sich zu drehen.

»Tut mir leid, Loscar«, nuschle ich an seinem Hals, als er einen Schritt auf mich zu macht, um mich aufzufangen. »Ich dachte, wenn ich nach London ... trage ich

Stilettos, aber ich kann die Ugg Boots nicht … Scheiß Ugg …«

Er lacht und streicht mir über die Haare. Glühwein gehört wirklich verboten.

»Bring mich nach Hause«, sage ich. »Muss nach Hause.«

Im Taxi zum Putney Palace liege ich mit dem Kopf auf Oscars Schoß und weine betrunkene Tränen in seine Jeans. Er hilft mir auszusteigen und die Treppe rauf. Drinnen unterhält er sich kurz mit Joe, bevor Joe mich in sein Zimmer trägt und sanft aufs Bett legt.

»Wer war der Typ?«, fragt er und schüttet ein Päckchen orangenes Elektrolytpulver in ein Glas Wasser.

»Oscars Bruder Ben«, erkläre ich. »Nein, Bens Bruder Oscar.«

»Magst du ihn?«

Er hilft mir, mich aufzusetzen, und hält mir das Glas hin.

»Seine Mum ist unsere Nachbarin in Rocky«, antworte ich und hoffe, er merkt nicht, dass ich seiner Frage ausweiche. Ich bin mir ziemlich sicher, dass ihm die Antwort nicht gefallen würde.

25

Beim Aufwachen am nächsten Morgen ist mir sofort klar, dass ich mit Joe reden muss. Eigentlich wollten wir in zwei Tagen nach Spanien fliegen, aber nachdem ich Oscar wiedergesehen habe, kann ich nicht mehr in das Flugzeug steigen.

Joe verdient eine Frau, die ihn bewundert, und keine, die nicht weiß, ob sie ihn liebt, aber lieber auf Nummer sicher geht, während sie es herauszufinden versucht. Wenn ich mit ihm nach San Sebastián fliege, wäre ich nur mit halbem Herzen dabei.

Als wir später zusammen über die Putney Bridge gehen, platze ich auf einmal mit den Sätzen heraus, die den ganzen Vormittag schon wie Haie in meinem Kopf herumgekreist sind: »Joe, es tut mir leid, aber ich kann nicht nach Spanien. Ich mag dich wirklich sehr, aber ich liebe dich nicht. Ich denke, wir sollten uns trennen. Es tut mir so leid.«

Joe sieht mich völlig schockiert an, und mir schießen die Tränen in die Augen.

»Was?«, fragt er.

»Ich bin total gern mit dir zusammen, Joe, und ich dachte, das wäre genug, aber ich glaube, das ist es nicht.«

»Luce«, sagt er und nimmt meine Hand, »wo kommt

das denn auf einmal her? Du hast nie gesagt, dass du unglücklich bist.«

Ich bringe kein Wort heraus, und die Tränen laufen mir übers Gesicht.

»Bist du unglücklich mit mir?«, fragt er und streicht mir zärtlich über die Wangen.

»Nein, bin ich bin nicht«, antworte ich ehrlich. »Ich hab nur manchmal meine Zweifel, und ich denke, du solltest mit einer Frau zusammen sein, die dich hundertprozentig liebt.«

»Aber Zweifel zu haben ist doch ganz normal, oder? Und Zweifel überwindet man doch, indem man einfach Zeit miteinander verbringt. Wir haben doch eine gute Zeit zusammen, oder?«

»Ja«, schluchze ich.

Er sieht mich ungläubig an. »Was ist mit unseren Einkäufen im Borough Market und unseren Spaziergängen im Battersea Park und unseren Radausflügen über die Albert Bridge? Und den Robben und den Shortbread-Fingern und den Möwen?« Seine Augen glänzen verräterisch. »Mum und Dad …«, fängt er an und schluckt. »Sie lieben dich.«

»Ich liebe sie auch, und wir hatten wirklich eine tolle Zeit, Joe. Und dich liebe ich auch, aber nicht so, wie du es verdienst.«

»Bitte tu mir das nicht an, Luce«, sagt er und zieht mich an sich. »Flieg mit mir nach San Sebastián. Wir können doch noch mal über alles reden.« Seine Tränen laufen mir über den Hals. »Bitte.«

Ich weine in seinen Pullover, und wir stehen lange einfach nur da und halten uns.

Schließlich mache ich einen Schritt zurück und sage: »Ich hole meine Sachen aus deinem Zimmer und such mir was Neues.«

»Du musst nirgendwo anders hin, Luce. Du kannst für immer bei mir bleiben. Geh nicht, Luce. Ich liebe dich.«

»Du bist ein wunderbarer Mann, Joe«, sage ich. »Du verdienst eine Frau, die dich hundertprozentig liebt.«

»Ich will dich so, wie du bist, Lucy. Ich will keine andere. Ich verstehe das alles nicht.« Er verbirgt das Gesicht in den Händen. Dann fragt er schmerzerfüllt: »Ist es der Typ von letzter Nacht? Ist es wegen ihm?«

»Ja«, flüstere ich.

Völlig niedergeschlagen sieht er mich an, dann dreht er sich um und geht. Ich blicke ihm hinterher, bis ich seinen roten Pullover nicht mehr sehen kann. Ich fühle mich so hundeelend, dass ich, stünde ich nicht mitten auf der Putney Bridge und würde sofort von Sozialarbeitern umschwärmt werden, auf die Knie sinken und heulen könnte. Stattdessen setze ich einen Fuß vor den anderen, blicke auf die Themse und sage mir immer wieder, das Richtige getan zu haben und dass Joe langfristig glücklicher sein wird.

Als ich schließlich zu Hause die Treppe hochkomme und nach meinen Schlüsseln suche, öffnet Rosie mir die Tür, und ich falle ihr in die Arme. Sie sagt, sie hätte sich schon Sorgen um mich gemacht, und schlägt vor, dass wir die Straße runter zu *Gourmet Burger Kitchen* gehen, um in Ruhe zu reden.

»Ich hab Schluss gemacht«, sage ich auf dem Weg.

»Oje«, seufzt sie. »Was ist gestern Abend denn noch

passiert? Oscar hat Ben nur geschrieben, dass es dir nicht gut geht und er dich nach Hause bringt.«

»Nichts ist passiert. Er hat mich mit dem Taxi nach Hause gebracht, das war's.«

»Armer Joe«, sagt Rosie.

»Ich weiß. Ich finde es furchtbar, ihn so verletzt zu haben«, sage ich. »Aber ich konnte mir einfach nicht vorstellen, mit Joe in den Urlaub zu fahren, nachdem ich Oscar gesehen hab.« Als ich an Joes verzweifelten Blick auf der Brücke denke, breche ich wieder in Tränen aus.

Rosie legt mir einen Arm um die Schultern, und ich erzähle ihr, wie mir, als ich gestern den Pub betreten und Oscar gesehen habe, sofort klar war, dass meine Gefühle für ihn ganz andere sind als die für Joe. Ich merke Rosie an, dass sie Angst hat, ich könnte mich in die Sache mit Oscar zu sehr hineinsteigern.

»Ben und ich haben Joe in den letzten Monaten total liebgewonnen«, sagt sie.

»Ich weiß«, antworte ich. »Er ist ja auch wirklich ein toller Mensch. Ich hatte irgendwie gehofft, was zwischen uns war wäre genug.« Ich seufze.

»Ach je. Ben hatte schon vermutet, Joe will mehr von dir als du von ihm.«

Dann erzähle ich ihr, was Oscar in der Schlange vorm Schweinebratenstand gesagt hat und wie er ihre Top-Five-Liste aus der Tasche gezogen hat.

»Ist nicht wahr!«, lacht sie.

Nachdem wir eine Weile schweigend nebeneinander hergegangen sind, sieht sie mich an und fragt: »Und was machst du jetzt?«

»Na ja, als Erstes muss ich eine neue Bleibe finden.«

Die traurige Tatsache, dass ich Joe und unser glückliches Leben im Putney Palace hinter mir lassen werde, wird mir erst jetzt richtig bewusst. »Und dann … Keine Ahnung, was als Nächstes kommt.«

26

Ich buche mir über Airbnb um die Ecke von der Arbeit eine möblierte Einzimmerwohnung, in der ich eine wirklich schreckliche Nacht verbringe. Ich mache mir Sorgen um Joe und fühle mich mies, ihn so sehr verletzt zu haben. Kurz vor *Storytime* am nächsten Tag schreibt mir Rosie, Joe habe unsere Flüge nach Spanien storniert und sei auf dem Weg zu seinen Eltern. Sie will nach der Arbeit rumkommen und mir beim Packen helfen.

Als ich Kindern in Rentier-Pullovern *Slinky Malinki's Christmas Crackers* vorlese, versagt mir auf einmal die Stimme. Ich bereue es nicht, mich getrennt zu haben, aber es tut mir leid, ihn derart verletzt zu haben.

Nach *Storytime* sehe ich, dass Oscar angerufen hat. Er hat mir eine süße Nachricht hinterlassen, ob alles okay ist. Und obwohl ich am liebsten sofort zurückrufen würde, weiß ich auch, dass ich nicht einfach von einer Beziehung in die nächste springen und Oscar nach Sydney folgen kann. Ich muss erst mal mein Leben auf die Reihe kriegen, statt darauf zu hoffen, dass es jemand anders für mich tut.

Während der Mittagspause teile ich mir mit Margie ein Sandwich von *Prêt à manger* und erzähle ihr von meiner Trennung. Sie nimmt mich in den Arm und lädt mich für

Weihnachten zum *braai* mit ihr und ihrem Bruder ein. Dann wird sie rot und sagt, sie habe auch Dennis eingeladen, aber wahrscheinlich würde eher die Hölle zufrieren, als dass er auftauchen würde.

Am Nachmittag bin ich auf dem Weg zur Westbourne Park Station, um mir ein Zimmer anzusehen, das von Paul, die eine Hälfte eines »netten australischen Pärchens mit einer tollen Katze namens Pepsi«, auf *EasyRoommate* annonciert wurde. Ich bin noch nicht weit gekommen, da schreibt er mir, dass das Zimmer schon weg sei. Ich könnte heulen, aber wenigstens hat er mir Bescheid gegeben.

Ich drehe wieder um und sehe mir ein »Zimmer« in Acton an, das nichts weiter als eine Abstellkammer ist inklusive Stromverteiler, roten Wänden, Dachluke statt Fenster und einer lauten Gastherme in der Ecke. Was mich noch mehr umhaut, ist allerdings, wie viele Frauen sich nach der Besichtigung in die Liste eintragen, die zwei junge Typen ihnen auf einem Klemmbrett hinhalten. Die beiden mustern ihre potenziellen Mitbewohnerinnen dabei genauso wie die Frauen vorher die Kammer.

Danach schaue ich mir am Earl's Court eine Einzimmerwohnung mit lebensgefährlich aussehendem Grill und schmutzigem Waschbecken an. Meine Laune ist inzwischen so im Keller, dass ich keine Lust mehr auf weitere Besichtigungen habe und die District Line nach Putney nehme. Auf dem Weg halte ich ein Interview mit mir selbst ab:

Soll ich wieder nach Rocky ziehen, mit Glenda abhängen und mir einen Job bei *Dymocks Booksellers* im *Paradise Plaza* suchen?

Nein, sollst du nicht. Glenda hat jetzt Dad, und du wirst bald dreiunddreißig. Du bist keine acht mehr.

Aber wenn ich nicht nach Hause kann, wo soll ich dann hin? New York? Ja, vielleicht ist New York die Antwort – ich gehe nach New York!

Und was wäre in New York anders als in London?

Okay, vielleicht sollte ich es in London noch etwas aushalten. Vielleicht ist es im Moment nur schwer, weil ich keine Wohnung habe. Ich muss nur noch länger durchhalten.

Und wozu? Es wird immer kälter, und von deinem mageren Buchhandlungsgehalt kannst du nichts sparen. Penny und Margie werden immer deine Freundinnen sein. Was soll es bringen, dich hier weiter durchzuschlagen?

Okay, wie wäre es mit Rio de Janeiro? Das sah toll aus bei Olympia. Oder Kapstadt? Margie hat gesagt, ich sei dort immer willkommen.

Du nennst jetzt bloß wahllos irgendwelche Orte, Lucy. Diese Gedanken sind doch nicht zielführend – apropos Ziel, deine Haltestelle ist die nächste.

Als ich an diesem Abend über die Putney Bridge gehe, sehe ich Ben aus einem Pub auf die Straße treten. Er kommt zu mir rüber, und als wir um die Ecke zum Putney Palace biegen, sagt er: »Ich wünschte, ich könnte immer mit diesem Gefühl durchs Leben gehen, das ich nach zwei Bierchen hab. Dann wäre alles perfekt!«

Während Rosie und ich anfangen, meine Klamotten in Packtaschen zu stopfen, macht Ben in der Küche Tee und singt dazu Nick Caves »The Ship Song«.

Er erscheint mit zwei Bechern in der Zimmertür. »Hier, ihr beiden«, sagt er. »Und ja, Rosie, ich hab den Tee ziehen lassen!«

Rosie hilft mir, meinen Kram zur Airbnb-Wohnung zu bringen, und nachdem wir beide hemmungslos darüber gelogen haben, wie wunderbar das Zimmer ist, nehmen wir die Bahn nach Shoreditch. Wir essen Butter Chicken auf der Brick Lane, und ich erzähle Rosie von meinem Plan, den Weihnachtstag mit Margie zu verbringen und abends mit Penny in den Belsize Park zu gehen.

Rosie nickt eifrig und sagt, sie ist erleichtert, dass ich Weihnachten nicht allein bin. Sie und Ben haben nämlich einen Urlaub in Dublin gebucht in derselben Zeit, in der Joe und ich in Spanien sein sollten.

»Himmel, könntest du dir vorstellen, Weihnachten ganz allein in diesem scheiß Airbnb-Zimmer zu sitzen?«, fragt sie.

»O Gott, das wäre echt furchtbar!«, stimme ich zu.

Da lehnt Rosie sich zurück und erzählt mir erstaunlich gelassen, dass sie nicht mehr lange in London sein wird.

»Ben schlägt hier nur die Zeit tot. Er überlegt, was er als Nächstes machen soll, aber ich weiß, dass er auch darauf wartet, was ich als Nächstes mache, und ich will fair zu ihm sein. Er redet ständig davon, irgendwo neu anzufangen, und schwärmt immer von Darwin und davon, dort an der Universität einen Master in Umweltmanagement zu machen. Ich hab ihm gesagt, er soll sich bewerben.«

»Darwin?«, stottere ich. »Krass.«

»Japp. Das tropische Wunderland im Norden, Tor nach Asien, die letzte Grenze … sagt zumindest Google. Klingt doch toll, oder? Und nach jeder Menge neuen Abenteuern!«

»Und, wirst du da Arbeit finden?«

»Klar. Drei Tage die Woche wären natürlich perfekt. Ich hab neulich auf der Website der *Australian Dental Association* eine Anzeige für einen Teilzeitjob gesehen und gleich mal 'ne Bewerbung geschickt. Wenn wir aus Dublin wieder da sind, packen wir hier zusammen, und dann geht's erst mal nach Rocky.« Sie sieht mich an und wartet auf meine Reaktion.

»Wow … das ist toll«, stammle ich und bin ganz geplättet, wie schnell das alles auf einmal geht. Ich bin aber auch etwas enttäuscht, erst jetzt davon zu erfahren.

»Ich wollte es dir nicht eher erzählen«, sagt Rosie, als könnte sie meine Gedanken lesen. »Du hattest so viel anderes im Kopf. Und außerdem dachte ich, wenn ich anfange, mit dir die Pros und Kontras zu diskutieren, wage ich es nie.«

»Das heißt, du verlässt London für Ben?«, frage ich, aber es ist mehr eine laut formulierte Anregung zum Nachdenken für mich als eine Frage an Rosie.

»Na ja, nicht nur für Ben. Ich glaube, ich bin einfach nicht dafür gemacht, diese alberne Feedback-Kacke in meiner Praxis mitzumachen. Ich hab ja überhaupt kein Problem damit, wenn mir jemand sagt, was er oder sie denkt, aber alle sind so verdammt höflich – in der Hälfte der Fälle verstehe ich überhaupt nicht, worauf sie hinauswollen! Und einige halten mich wohl für viel zu direkt. Kannst du dir das vorstellen?« Sie grinst. »Außerdem arbeite ich Vollzeit, Luce, und du weißt, wie sehr ich das liebe. Ich bin doch nicht ans andere Ende der Welt gezogen, nur um wie alle anderen Deppen von neun bis fünf im Hamsterrad mitzulaufen.«

Ich will gerade sagen, dass ich, seit ich bei *Scribe* angefangen habe, auch vom Teilzeitprinzip überzeugt bin, aber sie ist gerade so im Fluss, dass ich kein Wort dazwischenbekomme.

»Und ich hatte ganz vergessen, wie dunkel die Winter hier sind und wie bedeckt der Himmel immer ist. Ich hätte lieber mal einen ordentlichen Sturm als diesen ständigen Nieselregen.« Sie macht eine Pause und betrachtet mich über ihr Bier. »Es war toll mit dir in London, Luce, aber manchmal muss man die Karten einfach neu mischen, weißt du?«

»Ich fühl mich zu alt, um die Karten noch mal neu zu mischen«, sage ich. »Ich werde in ein paar Monaten dreiunddreißig.«

»Dreiunddreißig ist nicht alt«, antwortet Rosie. »Wir sind doch noch jung!«

Ich mache einen Schmollmund.

»Luce!«, ruft sie und grinst.

»Was?«, frage ich, verschränke die Arme und schmolle noch mehr.

»Luce, komm schon!«

»Verdammt, Rosie, das ist alles ein ganz schöner Schock für mich. Ich werde dich vermissen! Vielleicht komme ich einfach mit nach Darwin. Das wird langsam zur Gewohnheit, dass ich dir um die Erde folge!«

»Na ja, ich fände es toll, wenn du mitkämst, aber du musst das Richtige für *dich* tun«, sagt Rosie.

Ich seufze. »Ich weiß einfach nicht mehr, was das Richtige für mich ist.«

»Doch, das weißt du. Tief in dir drinnen weißt du es, Luce.«

Wir tun beide so, als wären wir nicht kurz davor, in Tränen auszubrechen, ziehen unsere Jacken an und gehen zur U-Bahn. Mir ist meine schlechte Laune von vorher fast ein bisschen peinlich. Trotz Rosies scheinbar laxer Lebenseinstellung handelt sie manchmal doch sehr viel überlegter als ich.

»Rosie?«, frage ich nach einer Weile.

»Ja?«

»Was, meinst du, soll ich mit Oscar machen?«

»Wenn du ihn liebst, solltest du's ihm verdammt noch mal zeigen, Luce! Sei doch nicht so verdammt blöd!«

»Ich verstehe wirklich nicht, warum deine Kolleginnen denken, dass du zu direkt bist«, antworte ich. »Vielleicht entwerfe ich auch noch mal Feedback-Regeln für dich.«

Wir lachen beide, und dann erzählt Rosie, was Oscar Ben anvertraut hat: Es sähe ja nicht so aus, als wollte ich London verlassen, schon gar nicht seinetwegen, und deshalb wäre er jetzt so weit, das Kapitel mit mir zu beenden. Ich weiß nicht, ob ich das gut oder schlecht finde.

»Du musst ihm ehrlich sagen, was du für ihn empfindest, Luce! Der Arme ist vollkommen durcheinander.«

»Ich will nur nicht, dass er denkt, ich würde hier wegen ihm alles stehen und liegen lassen und sofort nach Sydney ziehen, nur weil er da wohnt.«

»Aber hast du schon mal mit ihm darüber geredet?«, fragt Rosie. »Er hat doch jetzt diesen Stellvertreter angestellt, und in letzter Zeit ist er viel öfter in Brisbane und Rocky. Er ist bestimmt bereit, sich auf einen Kompromiss einzulassen, wenn du mal mit ihm reden würdest. Ich glaube, du magst ihn, aber du hast auch eine Heidenangst, dich wieder verletzbar zu machen. Aber, Scheiße, Luce, er hat sich doch auch gerade ziemlich verletzbar gemacht, oder?«

»Ja.«

»Er ist um die halbe Welt gereist, um dir zu sagen, dass er mit dir zusammen sein will, und du bist trotzdem noch am Zweifeln. Ich glaube, du musst einfach mal ein bisschen weiterdenken. Willst du irgendwann mal eine Familie gründen? Oder willst du wieder mit einem Typen zusammenkommen, bei dem du dir nicht sicher bist und alles infrage stellt?«

Ich seufze schwer, und sie legt mir eine Hand auf die Schulter. Schweigend gehen wir weiter.

Es dauert nicht lange, bis sie wieder anfängt. »Ich weiß zwar, dass ich nicht gerade das ideale Vorbild dafür bin, aber ich glaube, es würde dir guttun, dich mal richtig auszuschlafen und drei Wochen lang nichts zu trinken.«

Ich nicke. Sie hat recht.

Dann bleibt sie auf einmal wie angewurzelt stehen und packt mich am Arm. »Scheiße, ich glaub's nicht, Luce! Sieh dir das an!« Sie zeigt auf einen Laternenmast vor uns.

Daran hängt ein Plakat mit einem Bild von Cher und den Daten für ihre bevorstehende »Lovers and Others«-Welttournee. Die Tour startet in London und geht kurz darauf in Down Under weiter.

Mit großen Augen blicken wir auf das Datum für Sydney: 21. Januar.

»Denise!«, sagt Rosie im selben Moment, in dem ich »Mum!« rufe.

Vor Rosies Abreise nach Dublin überrede ich sie, einen Tag blauzumachen und mit mir eine Abschiedstour durch unsere liebsten Orte in London zu machen. Morgens fangen wir mit Marmeladen-Donut-Muffins und Kaffee bei *Bea's of Bloomsbury* in der Nähe des Britischen Museums an, dann nehmen wir die Bahn zur London Bridge und probieren uns durch die Gourmet-Stände auf dem Borough Market, bevor wir über die Promenade am South Bank spazieren, am Globe Theatre und der Tate Modern vorbei, über die Westminster Bridge und in den St. James Park. Wir essen im *Westminster Arms* zu Mittag, nehmen den Bus nach Piccadilly Circus und reihen uns in die Schlange vorm Prince of Wales Theatre ein, um eine Matineevorstellung des Musicals *The Book of Mormon* anzusehen.

Danach kaufen wir bei *Fortnum & Mason* für Rosies

Mum Tee, spazieren durch den Battersea Park und über die schöne Albert Bridge, bevor wir auf der King's Road vor *The Ivy* landen, wo ich einen Tisch für uns reserviert habe – als Weihnachtsgeschenk für Rosie. Und so genießen wir zwischen den vielen Blumen und der ganzen Pracht Champagner und Zucchini-Pommes und halten alles mit Selfies fest.

Später am Abend verabschiede ich mich auf der Putney High Street schweren Herzens von ihr und gehe zurück zu meiner Airbnb-Wohnung. Ich bin so in Gedanken, dass ich Oscar erst sehe, als ich schon fast vor ihm stehe.

Er sitzt auf meiner Türschwelle, und als ich näher komme, springt er auf. »Hi.«

»Hi.«

Einen Augenblick schweigen wir uns an. Dann seufze ich. »Na, dann komm halt mit rein.« Ich versuche, mir nicht anmerken zu lassen, wie froh ich bin, ihn zu sehen.

»Nette Bude«, sagt er, als wir in meiner Einzimmerwohnung ankommen.

»Ha! Die Wohnung ist schrecklich, kannst du ruhig sagen.«

Er zuckt mit den Achseln und geht zur Kochnische, wo er den Kessel inspiziert und schließlich mit Wasser füllt.

Wir schweigen, während der Tee zieht, und nachdem er die letzte Milch in meinen Becher gegossen hat, reicht er ihn mir und sagt: »Erzähl mir, was dir Sorgen macht.«

»Also, zunächst mal mache ich mir Sorgen, weil ihr Simpson-Jungs offenbar nicht gelernt habt, wie man Tee kocht«, sage ich und blicke in meinen Becher, der nur dreiviertel voll ist.

»Was?«, fragt er verwirrt.

»Es ist fast Ebbe, Oscar!«, sage ich und halte ihm den Becher hin.

Er lacht und setzt sich neben mich. »Okay, weiter«, sagt er.

»Hm?«

»Komm schon, erzähl mir, worum du dir Sorgen machst.«

»Wirklich?«

»Ja.«

»Na gut … Ich muss dringend zum Friseur.«

»Okay.«

»Ich muss eine andere Wohnung finden.«

»Offensichtlich.«

»Mein Duschgel ist fast alle.«

»Okay.«

»Ich hab keine Milch mehr.«

»Gut.«

»Nicht wirklich.«

»Mach weiter«, sagt er und legt mir eine Hand auf die Schulter.

Ich hole tief Luft. »Ich will Kinder. Ich hab nicht besonders viel Geld. Manchmal tun mein linkes Knie und meine Hüfte weh. Ich hab oft Probleme einzuschlafen.«

Er streichelt mir über den Rücken, und mir steigen die Tränen in die Augen. »Ich mache mir Sorgen, dass die australischen Verlage mein Manuskript ablehnen«, sage ich mit zitternder Stimme. »Und es macht mir Angst, wie sehr ich in dich verliebt bin.«

Ganz sanft dreht er mein Gesicht zu sich und streicht

mir die Tränen von den Wangen. »Luce, du bist die albernste, wunderbarste, verwirrendste Person, der ich je begegnet bin! Nichts könnte einfacher sein als wir beide.« Er nimmt mich in die Arme und zieht mich an sich. »Ich liebe dich, du nervige kleine Vagabundin. Manchmal könnte ich mir deinetwegen die Haare raufen, aber mit dir fühle ich mich einfach lebendig und glücklich. Wenn ich mit dir zusammen bin, will ich nirgendwo anders sein, und deswegen war ich zu Hause auch so unruhig. Ich hab dich schrecklich vermisst. Wenn du nicht da bist, lache ich noch nicht mal halb so viel wie mit dir, und genau das will ich – lachend mit dir durchs Leben gehen. Ich finde es toll, wie du immer am Träumen und voller Überraschungen bist, und ich will auch Kinder, Luce, ich …«

»Oscar«, unterbreche ich ihn, und ich spüre mit jeder Zelle meines Körpers, dass ich ihn liebe. »Ich hatte gehofft, du würdest sagen, dass du Milch holen gehst.«

Und dann küssen wir uns wie diese unheimlich attraktiven Leute auf Fotos von New Yorker Straßenecken, und alle meine Sorgen schmelzen dahin.

27

Mein bestes Weihnachtsgeschenk – natürlich abgesehen davon, neben Oscar in seiner unwiderstehlichen langen Unterhose mit Elchmuster, die er für fünf Pfund bei *Marks & Spencer* gekauft hat, aufzuwachen – ist Margies Gesichtsausdruck, als sie vom Kartoffelschälen aufblickt und Dennis in die Küche kommen sieht. Er lächelt sie an, stellt zwei Flaschen Wein auf den Tresen, beugt sich zu ihr vor und gibt ihr einen Kuss auf die Wange. Ich würde am liebsten laut applaudieren.

Die beiden unterhalten sich, und ich denke an mein letztes Weihnachten in Australien zurück, als ich auf der Fahrt zu Verwandten in Gracemere mit Glenda auf der Rückbank von Mums Auto saß. Wir hörten eine Weihnachtslieder-CD von Michael Bublé, und Mum und Dad zankten sich eine gute halbe Stunde über Dads Weihnachtsgeschenk, einen weißen Drahtwäschekorb mit Rollen. Paradoxerweise weckt die Erinnerung an die Horrorversion meiner Eltern, wie sie sich zu »Deck the Halls« stritten, das Bedürfnis in mir, mit ihnen zu sprechen. Und so verschwinde ich, als Margies Bruder und Oscar auf der Terrasse ein Bier trinken gehen, in Margies Wohnzimmer, setzte mich aufs Sofa und rufe zu Hause an.

Ich habe Mum nur eine Dose Shortbread geschickt –

die Luxusausgabe zum neunzigsten Geburtstag der Queen. Mit Chers bevorstehender Welttournee an Weihnachten wollte ich sie persönlich überraschen.

Als ich Mum erzähle, dass Cher nach Sydney kommt, ist es erst ganz still am anderen Ende der Leitung.

»Lucy, kannst du das noch mal wiederholen?«, fragt Mum dann ungläubig.

Nachdem ich dreimal bestätigt habe, dass die Göttin des Pop noch mal die Strapse anzieht und die Zeit zurückdreht und Rosie und ich zusammengelegt haben, um ihr und Dad die Tickets zu schenken, fängt Mum vor Freude an zu weinen.

»›I keep coming back because I have no place else to go. What else would I do? I love to sing‹«, zitiere ich Cher, um Mum zum Lachen zu bringen.

Mum versucht, etwas zu sagen, aber sie schluchzt dabei so sehr, dass ich nichts verstehe.

»Mum, mach dir keine Gedanken, ich kümmere mich um die Karten. Der Vorverkauf geht bald los, und auch wenn ich die ganze Nacht aufbleiben muss: Ich werde online sein, bis …«

»Das ist es nicht, Luce«, schluchzt Mum. »Mir wurde Montag ein Knoten aus der Brust entfernt.«

Jetzt ist es an meinem Ende der Leitung still.

»Ich hab ihn in der Mongolei zum ersten Mal gespürt, und als ich wieder hier war, bin ich sofort zum Arzt gegangen«, sagt Mum. »Es war zum Glück noch im Anfangsstadium.«

»Was?! Warum erzählst du mir das erst jetzt? Ich wäre doch sofort …« Meine Stimme versagt.

»Hör auf, Luce, ich will nichts davon hören. Ich hab es dir genau deswegen nicht erzählt, weil ich nicht wollte, dass du denkst, du musst alles stehen und liegen lassen und sofort nach Hause kommen. Und das musst du auch nicht. Es wird alles gut.« Mum hat sich jetzt wieder im Griff, und ihre Stimme ist fest und klar. »Der Chirurg hat gesagt, er hat alles rausgeschnitten, und der Bericht der Pathologie soll auch bald da sein.«

»O Mum.«

»Lucy … Ich wollte es dir wirklich nicht an Weihnachten erzählen, aber du hast mich mit Cher so überrumpelt, du böses Mädchen, das ist mir so nahegegangen, da ist es mir so rausgerutscht.«

»Wie groß war der Tumor?«, frage ich.

»Irgendwas zwischen einer Murmel und einem Tischtennisball.«

»O Mum«, wiederhole ich. »Heißt ›im Anfangsstadium‹, dass er nicht wiederkommt?« Ich sehne mich nach der unrealistischen Beruhigung, die Kinder nur von ihren Eltern erhalten können.

»Ja«, sagt sie entschieden. »Er ist jetzt weg und kommt auch nicht mehr wieder.«

Und weil es meine Mum ist, meine schöne, verrückte, wunderbare Mutter, versuche ich, ihr zu glauben.

»Aber in der Stadt hat es sich natürlich längst rumgesprochen«, fährt sie fort. »Dabei war ich nur zwei Tage im Krankenhaus. Aber als ich nach Hause kam, war der Kühlschrank voll mit Minestrone und Lasagne. Sogar Ruth hat einen Hühnchenauflauf vorbeigebracht, obwohl ich nicht glaube, dass ich den anrühren werde.«

»Mum!«, lache ich und wische mir die Tränen aus den Augenwinkeln. »Das war doch nett von Ruth!«

»Hm«, schnieft sie. »Ich sag dir, was das war: ein super Plan, mich und Brian gleich mit einem Schlag zu erledigen!«

»Mit einem Hühnerflügelschlag! Ha!«

Mum lacht und fängt an, irgendwas über Ruth zu grummeln, wie sie es immer tut, und mir geht es gleich etwas besser.

»Meinst du nicht, es ist langsam Zeit, dich mit Ruth zu versöhnen?«, frage ich. »Es ist zweiundvierzig *Jahre* her, dass sie mit Dad aus war!«

»Ich weiß, aber ich muss aufpassen, Luce. Brian hat ihr damals das Herz gebrochen, und ich glaube, sie würde ihm immer noch gern Avancen machen.«

»Avancen? Bist du aus einem Roman von Jane Austen?«

Im Hintergrund fängt Glenda an zu bellen, und als Mum erzählt, wie fürsorglich sich Glenda um sie kümmert, indem sie ihr ständig das Gesicht leckt und immer um sie herum ist, höre ich das Lächeln in Mums Stimme.

»Wie kommt Dad mit alldem klar?«

»Ziemlich gut. Wir standen natürlich beide erst mal unter Schock. Aber du kennst ihn ja. Praktisch veranlagt wie er ist, hat er sich meine Genesung zum Projekt gemacht und mir auf YouTube CrossFit-Videos für Über-Sechzigjährige rausgesucht. Außerdem hat er einen Artikel über die Heilkraft von Antioxidantien gelesen, und seitdem läuft den ganzen Tag der Entsafter. Wenn er nicht bald mal wieder zur Farm oder zum *Men's Shed* fährt, sperre ich ihn in den Schuppen! Wobei Glenda jetzt endlich ein paar Kilo abgenommen hat, wo Brian nicht mehr so oft bei Bernie vorbeifährt.«

Ich weine leise ins Handy. Die Vorstellung, dass ich Mum vielleicht nicht immer so über Dad reden hören könnte, macht mich unendlich traurig. Ich wünschte, ich könnte mich nach Hause teleportieren, um Weihnachten mit ihnen zu verbringen, auch wenn es bedeuten würde, Michael Bublé hören zu müssen.

»Aber genug jetzt, wir werden uns deswegen keine Sorgen mehr machen«, sagt Mum bestimmt. »Ach, und rate mal, wer noch für mich da war!«

»Cher«, antworte ich sofort.

»Na, das ist ja klar. Rate noch mal.«

»Ruth«, sage ich kichernd.

»Ganz bestimmt«, sagt sie trocken.

»Colleen.«

»Von wegen. Obwohl sie ein Stück leckeren Zitronenkuchen vorbeigebracht hat, von daher sollte ich nicht so gemein sein.«

»Ich weiß es – Trish aus der Trommelgruppe!«

»Nee.«

»Gib mir einen Tipp, Mum.«

»Es war jemand von nebenan.« Sie singt es beinahe.

»Helen!«, rufe ich und schlage triumphierend auf die Couch.

»Helen war toll, aber jemand anders auch.«

Das Blut schießt mir in den Kopf, und ich bringe kein Wort mehr heraus. Mum lacht, und da wird mir klar: Sie weiß, dass Oscar bei mir ist.

»Ich kann es nicht fassen, dass du Mums Unterwäsche aufgehängt hast«, sage ich zu Oscar, als wir später am Abend in seinem Zimmer im Cranley Hotel im Bett liegen.

»Es waren eher die schlabberigen Shorts von deinem Dad, die mich zum Nachdenken gebracht haben«, antwortet er, und wir lachen beide.

»Aber du bist schon hier, weil du es willst, und nicht, weil Ihre Majestät dich geschickt hat, oder?«

»Natürlich«, sagt er, beugt sich zu mir rüber und küsst mich auf die Stirn. »Aber deine Mum ist echt tough. Eine Stunde mit ihr auf der Hollywoodschaukel, und sie wusste sofort, wie viel du mir bedeutest. Und als Ben erzählte, Rosie wäre sich nicht sicher, was deine Gefühle für Joe angeht, meinte Denise, ich solle die Eier haben, dir zu sagen, wie sehr du mir fehlst.«

»Sie hat sich nie anmerken lassen, dass sie über Joe Bescheid weiß«, sage ich erstaunt. »Und mit den Worten hat sie das bestimmt nicht gesagt.«

»Na ja, ihre Worte waren eher: ›Are you strong enough?‹«, sagt er grinsend.

»Wahrscheinlich nicht«, scherze ich. »War nur Spaß!«, rufe ich, als er anfängt, mich zu kitzeln. »Oscar, hör auf!«

Auf einmal wird er ernst. »Als deine Mum erzählt hat, dass sie Krebs hat, ist das mit meinem Dad alles wieder hochgekommen. Da hab ich beschlossen, jemanden anzustellen, der mir bei der Arbeit hilft, und eine Pause zu machen. Und als ich mich nicht mehr mit *Bev's Buffet* ablenken konnte, ist mir klar geworden, dass ich mir niemals verzeihen würde, wenn es doch noch eine Chance für uns beide gäbe und ich sie nicht nutzen würde.«

»O Oscar«, sage ich. »Es tut mir so leid mit deinem Dad.«

»Ich weiß.«

Ich drehe mich auf die Seite und spiele mit einer seiner Locken.

»Deine Mum will nicht, dass du denkst, du müsstest ihretwegen nach Hause kommen«, sagt er. »Sie will, dass du deine Entscheidungen unabhängig davon triffst, wie es ihr geht.«

»Hmm«, antworte ich.

»Aber nicht unabhängig von mir«, fügt er schnell hinzu.

»Oscar, glaubst du, Mum wird wieder gesund?«

»Ja, Luce.« Er zieht mich an sich. »Sie wird wieder gesund.«

Trotz Oscars Versuchen, mich zu beruhigen, und Margies fröhlicher Updates über ihr Schäkern mit Dennis vertelefoniere ich innerhalb von zwei Tagen mein gesamtes Handyguthaben mit Mum. Und jedes Mal, wenn ich einen Anruf von zu Hause bekomme, zieht sich mir vor Angst der Magen zusammen, weil ich jedes Mal fürchte, es ist Dad, der mir mitteilen wird, dass die Ergebnisse da sind und der Tumor bösartig war. Diverse Mal gehe ich mit klopfendem Herzen ans Telefon, und immer ist Mum dran, die mich fragt, wie sie einen Account bei einem Online-Tickethändler erstellt oder etwas in der Art.

Zum Glück ruft Dad eines Morgens an und sagt, der Bericht aus der Pathologie sei da und der Onkologe habe Mum Entwarnung gegeben. Ich bin so erleichtert, dass ich anfange zu weinen.

»Was ist denn nun mit Cher?«, fragt Dad, um mich aufzuheitern. »Wir müssen wohl bald nach Flügen nach Brisbane gucken, was?«

»Sie kommt nur nach Sydney, Dad.«

»Was?«, ruft er. »Warum nicht nach Queensland?«

Ich sage ihm, dass Rosie und ich die Tickets für Mum und ihn kaufen, aber er meint, ich soll nicht albern sein und dass er froh ist, endlich mal ein Geburtstagsgeschenk für Mum zu haben, das ihr auch tatsächlich gefällt.

Ich lache, als mir einfällt, wie er ihr zum Sechzigsten einen Duschhocker aus Edelstahl geschenkt hat und sie so sauer war, dass sie den Rest des Tages kaum noch mit ihm gesprochen hat.

Ich frage ihn, wie es Mum in letzter Zeit emotional ging, und finde Dads unumwundene Art ausnahmsweise mal enorm beruhigend.

»Es war ein ständiges Auf und Ab wie bei einem Jo-Jo, aber das ist ja normal. Jetzt, wo sie das Ergebnis hat, wird es ihr wieder besser gehen. Nach Regen kommt Sonnenschein, nicht wahr? Apropos, Regen. Den könnten wir hier schon gut gebrauchen. Es ist gerade furchtbar trocken. Und das Cricketspiel gegen England war ja wohl auch furchtbar, oder?«

28

Letztendlich wird mir die Entscheidung, wie lange ich meine Rückkehr nach Australien noch hinauszögern soll, bei unserem ersten Mitarbeitertreffen nach Weihnachten abgenommen, als der Geschäftsführer von *Scribe* uns nüchtern darüber informiert, dass die Inhaber ein Übernahmeangebot von einer großen Buchhandelskette akzeptiert haben. In klassischem britischen Understatement fügt er hinzu, es werde möglicherweise eine »Neuordnung« des Personals geben.

Innerhalb der nächsten Tage erfährt Penny, dass ihr Arbeitsplatz sicher ist, aber Margie und ich und all die anderen Aushilfen verlieren unsere Jobs. Nach dem ersten Schock bin ich eigentlich erleichtert, denn auch wenn ich natürlich selbst über mein Leben bestimmen möchte, ist es manchmal auch befreiend, wenn sich ein paar Dinge von allein erledigen.

Nachdem Margie und ich uns zum letzten Mal aus der Kinderbuchabteilung ausgestempelt haben, gehen wir noch auf ein Bier ins *Cat's Back*, wo Penny bereits mit Sally und ein paar ihrer befreundeten australischen Kindermädchen auf uns wartet.

Penny hat nach ein paar Drinks schon ordentlich einen im Tee und klagt, sie wird meine australisch gefärbten

Storytime-Vorlesestunden und Margies Gefühlsausbrüche in Afrikaans vermissen.

Margie verkündet indessen, dass sie in London bleiben wird, und scherzt, inzwischen lange genug hier zu leben, dass ihr das Wetter nichts mehr ausmacht, obwohl allen klar ist, dass sie wegen Dennis bleibt. Ich gelobe mit einem Zwinkern, auf jeden Fall zum *Braai* anlässlich ihrer Hochzeit zu kommen, und verspreche Penny, weiterzuschreiben und ihr Bescheid zu geben, sollte ich von einem der australischen Verlage hören, denen ich mein Manuskript angeboten habe.

Als Penny und ich uns zum Abschied umarmen, sage ich ihr, wie lieb ich sie habe und wie ihr Glaube an mich mein Leben verändert hat. Sie drückt mich fest und sagt: »Eines Tages, Lucy, werde ich vor allen damit angeben können, dich zu kennen!«

Der quälendste Abschied ist der von Sally, die sagt, ich wäre ihre regelmäßige Dosis Queensland in London und der Höhepunkt ihrer Woche gewesen. Dann fragt sie schüchtern, ob es mir etwas ausmacht, wenn sie Joe schreibt und ihn fragt, was er so macht. Ich versichere ihr, dass nichts mich mehr freuen würde.

»Hey, dich hab ich ja schon ewig nicht mehr beim Schwimmen gesehen!«, sagt Dominic Cavendish, als ich mich am Gepäckband auf Rockys Flughafen neben ihn quetsche. »War dir zu kalt?«

»Nein, ich hab sieben Monate in London gelebt, Dom«,

lache ich. »Der Weg wäre mir ein bisschen zu weit gewesen, nur um ein paar Bahnen zu schwimmen.«

»Ah, okay«, sagt er und nimmt seine Tasche vom Band. »Dann bis bald.«

»Bis bald.«

Während ich auf meinen ramponierten roten Koffer warte, erkenne ich zwischen den Umstehenden mehrere Eltern von Highschool-Freundinnen, außerdem den Mann, der bei *Officeworks* arbeitet sowie das Ehepaar aus Newcastle, das *Gone Bush* führt. Ein stämmiger Kerl mit grauem Bart und zugeknöpftem Hemd mit Ananasmuster drängt sich an mir vorbei und zieht sein Gepäck mit einem schroffen »'Tschuldigung« vom Band.

Gott, bin ich glücklich, wieder auf heimischem Boden zu sein! Lustig, wie komplett unterschiedlich dieser Terminal und der in Heathrow sind.

Ich rolle mit meinem Koffer hinaus in die Januarhitze zur Abholzone und fühle die dampfende Wärme vom Asphalt aufsteigen. »Ist das heiß!«, sage ich zu den Frauen neben mir, und wir alle lachen, wie man das so macht, wenn man extrem schwitzt.

Dad fährt mit seinem rostigen alten Land Cruiser vor, und ich freue mich so übermäßig, Glendas kleinen hechelnden Kopf aus dem Beifahrerfenster gucken zu sehen, dass ich sofort zu ihr laufe und ihr einen Kuss gebe, noch bevor Dad aussteigen und meinen Koffer nehmen kann.

»Wo ist Mum?«, frage ich in dem Moment, in dem Dad fragt: »Wo ist Oscar?«

Anscheinend hat jedes einzelne Mitglied meiner Familie

seine eigene Liebesgeschichte mit diesem Mann. »Er bleibt noch ein paar Tage in Sydney, um wieder auf den aktuellen Stand zu kommen. Er wird bald hier sein.«

»Sehr gut«, sagt Dad und schnallt sich an. »Mum wollte die Kürbis-Scones noch fertig machen, bis du da bist.«

Wir schweigen eine Weile, und ich genieße den strahlend blauen Himmel, die Wärme der Sonnenstrahlen auf meinem Arm, das Kreischen der Vögel, den Geruch nach Sternjasmin und das unglaubliche Gefühl von Weite.

»Freust du dich, wieder zu Hause zu sein, Luce?«, fragt Dad und reißt mich aus meinen Tagträumen.

»Ja, Dad«, antworte ich. Und als wir an der Bullenskulptur an der Flughafeneinfahrt vorbeifahren, deren Glasfaserkörper die Sonne reflektiert, weiß ich sicher, dass ich es dieses Mal auch wirklich so meine.

Sobald Dad den Motor ausstellt, springe ich mit Glenda aus dem Wagen. Mum ist in der Küche und richtet gerade einen Teller mit Iced VoVos her. Unter ihrem Baumwollkleid zeichnet sich ihr nasser Bikini ab.

»Mum!«, rufe ich und breche beim Anblick ihrer frisch gekämmten, nassen Haare fast zusammen. »Du darfst nicht sterben, Mum! Ich will, dass du meine Kinder aufwachsen siehst!«

»Na, dann beeil dich und krieg sie!«, sagt sie lachend und streicht mir über den Rücken, während wir uns in den Armen liegen. »Sei nicht albern, Luce. Dank dieses CrossFit-Programms und deines Vaters mit seinen Nutri-

Ninja-Smoothies bin ich gesünder als je zuvor. Ich bin heute Morgen schon dreißig Bahnen geschwommen! Ich würde sagen, ich bin so fit wie noch nie in meinem Leben.«

»Wow, dreißig Bahnen sind echt nicht schlecht.« Ich wische meine Tränen weg. »Ich hab Dom am Flughafen getroffen.«

»Ha! Ich glaub, er steht auf mich.« Mum zwinkert mir zu und stellt den Teekessel an. Ich fange an zu lachen. Mum ist eindeutig wieder ganz die Alte.

»Mach dir also keine Sorgen, ich gehe nirgendwohin«, fährt sie fort. »Besonders jetzt nicht, wo ich VIP-Tickets für Cher habe!«

»Was? VIP-Tickets!«, rufe ich ungläubig.

»Ja, dein Vater hatte seine Spendierhosen an, Luce. Und wann hat man schon mal die Gelegenheit, Cher bei Champagner und Kanapees zu treffen?«

»Aber wie ist er denn an die Tickets gekommen? Waren die nicht innerhalb von Minuten weg?«

»Du hättest uns Dienstagmorgen mal sehen sollen! Dad war schon um halb neun auf der Website, bereit, um neun zuzuschlagen.«

»Dad? Hat Online-Tickets gekauft?«, frage ich, während wir mit unserem Tee zum Küchentisch gehen.

»Ja, er hat sich an der Uni zu einem Computerkurs für Senioren angemeldet. Er weiß jetzt alles über USB-Sticks und Steuerung-Alt-Entfernen und Facebook. Und er hat zum Glück auch diese Seite für Online-Tickets verstanden.«

»Ha! Das ist ja unglaublich.« Ich grinse. »Meldet euch bloß nicht bei Facebook an«, sage ich schnell.

»Ich hab mit Rosie gesprochen, sie kümmert sich um dein Ticket«, sagt sie, ohne auf mich einzugehen. »Sie hat mir so toll geholfen, die Gute. Sie wird bestimmt auch bald hier sein.«

Nickend blicke ich hinaus auf die spindeldürren Arme der Brigalow-Bäume, die draußen in der Sommerbrise winken, und lächle, als die Kookaburras ihr vertrautes Gackern anstimmen.

»Wie geht es meinem Oscar?«, fragt Mum über das heisere Lachen der Vögel hinweg.

»Dem geht's gut, Mum«, sage ich breit grinsend. »Du hast hier ja ganz schön Mrs. Bennet aus *Stolz und Vorurteil* gespielt!«

»Manchmal braucht ihr jungen Dinger eben eine alte, ruhige Hand, die euch auf die Sprünge hilft«, sagt sie. »Besonders du in London mit deinen Scheuklappen, nur mit deinem Roman beschäftigt und in den Wolken schwebend. Und währenddessen habe ich Oscar hier bei mir auf der Hollywoodschaukel sitzen, der mir sein Herz ausschüttet und meine BHs aufhängt.«

Peinlich berührt lehne ich den Kopf an ihre Schulter.

»Es war einfach zu absurd«, kichert Mum, und dann können wir gar nicht mehr aufhören zu lachen.

29

Das Geräusch meiner sich öffnenden Zimmertür reißt mich aus meinem Jetlag-Schlummer, und ich blicke auf und sehe Rosie in ihrem Rad-Outfit.

»Wie geht's?«, ruft sie, schaltet das Licht an und kommt zu mir, um mich zu umarmen. »Scheiße, ist das heiß draußen!«

Ich fühle mich durch ihre Anwesenheit sofort belebt, werfe die Decke zur Seite und stehe auf.

»Hi, Rosie! Gehen wir schwimmen?«

Während wir nebeneinander unsere Bahnen ziehen, erzählt Rosie, dass Ben an der Charles Darwin University angenommen wurde und sich gerade nach einer Wohnung für sie beide umsieht. Nach dem Cher-Konzert wollen sie dann beide dauerhaft hochfliegen.

»Er ist total begeistert von Nightcliff und Rapid Creek, das sind zwei Stadtteile direkt am Meer und da gibt's ein paar coole Troppo-Häuser zu mieten.«

»Wow, klingt toll«, sage ich.

»Ja, er scheint sich gerade prächtig zu amüsieren. Hat schon eine Gruppe Freunde, mit denen er auf ein paar wilden Partys war. Könnte mir vorstellen, dass wir's da 'ne Weile aushalten.«

Ich erzähle Rosie, dass Oscar Mum geholfen hat, als ich nicht da war, und sie nickt bloß, als wäre es nichts Neues für sie. Mum habe ihr davon auch bereits bei diversen Tassen Tee auf der Hollywoodschaukel berichtet, sagt sie.

»War ja klar«, lache ich.

Nach dem Schwimmen entspannen Rosie und ich bei einer Flasche Prosecco auf ihrem Balkon. Wir haben einander so viel zu sagen, dass wir letztendlich gar nichts sagen und stattdessen den wirbelnden Rauchwolken über der Berserker Range zusehen, deren Waldbrände die Stadt unter uns in eine Decke aus dicker, trüber Luft einhüllen, die in den Augen und im Hals brennt und in der Kleidung hängenbleibt.

Während ich auf die immer wieder auflodernden Flammen in den Bergen und die trüben Lichter der Stadt blicke und den Geräuschen der Insekten und Vögel lausche, habe ich endlich das Gefühl, zu Hause zu sein. Ich lege die Füße aufs Geländer und sehe zu Rosie.

»Ich kann es gar nicht fassen, wie viele Falten meine Hände auf einmal haben«, sage ich und betrachte meine Handgelenke. »Ich weiß gar nicht, wo die plötzlich alle herkommen.«

»Ha!«, sagt Rosie geistesabwesend.

»Ich fand meine Hände eigentlich immer ziemlich schön. Erinnerst du dich noch an Daisy Geraghty aus der Uni? Die hat mal gesagt, ich könnte Hand-Modell werden.«

»Echt?« Rosie fasst sich an die Kehle. »Ich mache mir

ja eher Sorgen um meinen Hals. Ich glaub, da geht's bei mir gerade los.«

»Wem sagst du das – ich werde in zwei Wochen dreiunddreißig!«

»Ich weiß! Ich schenk dir 'ne richtig gute Antifalten-Creme. Gab's da nicht 'ne neue Produktlinie im letzten *HomeHints*-Katalog?«

»Ja, und weißt du, was für eine Überschrift ich mir ausgedacht habe? ›Reife Leistung für die Haut ab 30‹!«

Als unser Kichern nachlässt, schlage ich vor, auf Rosie und ihren bevorstehenden Umzug nach Darwin anzustoßen, worauf sie mit einem Toast auf meinen Umzug in die Hauptstadt der Kakerlaken antwortet.

»Bist du sicher, dass Oscar und Helen nichts wollen, Luce?«, fragt Mum ganz nebenbei, als Rosie und ich ein paar Abende später mit Essen vom Chinesen nach Hause kommen.

»Nein, Mum, Oscar war fast genauso oft hier wie drüben«, antworte ich. »Helen will bestimmt auch mal etwas Zeit mit ihm allein verbringen.«

»Keine Ahnung, was du mir damit sagen willst!«, sagt Mum gespielt unschuldig, und als ich sie mit erhobenen Augenbrauen ansehe, lacht sie nur fröhlich.

»Erzähl doch mal von Darwin, Rosie«, sagt Dad über seine Zeitung hinweg. »Wann geht's los? Die saufen da oben ganz schön ordentlich, das ist dir klar, oder?«

Rosie, die gerade Schüsseln aus dem Schrank nimmt,

ignoriert seine Bemerkung. »Ben und ich fliegen nächste Woche von Sydney aus, nach dem Cher-Konzert.«

»Cher! Verdammt!«, sagt Dad und setzt sich aufrechter hin. »Wo ihr beide grad hier seid, wir müssen noch unsere Strategie besprechen.«

Rosie blickt mich amüsiert an, und ich zucke mit den Achseln.

»Ach ja!«, ruft Mum. »Warte, ich hole meine Liste, Brian.« Sie läuft los und kommt gleich darauf mit einem Klemmbrett wieder.

»Das Wichtigste zuerst, der Zeitplan. Das Konzert ist um sieben, aber natürlich haben Brian und ich zuerst Champagner und Kanapees mit Cher.« Sie lächelt ihn zärtlich an. »Das ist um sechs.«

»Okay, um sechs. Dann rechnen wir mal zurück – wir müssen vom Hotel zum Konzert kommen. Wenn man noch den Verkehr, eventuelle Zwischenfälle und Verspätungen mit einrechnet ...« Er überlegt. »Um zwei sollten wir los.«

»Um zwei!«, rufe ich. »Dad!«

»Lucy, da unten sind alle verrückt!«, erklärt Dad. »Zwei könnte auch schon knapp sein.«

»Dein Vater hat recht«, sagt Mum nickend. »Da fahren wir nachher los und denken, wir hätten alle Zeit der Welt, und ehe man sichs versieht, steht man in der falschen Richtung im Stau. Nein, danke! Nicht, wenn ich ein Date mit Cher habe! Allein bei der Vorstellung, es zu verpassen, bricht mir schon der Schweiß aus.«

Rosie und ich sehen uns kopfschüttelnd an.

»Na ja, du und Dad, ihr seid die VIPs, ihr könnt von

mir aus auch im Morgengrauen aufbrechen«, sage ich lachend und öffne die Box mit dem Essen. »Rosie und ich kommen dann mit ’nem Uber nach.«

30

Nein, nein, mit Ihrem Gesicht ist alles in Ordnung«, sagt die Agentin und blickt von ihrem Computerbildschirm zu mir. »Wie alt sind Sie?«

»Zweiunddreißig.«

»Okay, dann haben Sie ja noch ein paar Jahre«, sagt sie und sieht mich wieder kurz an. »Können Sie singen oder tanzen?«

»Nein.«

»Hmm. Das könnte ein Problem sein.«

Ich sehe zu, wie ihre extrem langen Fingernägel über die Tastatur tanzen, und frage mich, ob sie überhaupt die richtigen Buchstaben trifft.

»Okay, was Ihre Aussprache angeht …«

»Ja?«

»Wären Sie bereit, ein Stimmtraining zu machen?«

»Nein.«

»Verstehe. Okay, danke. War nett, Sie kennenzulernen, Lucy.«

»Danke, hat mich auch gefreut, Jessica«, sage ich und schüttle ihr die Hand. Und weil ich nicht anders kann und weiß, dass ich sie eh nie wiedersehen werde, rufe ich beim Rausgehen in meinem breitesten australischen Akzent: »Hurra!«

Als ich das Büro der *A1-Talent-Agentur* verlasse und hinaus auf Darlingshursts geschäftige Oxford Street trete, fühle ich mich noch platter als eine Rotbäuchige Schwarzotter. Ich bin ein paar Tage vor den anderen nach Sydney gekommen, um Zeit mit Oscar zu verbringen und mich schon mal nach Arbeit umzusehen. Nach dem Cher-Konzert fliegt Oscar mit mir zurück nach Rocky und hilft mir beim Packen, und dann fahren wir mit meinem Auto wieder nach Sydney. Da mir immer noch keiner der australischen Verlage auf mein Manuskriptangebot geantwortet hat, werde ich in Sydney mit seinen glitzernden Lichtern jetzt Plan B verfolgen: einen Job bei einer TV-Produktionsfirma landen und als Reporterin Dokus über die außergewöhnliche Tier- und Pflanzenwelt auf exotischen Inseln machen. Das Problem ist nur, dass weder Jessica Moore von der *A1-Talent-Agentur* noch irgendeine andere Produktionsfirma Interesse an mir haben.

Als ich jetzt über den Bürgersteig gehe und das Gewicht dieser fremden Stadt schwer auf meinen Schultern lasten spüre, gebe ich mich dem Selbstmitleid voll und ganz hin.

Sydney ist einfach zu groß! Ja, Oscar ist hier, aber ich kenne diese Stadt überhaupt nicht. Diese Straßen könnten mich einfach verschlucken, und niemand würde es merken. Niemand liebt mich hier, außer Oscar. Ich weiß noch nicht mal, auf welcher Straßenseite der Bus in die richtige Richtung fährt. Ich weiß noch nicht mal, in welche Richtung ich überhaupt muss. Es ist zu anstrengend, das alles neu zu lernen. Ich bin schon zu oft umgezogen. Ich bin das Ganze leid …

Ich blicke auf, als der Bus, den ich nehmen muss, vor mir hält, und als ich den Fahrer frage, ob ich hier richtig bin, wenn ich Richtung Paddington möchte, sagt er Ja. Grinsend setze ich mich hin. Wie schön Sydney in der Nachmittagssonne doch aussieht!

Später am Abend zwinge ich Oscar, eine Folge von *The Secret Life of Babies* mit mir zu gucken. Da verkündet mein Handy klingelnd den Eingang einer E-Mail. Ich erkenne die E-Mail-Adresse von einem der australischen Verlage. Sofort verstecke ich das Handy unter einem Kissen und vergrabe das Gesicht in Oscars Schoß.

»Ich kann sie nicht lesen«, sage ich. »Ich kann einfach nicht.«

»Was ist los?«, fragt er und klickt auf dem Laptop auf Pause.

»Einer der Verlage hat geantwortet«, sage ich, meine Stimme gedämpft von seiner Jeans.

»Na, zeig schon her.« Er greift unters Kissen nach dem Telefon. Ich schlage nach seiner Hand und nehme es mit in die Küche.

»Okay«, sage ich zu mir selbst und hole tief Luft. »Bring es einfach hinter dich.«

Ich öffne die Mail von Alice Callaghan von *Judge & James* und überfliege sie.

Tränen der Erleichterung schießen mir in die Augen.

»Sie will es lesen!«, rufe ich Oscar zu. »Mein Manuskript! Ich soll ihr das ganze Manuskript schicken! Kein

›Alles Gute!‹ Sie schreibt: ›Ich hoffe, bald wieder von Ihnen zu hören!‹«

Oscar ist sofort neben mir. »Super! Ich bin ja so stolz auf dich, Luce!«

Fast im selben Moment wird meine Freude durch Angst ersetzt. »O Mann, was ist, wenn es ihr nicht gefällt?«

»Hör auf«, sagt Oscar und nimmt mich in den Arm. »Es wird ihr gefallen. Sie wird es lieben.«

Drei Tage nachdem ich Alice Callaghan mein Manuskript geschickt habe, schreibt sie mir, dass ihr *Diamanten im Staub* sehr gut gefallen hat und sie hofft, dass wir gemeinsam daran arbeiten und einen tollen Roman daraus machen können. Sie schreibt, sie glaubt, ich habe das Talent dazu. Ich falle beinah vom Stuhl. In zwei Tagen hat sie eine halbe Stunde für mich Zeit, schreibt sie. Ob ich mich in der Nähe vom Verlag in Surry Hills auf einen Kaffee treffen möchte.

O Gott, denke ich. Eine echte Lektorin will mich kennenlernen und mit mir an meinem Manuskript arbeiten! Ich googele sie und erfahre, dass sie in der Verlagsbranche hoch angesehen ist und viele australische Autorinnen und Autoren erfolgreich gemacht hat. Ich lese ihre Mail wieder und wieder, dann drucke ich sie aus und hänge sie an den Kühlschrank, einfach um mich ihrer Existenz zu versichern.

»Aber was heißt das?«, fragt Dad, als ich zu Hause anrufe, nachdem ich mit Oscar zur Feier des Tages essen war.

»Ich weiß es nicht, Dad. Ich weiß es nicht. Aber es ist doch schon mal ein gutes Zeichen, dass sie mir geantwortet hat.«

»Himmelherrgott noch mal, dann geh schnell mit ihr Kaffee trinken, bevor sie nicht mehr da ist! Vielleicht hat sie ihren Job nächste Woche nicht mehr!«

»Keine Sorge, Dad«, sage ich. »Ich glaube, Alice meint es ehrlich. Ich glaube, sie hat wirklich vor, mir zu helfen.«

»Na, wir werden sehen«, murmelt er. »Halt uns auf dem Laufenden.«

Alice umarmt mich zur Begrüßung, und ihre warme Art beruhigt mich sofort. Sie fragt mich nach dem Hintergrund für *Diamanten im Staub*, und ich erzähle ihr, dass ich mich schon seit einem Schulausflug in der siebten Klasse für die Edelsteinfelder interessiere. Sie lächelt und sagt, dass sie aus der Nähe von Bendigo kommt und ganz beeindruckt von meiner Recherchearbeit ist und was für lebendige Charaktere ich in meinem Roman geschaffen habe.

»Man fühlt sich ihnen allen sofort verbunden«, sagt sie. »Und das ist nicht leicht zu schaffen.« Sie sagt, sie finde mein Manuskript wundervoll und dass sie mir einen Vertrag anbieten möchte.

Als wir kurz darauf das Café verlassen, bin ich stolz, wie würdevoll ich auf ihr Angebot reagiert habe. Ich habe ihr nicht mein Erstgeborenes versprochen oder irgendeinen anderen überschwänglichen Gefühlsausbruch gehabt. Ich halte ihr die Hand hin, um mich zu verabschieden, aber Alice umarmt mich stattdessen lachend und sagt, sie hätte noch nie erlebt, dass jemand so cool auf ein Vertragsangebot reagiert.

Und da ist es mit meiner Selbstkontrolle vorbei. »Sie sind die Beste, Alice!«, schwärme ich. »Sie sind die absolut Beste!«

Ein wesentlicher Teil von Mums Cher-Strategie besteht darin, dass wir am Morgen des Konzerts alle zusammen groß frühstücken, und so sitzen Rosie und ich jetzt Ellbogen an Ellbogen mit Mum und Dad um einen runden Tisch auf der Fressmeile im Westfield-Einkaufszentrum.

»Was sie wohl anhaben wird?«, überlegt Rosie.

»Wahrscheinlich so gut wie nichts«, antworte ich.

»Seht ihr den Typen da drüben?«, sagt Dad und zeigt nicht gerade unauffällig auf einen jungen Mann im Anzug, der auf seinen Kaffee wartet. »Der hat doch sicherlich nur einen Apfel in der Aktentasche. Alles Heuchler.«

»Was wirst du zu ihr sagen, Denise?«

»Ich werde einfach ich selbst sein, Rosie«, antwortet Mum grinsend.

»Ach, komm schon, Mum. Du hast doch genau einstudiert, was du sagen wirst.«

»Ja, du hast recht. Du kennst mich einfach zu gut, Lucy. Ich werde einfach sagen: ›Cher, Sie sind eine Inspiration. Wegen Ihnen frage ich mich oft: *Bin ich stark genug?* Und wegen Ihnen kann ich mir jedes Mal antworten: *Ja, Denise, das bist du.*‹«

Dad tätschelt ihr die Hand. »Das ist wunderschön, Schatz.«

»Also«, sagt Rosie und schiebt ihren Teller beiseite, »ich finde ja, wir haben alle verdammtes Glück! Wir sitzen auf der besten Fressmeile Australiens, Lucy hat gerade ihren Lebenstraum verwirklicht und wird ihr Buch veröffentlichen, Ben und ich ziehen morgen ins Paradies, und Denise trifft heute Abend ihr Popidol.«

»Und was ist mit mir?«, fragt Dad.

»Du, Brian, bist einfach toll, weil du uns zum Frühstück eingeladen hast.«

»Danke, Rosie«, sagt Mum. »Das hast du schön gesagt. Okay, Brian. Wir müssen noch Nüsse und Knabberzeug für die Fahrt besorgen. Und genug Wasser. Wie viel Bargeld hast du?«

»Mein Gott, das klingt ja, als würdet ihr auf Safari gehen!«, lacht Rosie.

»Mum, du solltest Cher mit einem Cher-Zitat überraschen!«, sage ich auf einmal, um den Faden wiederaufzunehmen.

»Und mit welchem?«, fragt Rosie.

»Wie wäre es mit: ›Eine Frau kann darauf warten, dass der Richtige kommt, aber das heißt nicht, dass sie in der Zwischenzeit nicht eine wunderbare Zeit mit den Falschen verbringen kann!‹«

»Was machen die beiden Brüder denn heute?«, fragt Mum, ohne auf meinen Vorschlag einzugehen.

»Oscar ist in der *Bev's-Buffet*-Zentrale.«

»Und dann hilft er Ben beim Auszug«, fügt Rosie hinzu. »Langweilig!«

Nachdem ich auf Rosies Anraten hin meine enge Jeans gegen meine noch engere Jeans gewechselt habe, bestellt Rosie ein Uber, und wir fahren zum Allianz-Stadion. Dort reihen wir uns in die Tausenden von Cher-Anbeterinnen auf dem Weg zu ihren Plätzen ein.

»Gott, ist das aufregend!«, sage ich und umklammere Rosies Handgelenk.

»Du hast ja keinen verdammten Schimmer, wie aufgeregt ich bin, Luce«, antwortet sie.

»Ich kann nicht glauben, dass Mum und Dad in diesem Moment mit Cher Champagner trinken!«

Rosie lacht. »Dein Dad und Cher – der Knaller! Deine Eltern sind sich wieder nähergekommen seit dem Schreck mit Denise, was?«

»Ja, total.« Ich nicke, und mich überkommt ein unglaubliches Gefühl der Dankbarkeit, dass es Mum gut geht, dass sie und Dad sich näher sind als je zuvor, dass wir jetzt alle hier sind.

Punkt halb neun wird das Stadion dunkel. Das einzige Geräusch ist das Schlagen einer Trommel. Dann wird das Trommeln schneller und lauter, die Menge gerät in eine gespannte Ekstase, bis Cher auf einmal erscheint – gekleidet in paillettenbesetzten Strapsen, wird sie von hoch oben auf die Bühne herabgelassen und sieht dabei aus, als schwebe sie auf einer Wolke aus Kristallen.

Natürlich sind wir alle total außer uns, die Menge jubelt und brüllt und pfeift, und als Cher uns zu ihrer Welttournee begrüßt und »Believe« anstimmt, kann ich mir nur vorstellen, in was für einer Verfassung Mum gerade sein muss.

Kurz darauf wechselt Cher in ihr Pocahontas-Kostüm und lässt uns auf unseren Plätzen alle zu »Gypsies, Tramps and Thieves« tanzen, dann schmettern wir den Text zu »Just Like Jesse James«, während Cher sich rittlings auf ein in Flammen stehendes Raketenschiff setzt, damit in die Luft steigt und drei Meter über der Menge kreist.

Mein Handy vibriert in meiner Tasche, und als ich es schaffe, den Blick von Chers Federkopfschmuck auf dem riesengroßen Bildschirm loszureißen, sehe ich, dass es ein Anruf von Dad ist. Der Applaus ebbt gerade ab, und ich gehe ran.

»Lucy!«, sagt er. »Komm schnell – es ist Mum!«

Mein Herz krampft sich zusammen. »Mum? Was ist mit ihr?«

»Komm einfach, wir sind unten in der ersten Reihe, AA.«

»Ich muss gehen«, sage ich zu Rosie. »Mit Mum stimmt irgendwas nicht.«

Sie drückt mir die Hand, und ich renne einen der Hauptgänge runter, während die Menge ausflippt, als Cher die ersten Zeilen von »I Got You Babe« anstimmt.

War es alles zu viel für Mum? Hat sie einen Herzinfarkt

oder so? Ist der Krebs wiedergekommen und Mum und Dad wollten es mir erst nach heute Abend sagen?

»Sie ist backstage«, sagt Dad nüchtern, als ich ihn am Ende der Reihe erreiche.

»Backstage?«, frage ich, doch ehe ich noch irgendwas sagen kann, schiebt Dad mich zu einem Security-Mann, der mich am Arm nimmt und zu einer Seitentür führt, dann eine Treppe hoch und auf einen Flügel der Hauptbühne. Benommen drehe ich mich um, und dann sehe ich Mum, die mich mit einem Mikrofon in der Hand angrinst.

»Mum«, sage ich völlig perplex. »Was …?« Doch ehe ich weiterreden kann, bekomme ich ein Mikrofon ans T-Shirt gesteckt und im nächsten Moment steigt Cher vom Raketenschiff und sagt: »Ladies und Gentlemen, ich mache jetzt eine kleine Pause und möchte Ihnen einen ganz besonderen Gast vorstellen. Sie ist eine Überlebende, eine Löwin und eine Kämpferin für jede einzelne wundervolle Frau hier im Stadion. Begrüßen Sie mit mir … Denise Crighton!«

Mum tritt aus dem Schatten ins Rampenlicht und verbeugt sich vor der jubelnden Menge.

»Danke, Cher«, sagt sie, während ich versuche, die Kinnlade wieder hochzubekommen. »Haben alle ein Feuerzeug? Jetzt ist es an der Zeit, die Feuerzeuge rauszuholen, Leute.«

Die Menge lacht und befolgt sofort Mums Anweisung. Kurz darauf ist das ganze Stadion mit Tausenden flackernden Flammen erleuchtet.

»Ach, ist das nicht wundervoll, Cher?«, sagt Mum. Dann fährt fort: »Cher, Sie sind eine vielbeschäftigte Frau, und die Show muss weitergehen, also beeile ich mich.« Mit ernster Stimme sagt sie: »Lucy, komm bitte her.« Als ich mich nicht bewege, fügt sie hinzu: »Jetzt!«

Verlegen betrete ich die Bühne und blinzle ins Flutlicht.

»Sie ist wunderschön!«, stößt Cher hervor.

Bei donnerndem Applaus und bewundernden Pfiffen stelle ich fest, dass ich für die fünfundvierzigtausend Menschen in der Halle auf eine dreißig Meter hohe Monitorwand übertragen werde.

»Äh, hi, Cher«, sage ich. »Ich mag Ihre Texte.« Ich gucke peinlich berührt auf meine Füße, denn jedes meiner Worte ist über die Lautsprecher zu hören.

»Sehen Sie?«, ruft Mum der Menge zu. »Sehen Sie, womit ich mich rumschlagen muss?«

Das Stadion ist erfüllt von Lachen, und ich weiß gar nicht, was peinlicher ist – dass ich bei einem Cher-Konzert auf der Bühne stehe oder dass Mum hier die Alleinunterhalterin spielt.

»Mum, was machst du hier?«, flüstere ich, was natürlich trotzdem über die Lautsprecher zu hören ist.

»Ich bin zur moralische Unterstützung hier!«, ruft sie, aber sie spricht nicht mich an, sondern ihr bewunderndes Publikum und erhält als Antwort begeisterten Applaus. »Cher, ganz ehrlich, meine Tochter ist zwar Journalistin, aber manchmal kann sie einfach nicht gut kommunizieren!«

»Nein, kannst du nicht?«, fragt Cher, die sich zwischenzeitlich in Catwoman-Cher verwandelt hat und sich jetzt wieder zu Mum und mir auf die Bühne schleicht. »Was stimmt denn nicht?«, fragt sie neckend, als ich sie sprachlos ansehe. »Hat die Katze deine Zunge verschluckt?«

Ich höre hysterisches Lachen aus dem Publikum und grinse Cher in ihrem glänzenden Lederkostüm hilflos an. Wenn das so weitergeht, werde ich hier noch von der Bühne gebuht.

»Lucy, du bist die Geilste!«, höre ich Rosie aus der Menge rufen, und auf meinem Gesicht breitet sich ein großes Lächeln aus.

»Das ist doch schon besser, Süße«, sagt Cher und haut mir mit ihrer Peitsche spielerisch auf den Hintern. »Können wir noch einen Scheinwerfer auf Mr. Simpson haben?«

Ach du Scheiße!, denke ich, als auf einmal Oscars Gesicht auf dem Monitor erscheint.

»Wow!«, ruft Cher und fächert sich Luft zu. »Ich hab ja schon mal einen Oscar gewonnen, aber den hier würde ich auch gern mal in die Finger bekommen!«

Oscar wird rot, und dann erkenne ich neben ihm Ben, der versucht, mit ins Bild zu kommen.

Da fallen die Groschen, und entsetzt sehe ich Mum an, innerlich flehend, sie möge das Ganze beenden.

Mum allerdings scheint gerade erst in Fahrt zu kommen und ruft die Menge auf, ruhig zu sein.

Ich blicke in das dunkle Meer aus Gesichtern, das auf einmal so still ist, dass man eine Nadel fallen hören könnte, und dann sehe ich, wie der riesige Monitor sich in zwei Bilder teilt, Live-Aufnahmen von Oscar und mir.

»Lucy«, sagt er, »ich weiß, dass dich manches an mir stört. Ich schlafe mit laufendem Ventilator, auch wenn es kalt ist, weil ich das Geräusch mag. Ich bin Manly-Fan. Und ich bin kein Fan davon, dass dein Hund mit im Bett schläft. Aber ich liebe dich, Lucy Crighton, und wenn du meinst, dass du es mit mir aushältst ... Willst du mich heiraten?«

Die Atmosphäre ist zum Zerreißen gespannt, und kurz überlege ich abzuhauen, doch dann stolziert Cher auf mich zu und sagt ganz leise, sodass nur ich es hören kann: »Wahre Größe erreicht man erst, wenn man bereit ist, sich lächerlich zu machen.« Dann fügt sie mit einem Augenzwinkern hinzu: »Denk gut nach, Süße – Worte sind wie Waffen, manchmal können sie verletzen.«

Ich fühle mich unglaublich bestärkt durch diese einundsiebzigjährige katzenhafte Halbgöttin, und so hole ich tief Luft und sage: »Mum und Rosie und meine ganzen Selbsthilfebücher haben mir gesagt, niemand würde einfach so kommen und an meine Tür klopfen – aber du hast es getan, Oscar. Und ich hab mich sofort in dich verliebt.«

Die Menge ist total aus dem Häuschen und jubelt und brüllt. Aber als ich die Stimme hebe, um weiter zu hören zu sein, und Oscar mich von dem riesigen Bildschirm aus anlächelt, habe ich das seltsame Gefühl, als würde ich nur mit ihm reden.

»Ich bin selbst alles andere als perfekt, und wenn du damit leben kannst, dass ich völlig planlos und manchmal so abgehoben bin, dass ich auch mit den Glücksbärchis im Wolkenland leben könnte, und dass unsere Kinder bei der Rugby League für Queensland sein werden, dann will ich dich sehr gern heiraten, Oscar! Natürlich! Ja!«

31

Zu meinem einundzwanzigsten Geburtstag schenkte Dad mir eine überdimensional große Spritze und sagte, ich müsse eine Dosis Realität verabreicht bekommen. Als wir jetzt, zwölf Jahre später, um den Küchentisch sitzen und ich die Kerzen auf einer Erdbeermarmeladen-Sahne-Torte auspuste, bekomme ich ein weiteres Geschenk von ihm.

»Luce, das ist etwas ganz Besonderes«, sagt er schroff und drückt mir eine dünne rechteckige Schachtel in die Hand. »Halte es bitte in Ehren.«

Ich blicke hinüber zu Oscar, der mich angrinst, und als ich die Schachtel öffne, liegt darin ein wunderschöner, handgefertigter Füllfederhalter aus Holz.

»Der hat den ersten Platz beim Drechselwettbewerb vom *Men's Shed* gewonnen! Er ist ganz aus Burdekin-Plum-Holz, von der Farm«, sagt Dad stolz, während ich den Füller herausnehme. »Ich hab ihn vom alten Gordon in der Mall gravieren lassen.« Er nimmt mir den Füller ab und betrachtet ihn eingehend. »Hat er ziemlich gut hinbekommen«, bemerkt er.

»Gib ihn ihr zurück, Brian!«, ruft Mum. »Sie hat es noch gar nicht gelesen!«

»Oh, stimmt, hier«, sagt Dad und gibt ihn mir zurück.

»Lies es vor, Luce«, sagt Oscar.

»›Lucy Crighton – Autorin.‹«

»Damit kannst du die Exemplare von *Teufel auf Pferderücken* signieren«, sagt Dad.

»Nein, Brian – das Buch heißt *Saphire in der Sonne*!«, ruft Mum.

»Stimmt beides nicht – es heißt *Diamanten im Staub*!«, sagt Oscar, und glücklich lächle ich ihn an. Er weiß immer, was mir wichtig ist.

»Ach, ich hab auch noch was für euch, Mum und Dad«, sage ich und springe auf. »Bin gleich wieder da.«

Ich gehe über den Flur, doch dann bleibe ich auf einmal stehen, als mir einfällt, dass ich vor ziemlich genau zwölf Monaten hier stand und Mum und Rosie bei ihrem besorgten Gespräch über mich belauscht habe.

Jetzt stelle ich erleichtert fest, vollkommen von ihrer Agenda verschwunden zu sein, und dass das Thema meines Wohlergehens von der Überlegung ersetzt wurde, welches die beste Jahreszeit zur Walbeobachtung ist.

Anders als die Lucy, die sich vor einem Jahr auf diesem Flur herumdrückte, habe ich kein Selbstmitleid mehr, und das Beste ist, ich habe neues Vertrauen in meine Fähigkeit zu lieben. Und jetzt, wo ich jemanden liebe, sind die Fragen, die mich beschäftigen, auch Oscars Fragen geworden, und die Ängste, die ich teilweise immer noch habe, können durch seine entschiedenen Worte und seine pragmatische und liebenswürdige Art beruhigt werden.

»Hier!«, sage ich, als ich aus meinem Zimmer zurückkomme, und lege ein großes rechteckiges Paket vor Mum auf den Tisch. Sie reißt das Papier auf und blickt auf die

Holztafel mit den eingravierten Worten: »Wo es Tee gibt, da gibt es auch Hoffnung.«

»O Lucy«, sagt sie und steht auf, um mich zu umarmen. »Das ist wunderschön! Wo hängen wir das hin?« Sie blickt in der Küche umher, dann sieht sie mich an, und ich weiß, was sie denkt.

Oscar, Dad und ich folgen Mum ins Wohnzimmer, wo sie vor dem gerahmten Poster von Cher stehen bleibt.

»Bist du dir sicher, Denise?«, fragt Dad ernst, während wir das Poster ansehen.

»Ja«, sagt sie bestimmt. »Sie hat Lucy und Oscar zusammengebracht, und mehr hätte ich mir nicht wünschen können. Es ist an der Zeit.«

»Was wirst du damit machen?«, fragt Oscar leise und legt einen Arm um mich.

»Tja, der Druck war eine limitierte Auflage – von ihrem ersten Konzert damals 1984. Inzwischen ist es wahrscheinlich eine ganz schöne Menge wert.« Sie blickt Dad an. »Brian, du kannst sie für eure Auktion beim Schwarzen-Hund-Ball haben. Das Geld könnt ihr beim *Men's Shed* doch gut gebrauchen.« Sie sieht wieder das Poster an. »Danke, Cher – du warst gut zu mir.«

Dads Gesichtszüge werden ganz weich.

»Das ist eine wundervolle Geste, Denise«, sagt er, und seine Stimme ist leicht zittrig. »Das ist sehr aufmerksam von dir.«

Ich sehe von ihm zu Mum. Es ist wohl das Beste, der Nummer ein Ende zu bereiten.

»Komm, Dad«, sage ich und ziehe einen Stuhl vom Esstisch ran. »Lass es uns aufhängen.«

Äußerst vorsichtig nimmt er Cher von der Wand und gibt sie Mum in die ausgestreckten Hände. Dann hängt er meine Tafel auf, und wir alle machen einen Schritt zurück und bewundern sie eine Weile schweigend.

»Wie wär's, wenn wir einen Tweet darüber absetzen? Oder wir aktualisieren alle unseren Status!«, sagt Dad am nächsten Morgen aufgeregt. Offenbar probiert er gerade die neuen Begriffe aus, die er in seinem Computerkurs gelernt hat, während er mit Oscar, mir, Mum und Glenda am Fitzroy River spazieren geht. Er ist so stolz auf sich und seine neuen Fähigkeiten, dass er beim *Men's Shed* jetzt zum Social-Media-Beauftragten berufen worden ist.

»Man twittert nicht unbedingt darüber, dass man von einer Stadt in eine andere zieht, Dad«, antworte ich.

»Doch, macht man!«, ruft Oscar. »Ich habe gerade heute Morgen getwittert, dass du nach Sydney ziehst!«

»Oh«, sage ich und grinse ihn an. »Na dann.«

Als ich wieder auf den Weg blicke, sehe ich Ruth auf uns zukommen. Kopfhörer in den Ohren und den Blick auf den Boden gerichtet, bemerkt sie uns erst nicht. Mum und Dad bleiben wie angewurzelt stehen. Oscar nimmt meine Hand, und wir machen einen Schritt zur Seite und beobachten, wie die drei sich anstarren und einander abschätzen wie in einem alten Western.

»Ruth«, sagt Mum schließlich.

»Denise«, antwortet sie.

»Ruth«, sagt Dad höflich.

»Brian.«

»Pass auf, Ruth, ich weiß, dass wir uns seit zweiundvierzig Jahren nicht grün sind …« Mum schluckt schwer. »Aber ich habe mich sehr gefreut, als du vor ein paar Wochen den Hühnchenauflauf vorbeigebracht hast. Der war sehr lecker.«

Oscar und ich schauen zu Ruth, die die Luft durch die Zähne einsaugt.

»Denise, lass mich zuerst mal eine Sache klarstellen: Ich will nichts von Brian. Ehrlich gesagt wollte ich das eigentlich noch nie, und der Tag, als du ihn mir weggenommen hast, war der beste meines Lebens.«

»Nun mach aber mal halblang, Ruth«, sagt Dad.

»Aber du warst so wild darauf, mich zu deiner Erzfeindin zu machen, Denise, und mir macht es irgendwie Spaß, diese Rolle zu spielen, also habe ich mitgemacht. Aber deine Krebsgeschichte hat mich ganz schön aufgerüttelt, und deshalb hab ich mir diese verdammten Laufschuhe gekauft und bearbeite jetzt den Asphalt. Ich hab gesehen, wie du wieder aufgeblüht bist, und seitdem bist du ein Vorbild für mich und Colleen.« Sie scharrt mit ihren strahlend weißen Schuhen über den Kies. »Ich bin bereit, die Waffen niederzulegen, Denise. Aber wenn du weiter meine Erzfeindin sein willst, können wir auch gern so weitermachen.« Sie nickt Mum und Dad zu, dann stöpselt sie ihre Kopfhörer wieder ein und dreht sich um.

»Ruth!«, ruft Mum und läuft los. »Warte!«

Ruth blickt sich um, und dann fallen sie und Mum sich in die Arme, während wir peinlich berührt applaudieren. Am Ende bin ich einfach nur froh, dass, anders als noch vor acht Monaten in unserem Wohnzimmer, diesmal nicht ich den Applaus abbekomme.

»Hey, ist es okay, wenn ich noch 'ne Runde drehe, bevor wir das Auto beladen?«, frage ich Oscar. »Ich will mich noch von ein paar Leuten verabschieden.«

»Klar«, sagt er. »Ich bin bei Mum. Ich hab ihr versprochen, die Wäschespinne zu reparieren. Die ist immer noch nicht ganz in Ordnung.«

Wir grinsen, als wir an den ersten Abend in Helens Garten zurückdenken, an dem wir uns kennengelernt haben.

»Bis dann, Luce«, sagt er.

Glenda springt auf den Beifahrersitz, und ich setze aus der mir so vertrauten Einfahrt zurück. Ich nehme die erste Straße links und fahre durch The Range. Die blaue Silhouette der Berserker Berge lässt den nördlichen Teil der Stadt davor ganz klein wirken.

Jetzt, wo ich Rocky verlasse, finde ich die Stadt auf einmal ganz reizvoll. Die hohen Eukalyptus- und Mangobäume neben den Straßen, deren Blattwerk sich so krass gegen den blauen Himmel absetzt, kommen mir vor wie alte Freunde. Ich sehe alles mit einem offenen Herzen – die breiten Straßen, die am Himmel kreisenden Papageien und Kakadus, die vorbeiflatternden Schmetterlinge, die schönen Queenslander Holzhäuser und die Kreisel mit den Bullenskulpturen. Rockhampton wird immer mein Zuhause sein – aber für mich ist es Zeit, weiterzuziehen und mit Oscar einen Neuanfang zu wagen.

Und so lasse ich mein Fenster runter, und während ich durch The Range fahre, rufe ich: »Tschüss, *Bernie's Pie Van!* Tschüss, meine alten Schulfreundinnen mit euren Kinderwagen! Tschüss, Bullenskulpturen und Geländewagen mit Hunden hinten drin und Züge, die wie aus dem Nichts kommen! Tschüss, Colleen von *Bits 'n' Pizzas* und *Video Ezy* und *Romancing the Rock* und *Bottle-O!* Tschüss, Ruth mit deiner Waschanlage an der Ecke von Fitzroy und Albert Street!«

Wehmütig blicke ich auf die Viehtransporter auf der Gladstone Road, auf die hupenden Fahrer, die mir an den Ampeln zuwinken, auf die Farbkleckse von leuchtenden Bougainvillea auf den Straßen. Ich sage dem Leben auf dem Land auf Wiedersehen, und während ich umherfahre und mich verabschiede, merke ich, dass sich meine Perspektive verändert hat. Was ich sehe, erstickt mich nicht mehr. Ich sehe es einfach als das, was es ist – das Leben in der kleinen, sonnigen Stadt, in der ich aufgewachsen bin.

Meinen letzten Abschied hebe ich mir für Rosies Apartment auf. Ich halte gegenüber dem Haus und blicke auf den leeren Balkon, wo sonst immer ihr Fahrrad stand, und auf das Verkaufsschild im Vorgarten.

»Tschüss, Rosie«, sage ich mit zitternder Stimme. »Bis bald mal in Darwin.« Mein Blick verschwimmt, während ich auf den Balkon schaue und an meine verrückte beste Freundin und unsere gemeinsame Zeit in Rocky denke und daran, wie sie mich ermutigt hat, mich richtig auf etwas einzulassen. »Wir sehen uns!«

Epilog

Ein Jahr später …

Glenda legt mir den Kopf auf den Schoß und schließt seufzend die Augen. Ich lächle und streichle das nasse Fell zwischen ihren Ohren, dann greife ich hinter mich nach der Sonnencreme und tupfe ihr einen Klecks auf die rosa Haut ihrer Nasenspitze. Sie ist so müde vom Herumtollen in den Wellen, vom Hinterherjagen nach kleinen Fischen, dass sie noch nicht mal zuckt, als ich die Sonnencreme einmassiere.

»Hallo, Rhonda«, sage ich, als unsere Staffordshire-Bullterrier-Dame, die Oscar aus einem Tierheim in Sydney geholt und adoptiert hat, angelaufen kommt und mir mit ihrer sandigen Zunge die Füße leckt. »Bist du zurück von deinem Ausflug mit den Jungs? Was sagst du zu Dads neuem Zaun?«

Ich drehe mich um und sehe Dad, Oscar und Ben durch die Pforte zum Strand kommen, dann blicke ich zu Rosie, die neben mir auf einem Handtuch sonnenbadet, den neuen *HomeHints*-Katalog überm Gesicht.

»Da hast du zwei treue Mädchen, was?«, sagt Mum, als sie aus dem Wasser kommt. Sie trägt denselben ausgeblichenen Badeanzug mit Seepferdchen, den sie Rosie damals geliehen hat, als wir das letzte Mal alle zusammen auf Dads Farm waren.

»Mum, ich kauf dir auf jeden Fall einen neuen Badeanzug, wenn mein Buch rauskommt«, sage ich.

»Das wird jetzt wirklich wahr, Luce, oder?«, fragt Dad, während er sich vorbeugt und im Picknickkorb rumwühlt.

»Ja, Dad, ich kann dir zu hundert Prozent versichern, dass es wirklich wahr wird. Ich hab grad gestern mit Alice gesprochen. Das Buch kommt im Juni.«

»In sechs Monaten also«, sagt Mum und zieht an ihrem Badeanzugträger. »Sechs Monate hält der vielleicht noch.«

»Wie sieht der neue Zaun aus, Dad?«, frage ich.

»Verdammt gut«, sagt er und gießt Wasser aus der Thermosflasche in Becher. »Die Jungs waren begeistert.«

Ich lächle, als Rhonda an Oscar hochspringt und er ihre Vorderpfoten nimmt und so tut, als würde er mit ihr tanzen.

»Bist du gar nicht müde nach deinem großen Abenteuer?«, fragt er und beugt sich zu ihrem Gesicht runter. Sie bellt ihn aufgeregt an, bevor sie zu Helen rennt, die am Wasser nach ihr ruft.

Oscar sieht der Hündin blinzelnd hinterher, während sie durch den Sand pest, dann blickt er mich an und schüttelt den Kopf. »Ich glaub, ich hab Australiens Staffie mit der meisten Energie adoptiert.«

»›Help me, Rhonda!‹«, zitiere ich grinsend die Beach Boys.

»Okay, ich hab genug«, sagt Rosie, wirft den Katalog zur Seite und setzt sich auf. »Ich werde noch krebsrot, wenn ich weiter so hier rumliege.«

»Du siehst tatsächlich schon so aus, als hätte die Sonne dich geküsst«, sagt Ben und gibt ihr einen Kuss.

»Warum küsst du mich eigentlich nie so, Brian?«, fragt Mum.

»Was sagst du da? Du willst ein Brot?«, fragt Dad und verteilt Teebeutel in die Becher.

Rosie und ich sehen uns an und lachen, und Mum schüttelt entsetzt den Kopf. »Der Mann wird langsam echt taub.«

»Also, wer will Tee?«, fragt Dad.

»Ich«, rufe ich.

»Ich auch«, sagt Oscar und geht zu Dad, um zwei Becher für uns zu holen.

»Tee!«, ruft Rosie. »Nur, wenn es Long Island Ice Tea ist! Ben, machst du die Peronis auf, wo du gerade stehst?«

»Vorsicht, Glenda«, sage ich, als Oscar mir den Tee reicht. Rhonda kommt auf uns zugerast, Helen folgt etwas langsamer. »Ich glaub, ich stehe besser auf.« Ich lasse mich von Oscar hochziehen und klopfe mir den Sand vom Kleid.

»Hier, Lucy«, sagt Ben und hält mir ein Bier hin.

»Nein danke, schon okay, Ben.«

»Puh!«, sagt Helen und wischt sich über die Stirn. »Ein Kaltgetränk wäre wunderbar, danke, Ben.« Sie nimmt ihm das Bier ab.

»Will niemand einen Tee?«, fragt Dad. »Ich hab hier acht Becher gemacht!«

»Wir sind noch nicht mal acht Personen, Brian«, sagt Mum, während sie zu ihm geht. »Aber ich nehme einen. Danke, Schatz!«

»Und, auf was für einen Buchtitel habt ihr euch jetzt geeinigt, Luce?«, fragt Dad. Er scheucht Glenda und Rhonda von der Picknickdecke und setzt sich.

»Bisher auf gar keinen, aber ich muss mir bis Ende der Woche einen überlegen, sonst bekomme ich Ärger.«

»Was hatte Alice denn gegen den ursprünglichen Titel? Wie war er noch mal? *Heldin der Highlands*?«

»*Diamanten im Staub* war schon vergeben, Dad, deswegen müssen wir uns einen neuen einfallen lassen.«

»Okay, wollen wir mal sehen … Es geht um Pferde, richtig?«

»Nein, es hat überhaupt nichts mit Pferden zu tun!«, lache ich, und auch Rosie kichert.

»Es ist ein mitreißender Mehr-Generationen-Roman, der auf den Edelsteinfeldern spielt«, springt Oscar ein.

»Okay, na dann, wie wäre es mit *Wer wagt, gewinnt!* oder *Finde dein Glück!*«, schlägt Dad vor.

»Klingt nach einer Gameshow mit Warren Buffett«, antworte ich.

»Würde ich mir glatt ansehen, wenn der eine Gameshow moderieren würde«, sagt Dad. »Na gut, was fällt euch anderen denn so ein?«

»Ich dachte an *Wer suchet, der findet*, oder, wenn es lustig sein soll, *Die Familienjuwelen*«, gluckst Helen.

»Hmm«, sagt Oscar zweifelnd.

»Mir gefällt ja *Goldfinger* ganz gut«, sagt Mum.

»Da denkt man aber sofort an James Bond«, wirft Ben ein.

»Ich komme irgendwie auch nicht weiter als ›Gold Digger‹«, meint Oscar grinsend, doch als ich ihm einen finsteren Blick zuwerfe, fügt er schnell hinzu: »Aber ich denke weiter drüber nach.«

»Tja, vielleicht fällt uns ja was ein, wenn wir nicht drüber nachdenken«, sagt Rosie, leert ihr Bier und steht auf. »Kommt, wir spielen 'ne Runde Touch Rugby. Und Luce, tut mir leid, aber ihr beide seid auf jeden Fall New South Wales. Du kannst nicht nach Sydney ziehen und denken, das hätte keine Konsequenzen.«

»Ach, ich glaub, ich spiel nicht mit, Rosie«, sage ich und lächle Oscar an. »Ich bin ein bisschen müde.«

»Moment mal«, sagt sie und sieht mich mit zusammengekniffenen Augen an. »Lucy Crighton hat sich noch nie ein Spiel Touch Rugby entgehen lassen – und ein Bier eigentlich auch nicht …«

Als die anderen mich alle ansehen, grinse ich. »Sie hat uns durchschaut – ich bin schwanger!«

»O Lucy!« Mum läuft zu mir und umarmt mich. »Glückwunsch, mein Schatz! Das ist ja wundervoll!«

»Glückwunsch, Luce«, sagt Dad und gibt mir einen Kuss, während Helen Oscar in den Arm nimmt. »Dann müssen wir bald ein paar Mini-Teebecher kaufen, was?«

»Gut gemacht, großer Bruder«, sagt Ben und schlägt Oscar auf den Rücken.

Helen und ich umarmen uns, und dann ist Rosie dran, und meine Augen füllen sich mit Tränen, während wir uns in den Armen liegen.

»Wann ist es den so weit?«, fragt Ben.

»Zwölfter Juni«, antwortet Oscar.

»Ein paar Tage bevor mein Buch erscheint. Unglaublich, oder? Sie kommen beide in derselben Woche!«

»Wirklich?«, ruft Mum. »Brian, wir buchen sofort Flüge, wenn wir zu Hause sind.« Ihre Augen leuchten vor Tatendrang. »Du musst Lenny und Max anrufen, Luce. Sie werden begeistert sein.«

»Ich weiß«, sage ich lächelnd. »Ich ruf sie heute Abend gleich an.«

»Jetzt müssen wir uns also einen Namen für das Buch *und* fürs Baby einfallen lassen!«, grinst Oscar.

»Nennt sie einfach beide Rosie«, sagt Rosie, öffnet die Kühltruhe und reicht mir ein Wasser, bevor sie allen anderen ein Bier gibt.

»Auf Lucy und Oscar, die sich bald Mum und Dad nennen dürfen!«, sagt sie, und wir stoßen alle an, woraufhin Rhonda in aufgeregtes Bellen verfällt.

»Wo hast du die coole Sonnenbrille her?«, frage ich Rosie, als wir nach dem Mittagessen zusammen im Meer baden.

»Aus dem Internet – *UNIQLO*. Das ist das einzige Problem an Darwin«, fügt sie hinzu. »Kostet ganz schön was, sich Sachen schicken zu lassen.«

»Aber sonst gefällt es euch gut, oder?«

»Ja, total! So einen Ort findest du nicht noch mal in Australien. Das ist eine ganz andere Stimmung da oben.«

»Wie lange hat Ben noch?«

»Anderthalb Jahre. Das Studium macht ihm echt Spaß. Und die Zahnarztpraxis ist auch super. Kein scheiß Feedback-Protokoll, was bin ich froh.«

Ich lache und bin in Gedanken wieder in London.

Wir lassen uns auf dem Rücken treiben und beobachten die Möwen, die ab und zu herabstürzen, um nach fliegenden Fischen zu tauchen, und dann frage ich Rosie: »Habt ihr mal was von Joe gehört?«

»Nee, nicht wirklich. Manchmal liked er auf Facebook einen Post von Ben. Und neulich hab ich ein Foto von ihm und Sally gesehen«, sagt sie und sieht mich an. »Ich glaub, sie sind zusammen.«

»Das ist doch gut«, sage ich. »Nein, das ist sogar super! Sie sind beide so tolle Menschen.«

»Stimmt«, sagt sie. »Hey, in deinem Buch gibt's doch zwei Töchter in der Familie auf den Edelsteinfeldern, oder? Und eine von beiden ist ein bisschen seltsam?«

»Ja«, antworte ich.

»Wie wär's mit *Zwei Chicks, eine on speed?*«

»Ha! Der ist gut! Vielleicht nehme ich den mal für unsere gemeinsame Autobiografie!«

»Hey!« Sie grinst mich an, als wir aus dem Wasser gehen. »Ich hab letzte Woche mit all dem aufgehört!«

Lachend lege ich den Arm um sie. »Du weißt doch ganz genau, dass ich ohne dich nicht da wäre, wo ich jetzt bin.«

»Doch, wärst du«, sagt sie lächelnd. »Du hättest zwischenzeitlich vielleicht nur nicht so viel Spaß gehabt.«

»Nicht mal halb so viel!«, rufe ich. »Rosie, ich liebe …«

»Ich weiß!«, sagt sie und bespritzt mich mit Wasser. »Ich weiß, dass du mich liebst.«

»Ich liebe *UNIQLO*«, sage ich lachend. »Ich wollte sagen, ich liebe *UNIQLO*.«

Danksagung

Dieses Buch zu schreiben war eine aufregende Reise für mich, und es gibt ein paar Menschen, denen ich danken möchte, dass sie mir auf der Reise geholfen haben.

Zuallererst danke ich meinen Eltern Janny und Wayne. Danke für eure Liebe und euer Lachen und die Fähigkeit, die peinlichen und albernen Momente des Lebens zu schätzen. Das ausgelassene Chaos, in dem wir aufgewachsen sind, und das Selbstbewusstsein, über uns selbst lachen zu können, sind die besten Geschenke, die ihr uns hättet mitgeben können.

Ich danke meiner erweiterten Familie, inklusive meinem 102-jährigen Großvater Dave und meinen Geschwistern Nick, Carl, Sam und Sally, die sich wahnsinnig mit mir über meine Buchveröffentlichung gefreut haben und schon immer stolz auf meine kreative Betätigung waren. Ich weiß, dass meine Großmütter, Eileen und Mary, genauso begeistert gewesen wären. Ich danke meiner Schwägerin Betina, die sich den Buchtitel hat einfallen lassen, und besonders meiner kleinen Schwester Sal, die immer auf meine Textnachrichten geantwortet hat, selbst wenn ich sie um Mitternacht gefragt habe: »Soll ich die Mädchen Calippos oder Golden Gaytimes von *Red Rooster* kaufen lassen?«

Ich danke all meinen Freundinnen und Freunden, die sich so sehr für mich freuen, mit *Das große Glück mag kleine Fehler* da gelandet zu sein, wo ich es mir erhofft hatte. Ihr seid alle Superstars, und ich kann von Glück sagen, euch zu haben. Besonderer Dank geht an Brooke Carrigan, Alice Harriott, Kelly Evans und Camille Banks, die meine Entwürfe gelesen haben und nie müde wurden, sich meine Updates über die Anzahl von Wörtern anzuhören! Ich danke Suz Lambert und Kath Crocker in Großbritannien und Shannon Byrne und der irischen Gang, die mir geholfen haben, bei all dem Spaß ein paar wichtige Deadlines einzuhalten.

Mein Dank gilt auch *The Project*, ABC Radio, dem Saxton Speakers Bureau, dem Brisbane Writers Festival, meiner ehemaligen Highschool The Cathedral College, dem Duchesne College und der Queensland University of Technology für das Unterstützen meiner Ambitionen in den letzten Jahren. Ich bin in Rocky aufgewachsen, und ich möchte mich auch bei den Menschen dort bedanken. Mein Buch ist für sie und alle im ländlichen Australien, die in der Kleinstadt große Träume haben.

Ich habe sehr vom Rat anderer Autorinnen und Autoren profitiert, und ich bedanke mich bei Suzanne Leal, Rebecca Sparrow, Benjamin Law, Rohan Wilson, Kirsty Brooks, Christine Retschlag, Sam Carmody, Paula Ellery, Don Reiman und dem Queensland Writers Centre. Ich bedanke mich beim britischen Comedian John Bishop für die Chats und Ermutigungen.

Ich habe 2013 angefangen, an meinem Roman zu schreiben, dessen Arbeitstitel damals noch *Rocky Road* war, und ohne den The Australian/Vogel's Literary Award, für den ich 2016 nominiert war, würde ich jetzt, vier Jahre später, nicht diese Danksagung schreiben. Ich werde niemals Ihren Anruf vergessen, Annette Barlow! Ein großes Dankeschön an Sie und die anderen Jurymitglieder dafür, dass Sie mir eine ganz neue Welt der Möglichkeiten eröffnet haben, und an Allen & Unwin dafür, mich aufgenommen und auf meiner Reise unterstützt zu haben. Ich bin stolz darauf, bei einem so tollen Verlag untergekommen zu sein! Besonderer Dank geht an die Lektorin Ali Lavau für ihr brillantes Feedback und ihre Verbesserungsvorschläge, an Genevieve Buzu und Sarina Rowell für ihren Expertinnenblick, und Henrietta Ashton, deren wunderbare E-Mails diesen Ball überhaupt erst ins Rollen gebracht haben.

Es ist nicht leicht, die richtigen Worte zu finden, um schließlich auszudrücken, wie dankbar ich Louise Thurtell bin. Ich bin Louise zum ersten Mal bei der Vogel's-Award-Party auf der Dachterrasse von Allen & Unwin begegnet, und ich werde diesen Abend als einen der besten in meinem Leben in Erinnerung behalten!

Louise hatte von Anfang an Vertrauen in mich und meine Fähigkeiten und hat nie daran gezweifelt, dass ich aus einer 38 000-Wörter-Novelle, die *Das große Glück mag kleine Fehler* damals noch war, einen Roman von 80 000 Wörtern machen könnte – etwas, das ich selbst nicht für möglich gehalten hätte.

Louise, danke für alles! Dafür, dass du für mich als Debütautorin eingetreten bist, mich beim Entwickeln meiner Geschichte immer wieder ermutigt und *Das große*

Glück mag kleine Fehler in die richtige Richtung gelenkt hast. Ich habe es sehr genossen, mit dir zusammen zu arbeiten (und zu lachen!), und es ist mir eine Ehre, dich meine Lektorin und Freundin nennen zu dürfen.